源氏物語」

ムラサキのティーパーティ

Lady Murasaki's
Tea Party

The Tale of Genji
in Spiral Translation

毬矢まりえ／森山恵

講談社

目次

装幀　松田行正
装画　Gustav Klimt《Bauerngarten mit Sonnenblumen》1907

第1章 アーサー・ウェイリーとはだれか、『ザ・テイル・オブ・ゲンジ』とはなにか

いつの時代のことでしたか、あるエンペラーの宮廷での物語でございます。ワードローブのレディ《更衣》、ベッドチェンバーのレディ《女御》など、後宮にはそれはそれは数多くの女性が仕えておりました。そのなかに一人、エンペラーのご寵愛を一身に集める女性がいました。その人は侍女の中では低い身分でしたので、成り上がり女とさげすまれ、妬まれます。あんな女に夢をつぶされるとは。わたしこそと大貴婦人《グレートレディ》たちの誰もが心を燃やしていたのです。

これは「ヴィクトリアン源氏」。つまりわたしたち毬矢まりえ、森山恵姉妹による『源氏物語 *The Tale of Genji*』〈戻し訳〉の冒頭部である。源氏物語の現代語訳といえば、だれもが与謝野晶子、谷崎潤一郎に始まる錚錚たる大作家、権威ある源氏物語学者の名を

次々思い浮かべるだろう。

拙訳『源氏物語 A・ウェイリー版』（左右社）は、世界ではじめて『源氏物語』を英語全訳したアーサー・ウェイリーの、その英語版を現代日本語に完訳した作品である。

ウェイリー源氏の〈戻し訳〉をしよう！　そう思いついたときの昂揚感はよく覚えている。たしかに源氏物語の話をしていた。けれどなんの話の流れでどちらがそんなことを思いついたのか。正直よく思い出せない。とにかく二人で源氏物語の話をしていて閃いたのである。いっしょにウェイリー源氏の戻し訳をしよう、と。「ヴィクトリアン源氏」と名づけ、翻訳を始めた。寝食を忘れて。二人熱中、没頭した。構想を得たのが二〇一三年ころ、実際に翻訳をはじめたのは二〇一四年のことである。

いづれの御時《おほむとき》にか、女御《にようご》、更衣《かうい》あまたさぶらひ給ひける中《なか》に、いとやんごとなき際《きは》にはあらぬが、すぐれてときめき給ふ有りけり。

だれもが知る一節。それが「いつの時代のことでしたか、あるエンペラーの宮廷での物語でございます……」となって生まれ変わったのである。

長大なる『源氏物語』の幕開け「桐壺」帖では、桐壺帝の恋、そして物語の中心となる光源氏の出生の由縁が語られる。桐壺帝と桐壺更衣の恋のはじまりは、もしかしたら「小さな恋」だったかもしれない。しかしやがては国を揺るがす大恋愛、比翼連理の深い関係となっていくのである。寵愛を受けた女性はどうなるのか。彼女はどんな運命を抱えているのか……

けれどその前に、源氏物語の初の英語全訳という偉業をなしたアーサー・ウェイリーとはだれか。拙訳〈戻し訳〉――実はわたしたちは〈らせん訳〉と呼んでいる――とはどんな作品か。まずはそれをお話ししたいと思います。

語学の天才、アーサー・ウェイリー

世界ではじめて『源氏物語』を英語全訳したアーサー・ウェイリー。彼はヴィクトリア朝末期の一八八九年、ロンドン郊外に生まれている。名門パブリックスクール、ラグビー校からケンブリッジ大学キングズ・カレッジに進み、古典文学では奨学金を得るなど優秀な学生であったという。けれど左目をほぼ失明。右目も危ないと宣告され学問の道は諦めざるを得なかった。しかたなく仕事に就くも飽き足りない。

そこへブリティッシュ・ミュージアム（大英博物館）版画・素描部門のポストに空きがあると紹介され、応募する。願書には、楽に読める言語としてイタリア語、オランダ語、ポルトガル語、フランス語、ドイツ語、スペイン語の六ヵ国語。流暢に話せる言語としてフランス語、ドイツ語、スペイン語をあげ、またギリシャ語、ラテン語、ヘブライ語、サンスクリット語を習得した、と記していた。

いわゆる語学の天才である。

一九一三年、採用された彼は新設されたばかりの東洋版画・素描部門に配属され、日本語と中国語、それも古典語を独学で身につけることになる。後には古代ペルシャ語、モンゴル語も学び、アイヌ語も覚え、翻訳を手がけるなどしている。

東アジア語習得の成果は、早くも一九一八年『中国の詩一七〇篇』(陶淵明、白居易などの漢詩)、翌一九一九年『日本の詩歌――うた』(万葉集からの短歌・長歌、古今和歌集、後撰和歌集、拾遺和歌集などからの和歌)、一九二一年『日本の能』(敦盛、卒塔婆小町、葵上、邯鄲、羽衣など)として現れる。中国詩の翻訳については、T・S・エリオットなどのモダニズム詩とも影響を与えあったといわれる。ウェイリーは一九一〇年代から、詩人のエズラ・パウンドやエリオットらとともに毎週月曜日に夕食会をしていたのである。

ではそもそも、ウェイリーはいつどのように『源氏物語』に出会ったのだろう。英文学者の井原眞理子は、ウェイリーの自宅の引き出しから、こんな未発表原稿を発見している。

ある日のこと。ウェイリーは、ブリティッシュ・ミュージアムで新たに購入された浮世絵を整理していたという。そのときふと一枚の絵に目が留まる。貴公子がひとり佇み青い海を眺めている場面。茫漠と広がる海、生垣のあるわびしい住まい。「海は少し遠かったが、夜には岸へ寄せる波の音が聞こえた」の画讃。「須磨」帖の一場面であろう。そのときなぜか分からないが急にこの物語を読んでみたくなった、とウェイリーは記している。すぐさま日本から本を取り寄せると、その本を携えてスキー休暇に旅立つ。イギリスからスイスへと渡る道中読書に熱中したウェイリー。『源氏』の中に完全に我を忘れ、（……）いったいどうやってドーヴァーで船に乗り込み、カレーで列車に乗り換え、パリの環状鉄道を周ったのか、さっぱり思い出せな」かった、と書き残している。「旅程はすべて夢のように過ぎ去」り、気づけばスイスのモントルーに降りたっていた、と。（以上、井原）

この出会いが一九一四年ころと推測されている。実際に翻訳を始めたのはいつだろうか。とにかくウェイリーは始めたのである。しかしいくら語学の天才で、「日本語の古文は文法も易しく語彙も少ないので、数ケ月もあれば習得できる」（宮本）と言い放った彼であっても、満足な辞書もなく、資料もほとんどない時代である。訳業が茨の道であったのは想像に難くない。

ウェイリーの親族は当時を回想して、彼の机のうえには日本語らしき言葉が記された小さな紙片が、ジグソーパズルのように散らばっていた、と証言している。

井原は、ウェイリーのこんな文章を伝えている。

『源氏』の翻訳を始めた瞬間から、私は作者がすぐそばにいるような気がしていた。そして、絶えず頭の中で彼女と対話をした。「要点の半分が失われました」と、彼女は言うのだった。「もしもそれ以上うまくできないのなら、すべて諦めるべきでしょう」「そうなんだ」と、私は言うのだった。「確かにこの一節は、あなたの真価を表せていない。英語にするとどうしても見劣りしてしまう部分があるんだ。（……）もっと上手く訳せる人を知っているなら——」「そこがまさに困ったところなのです」と、紫式部は言うのだった。「今のところ、他に心当たりがないのです。あなたが続けるしかありません」

（「ハイゲイト探訪記」）

作品そのものの存在さえほぼ知られていなかった時代。ひとり孤独に訳業を続けるウェイリーを慰めるのは、夢のなかの紫式部だけだったのである……。ウェイリーのこの姿を想像しては、どれだけ励まされたかわからない。わたしたちが翻訳するしかない、と。

『源氏物語 *The Tale of Genji*』の登場

いまからおよそ百年前の一九二五年五月。ついに『源氏物語ザ・テイル・オブ・ゲンジ』第一巻が、ジョージ・アレン・アンド・アンウィン社（ロンドン）から上梓される。平安の物語はイギリスに彗星の如く現れ、ヨーロッパの文壇に輝き出たのである。「ここにあるのは天才の作品である」（モーニング・ポスト紙）、「文学において時として起こる奇跡」「紫式部は近代小説とも呼べるものを創りだした」（タイムズ文芸付録）、「ヨーロッパの小説がその誕生から三百年にわたって徐々に得てきた特性のすべてが、すでにそ

The New York Times Book Review
Section 3
SUNDAY, JULY 26, 1925　TWENTY-FOUR PAGES
JAPAN'S CLASSIC OF THE GOLDEN AGE
Greatest Novel of the Orient, An Eastern "Tom Jones," Now Translated

ニューヨーク・タイムズ・ブックレビューに掲載された『The Tale of Genji』評（1925年7月26日）

ヴァージニア・ウルフの書評が掲載された VOGUE 誌（1925年7月下旬号）

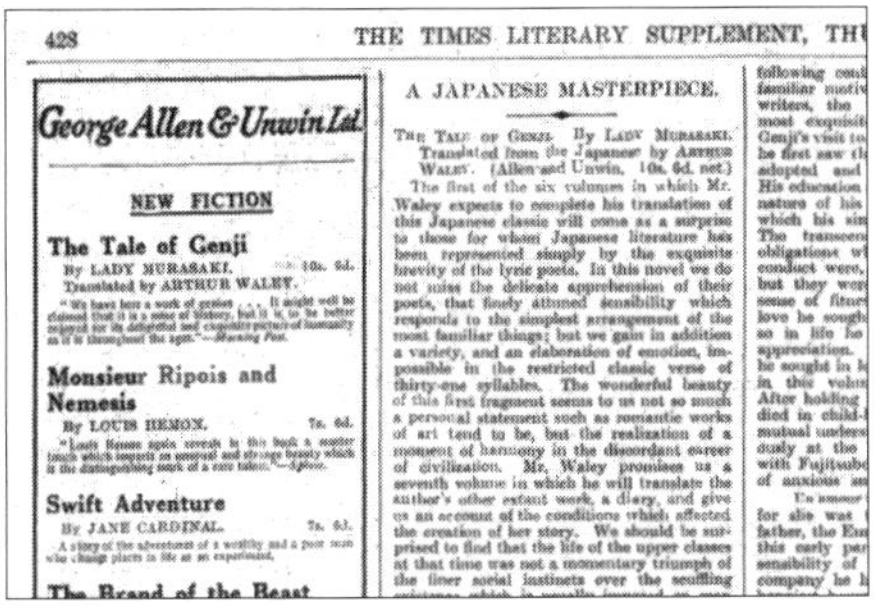
428　THE TIMES LITERARY SUPPLEMENT, THU

George Allen & Unwin Ltd.

NEW FICTION

The Tale of Genji
By LADY MURASAKI.　10s. 6d.
Translated by ARTHUR WALEY.

Monsieur Ripois and Nemesis
By LOUIS HEMON.　7s. 6d.

Swift Adventure
By JANE CARDINAL.　7s. 6d.

The Brand of the Beast

A JAPANESE MASTERPIECE.

THE TALE OF GENJI. By LADY MURASAKI. Translated from the Japanese by ARTHUR WALEY. (Allen and Unwin. 10s. 6d. net.)

The first of the six volumes in which Mr. Waley expects to complete his translation of this Japanese classic will come as a surprise to those for whom Japanese literature has been represented simply by the exquisite brevity of the lyric poets. In this novel we do not miss the delicate apprehension of their poets, that finely attuned sensibility which responds to the simplest arrangement of the most familiar things; but we gain in addition a variety, and an elaboration of emotion, impossible in the restricted classic verse of thirty-one syllables. The wonderful beauty of this first fragment seems to us not so much a personal statement such as romantic works of art tend to be, but the realization of a moment of harmony in the discordant career of civilization. Mr. Waley promises us a seventh volume in which he will translate the author's other extant work, a diary, and give us an account of the conditions which affected the creation of her story. We should be surprised to find that the life of the upper classes at that time was not a momentary triumph of the finer social instincts over the scuffling

タイムズ文芸付録に掲載された評（1925年6月25日）

こにあった」（ザ・ネイション誌）など、賛辞が相次ぐ。批評家モーティマーは「人類の天才が生み出した世界の十二の名作のひとつに数えられることになろう」と書評を結んでいる。

　またほぼ同時にアメリカでも刊行され、七月にはニューヨーク・タイムズ・ブックレビューに「日本の黄金時代の古典―東洋最高の長編小説（……）翻訳さる」と題した評が現れる。源氏物語は『トム・ジョーンズ』の力強さ、『ドン・

キホーテ』の炯眼、『千夜一夜物語』の放縦」を備え、「傑作の名にふさわしい」「天才の放つひらめき」「まぎれもない最高峰の文学作品」など大きな驚きと賞讃を呼んだのである。またウェイリーの翻訳も「それ自体が優れた文学的手腕の成果」と高い評価を受ける。

二十世紀を代表するイギリスの女性作家ヴァージニア・ウルフも、刊行からまもなくファッション誌『ヴォーグ』のイギリス版に書評を寄稿し、「それにしても美しい世界――この物静かなレディは、良い生い立ち、洞察力、陽気さを兼ね備えた完璧な芸術家でした」と、鮮やかな筆致で紫式部を讃えている。当初は書評仕事であったとしても、ウルフは代表作『自分ひとりの部屋』でも「レディ・ムラサキ」に言及している。サッフォー、エミリ・ブロンテと並べ、「〈女性の書き手の〉創始者であると同時に後継者」と。ウルフも深い印象を受けたのは間違いないであろう。

〈戻し訳〉の文体

さて、そのアーサー・ウェイリー訳『源氏物語 *The Tale of Genji*』を〈戻し訳〉しようというのである。わたしたち姉妹にははじめから「このような文体にしたい」との明確なヴィジョンがあって、それには揺るぎがなかった。

まず何より、源氏物語の情感を伝えるにふさわしい、美しい現代日本語にしたかった。

緊張感と躍動感のある新鮮な文体でありつつ、美しい日本語にしたい。なんといってもウェイリーの文体が明晰かつ流麗なのだから。それは全巻二人で貫いたと思う。

また英訳された『源氏物語』の異文化、異言語が透けて読み取れるよう、ルビを活用しようと考えていた。ルビは一瞬にして言葉の多重性を視覚化できる日本語の宝である。先の引用のように、カタカナに古語のルビを振るほか、現代語にカタカナ、現代語に古語のルビなど、幾つかのヴァリエーションを駆使した。

さらに人名は、ゲンジ、プリンセス・アオイ等、カタカナ表記にした。これには違和感を覚える読者もあるかもしれない……さすがに迷った。たとえばゲンジの親友ともいうべき頭中将は、トウノチュウジョウとなる。違和感があるかもしれないうえ、長い。

長いよね？　カタカナ読みにくいかな？

でも『罪と罰』のラスコーリニコフだって、『カラマーゾフの兄弟』のスメルジャコフだって長いわよ

たしかに……ラスコーリニコフとほとんど同じ文字数ね

トウノチュウジョウっていう文字の塊で見れば大丈夫じゃない？

そもそもドストエフスキーだって長いものね

世界文学と思えば大丈夫、いける

そう、「世界文学」。わたしたちは「世界文学」としての『源氏物語』を創造したい、創造するのだ、と意気込んでいたので、名前のカタカナ表記についても批判を覚悟で、ここ

は勇気をもって決断した（とはいえ、和歌表記を監修していただいた源氏物語学者の泰斗、藤井貞和さんにはじめて原稿のサンプルを見ていただいたときには緊張。お怒りになったらどうしよう……短めのくだりを選んで恐る恐る送信したのを思い出す。ひどく緊張した。返信のメールを開くと、素晴らしい、感心しました、とのことば。嬉しいのとほっとするのとで腰が抜けた）。

そのほかキリツボ帝の最初のお妃、弘徽殿女御も原典どおりレディ・コキデン。ゲンジの妻、葵の上はプリンセス・アオイ。ユウガオ、ムラサキ、スエツムハナ、ロクジョウ……。キリツボ帝は先ほど引用したようにエンペラー。エンペラー・キリツボとなった。

そして幕開けの一行

ひとつひとつ、言葉を選んだ。

訳し起こしてから、その後もなんど読み返しただろう。二人の間で幾度も幾度もゲラを交換しては推敲に推敲を重ねた。なんといっても幕開けの一行目、一行目には命が宿っていなければならない。物語全体の世界像を差し出すのだから。

ウェイリーの原文では、次のようになっている。

At the Court of an Emperor (he lived it matters not when) there was among the many gentlewomen of the Wardrobe and Chamber one, who though she was not of very high rank was favoured far beyond all the rest;

ウェイリーもこの一文を記した時、どれほど考え、どれほど思いを籠めただろうか。この冒頭部で読者の——そして版元を探していたウェイリーにとってはまず社主の——心を摑めるか、否か。

彼はここに原典にはない一語を加えている。エンペラー Emperor である。「御時」とは「どちらの帝の御代であるか」という意であるから、ウェイリーがこの単語を付け加えたといっても、原典にないというほどの飛躍ではなく、むしろより正確な訳語かもしれない。いずれにしてもウェイリーは At the Court of an Emperor としたのである。

これをどう翻訳しようか。わたしたちにも曲折があった。

ふつうに日本語の文脈で「帝」に戻そうかとも考えた。「帝」「みかど」「ミカド」……ヨーロッパやアメリカで「ミカド」と言えば、日本を舞台にしたオペレッタを思い出す人も多かっただろう。ウィリアム・S・ギルバート脚本、アーサー・サリヴァン作曲の「ミカド」は、一八八五年、ロンドンのサヴォイ劇場で初演されて以来ロングランを続けた作品。ウェイリーが生まれた頃であるから、音楽の好きだった彼が知っていた可能性は高い。

アメリカに「Ｍｉｋａｄｏ　ミカド」という日本食レストランチェーンがあるのも、このオペレッタの流れだろう。高校時代アメリカに留学していたから、どうしてもこのレストランが思い浮かんでしまう。いずれにしても「ミカド」の訳語は早々に捨てた。

その後話し合いの末、訳語は「皇帝」に落ち着いていた。ところが——わたしたちは七校、八校とゲラを幾度も出してもらい、二人の赤字で真っ赤になるまで推敲を重ねていたのだけれど——最終稿近くなっても「皇帝」はどこかしっくりこないような感触が残っていた。

うーん、なんだか違うような気がしない？

皇帝といったらだれを思い出す？

古代ローマの皇帝たちよね、ジュリアス・シーザーとか

ネロとか。ナポレオンも皇帝よね

神聖ローマ帝国の皇帝も

秦の始皇帝も。エンペラーは？

わたしはラスト・エンペラーを思い出しちゃう。映画もあったから。皇帝溥儀。どうかな？

シーザーすなわちカエサルのほか、マキアヴェッリの『君主論』ではマルクス・アウレーリウス、その息子コンモドゥス、ペルティナックス、ユーリアーヌス、セウエールス、その息子アントーニーヌス・カラカッラといった皇帝たちに触れられている。イタリア語の君主つまりプリンチペには、メディチ家もいれば王や教皇、将軍も含まれる。けれど

ヴィクトリアン源氏のエンペラーは？
やっぱり皇帝のままでいいのかな？
なんかわたしたちのゲンジの世界とは違う気がする……
天皇は絶対ないし、ミカドも違うし
エンペラー、エンペラー……（と二人、口の中でくり返す）
そうよ、エンペラー、エンペラー、エンペラーで良かったのよ
エンペラーっていうことばが、わたしたちのヴィクトリアン源氏にふさわしい！
そこから訳語をすべて差し替えた。こうして桐壺帝はエンペラー・キリツボとして誕生したのだった。

どの言葉を選ぶか。それはほかのすべての訳語を「捨てる」ということ。その単語が含むさまざまなコノテーション、文化的歴史的背景、意味合いから考え抜いて言葉を選んだ。

冒頭部でいえばもうひとつ。

「いづれの」を「(he lived it matters not when)」と訳しているのに目が留まるだろう。it matters not when と倒置し、少々凝った古めかしい表現をしている。括弧でくくられたことで、語りの雰囲気も感じられる。ウェイリーは「KIRITSUBO キリツボ」の帖タイトルに＊をつけ、「第一帖は、どうか寛大な気持ちで読んで頂きたい。作者紫式部はまだ、先人たちの未熟な作品の影響のもと、宮中年代記（クロニクル）と、それまでにあったおと

ぎ話(フェアリー・テイル)が混在したスタイルで書いている」と注記している。『源氏物語』にまったくなじみも知識もないイギリス人読者。彼らを物語へと導き入れるための配慮と思われる。なるほどウェイリーはそのように解釈して、少し古風な修辞を用いたのだろう。

それにしても『源氏物語』を年代記とおとぎ話が混合したスタイル、と言い切っていることに驚かされた。それはわたしたちにとっても、源氏物語への新鮮な視点を与えてくれたと思う。はじめの数帖の光源氏の恋愛遍歴や、光源氏——シャイニング・プリンス——という名前そのものも、おとぎ話や神話と捉えたら、また違った姿を見せるのではないか。目を見開かされるものがあった。

拙訳文としては、年代記風というよりおとぎ話風の表現を選択した。

エンペラーの恋——エヴァーラスティング・ロング

エンペラー・キリツボは一人の女性と恋に落ちる。

桐壺と呼ばれる部屋に住む、ワードローブのレディつまり更衣の位にある女性である。更衣とは衣替えのこと。そして後宮の位としては、天皇の衣替え、着替えのご用を務めるひとの称である。

エンペラー同様、わたしたちはこの語も英語原語が読者にそのまま見えるようカタカナで残し、そこに更衣、女御とルビをふることにした。チェンバーとは(ウェイリーの訳語ではこの後にベッドチェンバーの語も登場するように)まさに寝室のことで、女御はベッドに侍する女性なのである。より身近な寝所に仕えるチェンバーのレディ／女御は、ワードローブのレディ／更衣よりも一段上の位。エンペラーが恋に落ちたキリツボのレディは、格下の身分なのである。だからこその悲恋の予感……

エンペラーといえども、恋のはじまりは小さなものであったかもしれない。けれどあまりに大きな寵愛は破滅へと向かう。

揺るぎない寵姫の地位を得たとはいえ、彼女は妬み、そねみに曝されます。心痛で憔悴し、やがて里に下がっていることが多くなりました。病気がちで鬱ぎこむ彼女に、エンペラーの熱は冷めるどころか、ますます彼女に溺れ、たしなめる周囲の声にもいっさい耳を貸しません。そのことは次第に国中の噂となっていきました。

側近の大貴族や廷臣たちさえ、ご寵愛がすぎる、と眉を顰めます。海の向こうの国での政変や暴動もはじまりは、こんなことからだったなどとひそひそ囁き合うのでした。

「海の向こうの国」の政変や暴動とは、白居易の「長恨歌」に詠われた玄宗皇帝と楊貴妃の愛、それが引き起こした安史の乱のこと。キリツボの恋には、長恨歌の恋が重ねられているのである(ちなみにわたしたちは中国名も、中国語の音により近いであろう英語の読みを生かした。玄宗皇帝はミン・ホワン、楊貴妃はヤン・クウェイフェイ、詩人白居易はポ・チュウイである。当時のイギリス人等の英語読者が、漢字ではなくアルファベット表記から受け取った音。それを再現するために。と同時に、わたしたちも漢詩の知識を一旦忘れ、新たに中国古典詩と出会い直せるのではと思ったのだ)。

「漢皇重色思傾国」とはじまる白居易の七言歌行。それは次のような物語である。

漢の皇帝は美しい女性を探し求めていた。しかし思うようなひとはなかなか見つからない。ついに見出したのが絶世の美女楊貴妃。玄宗皇帝は愛に溺れ国政をないがしろにするようになる。国は傾き、兵が反乱を起こす。玄宗は人びとをなだめるため、楊貴妃の殺害を命じることになる……喪失の悲しみに暮れる玄宗皇帝は、道士を仙界まで送って彼女の魂を探させるのだが……

「長恨歌」ということばをウェイリーは、「永遠に続く嘆き Everlasting Wrong」と訳している。玄宗皇帝と同じくエンペラー・キリツボも「饗宴のときだけでなく、重要な国務のとき」さえ、片時も彼女を側から離さず溺愛する。避けがたくエンペラー・キリツボとキリツボのレディの恋にも——楊貴妃ほど凄惨ではないものの——悲劇が訪れる。いじめ抜かれた彼女は病み衰え死へと向かうのである。

彼女は変わらず美しく魅惑的ですが、頬はこけ落ち、青ざめていました。なにも言わず、エンペラー・キリツボをその瞳でじっと見つめます。生きているのだろうか。命の光は、はかなく消えゆきそうです。

　思わずエンペラーはわれを忘れ、彼女を胸に抱くと、いくつもの愛しい名前で呼びかけ、涙を雨と降らせます。


『源氏物語 A・ウェイリー版』の表紙は、クリムトの「接吻／The Kiss」が飾っている。この絵が装画に決まったのは閃きによるものであったけれど、いまこうして表紙の絵を眺めると、二人の愛の、そして源氏物語のいくつもの愛すべてを表現しているように感じられる。愛の陶酔に浸るふたりの姿。たったひとつの愛が、四代のエンペラー、七十五年にわたる物語のはじまりとなり、物語全体を貫くものとなっていくのだ。長恨歌はこのあとも十八の帖に登場することになる。

　クリムトの絵の構図にも目を引かれる。男性が覆い被さり、彼女はキスを受けている。女性の側は、徹底的に受け身のようにも見えるだろう。たしかに国を揺るがす愛の物語といっても、キリツボのレディの感情は——特に原典では、烈しくは伝わってこないように感じる。病み伏しているためとはいえ、引用の場面でもエンペラーの抱擁を受け、涙を浴びるばかり。源氏物語の女たちは、愛の喜びを味わうとともに（ウェイリーがしばしばカルマと翻訳するところの）、運命、宿世に従うほかなかったのではないだろうか。

　また視線を移して絵の女性の足下を見ると、そこは花野の絶壁。足指の先に至っては、崖から落ちている。二人の恋は、彼女にとって絶体絶命の愛だったのではないか。実際キリツボのレディは絶命するのである。

愛するひとを喪ったエンペラーの嘆きは限りがなく、「永遠に続く嘆き」のため涙に暮れるのみ。秋分のころの美しい月夜。思い出が胸に押し寄せたエンペラーはたまらず、レディの母君のもとへと使いを送る。歌を添えて。

「宮城野《ミヤギノ》の荒野《ムーア》に吹く風は、冷たい露を結ぶ。その風音を聞くわたしは、か細きライラックの花枝を思いやるのだ」

宮城野の露吹き結ぶ風の音に、小萩が本《もと》を思ひこそ　やれ

母を亡くし心細い光源氏の行く末はどうなることか、と小萩に託して幼子の身の上を案じているのである。

ウェイリーはここで宮城野に、荒野／ムーアの語を当てている。イギリス文学でムーアといえば、やはりブロンテ姉妹の世界が連想されるだろう。ことに『嵐が丘』の舞台として。ムーアのことばを見た瞬間、わたしたちの頭にも即座に荒涼たるヒースの野の映像が浮かんだ。続いて現れる小萩は、ライラックとなっている。小萩がライラック？　一転、脳内にはエリオットの『荒地』が想起される。ムーアは「荒地」でもあるのだから。だれ

もが知るこの詩行である。

四月は最も残酷な月、死んだ土から
ライラックを目覚めさせ、記憶と
欲望をないまぜにし、春の雨で
生気のない根をふるい立たせる。

モダニズム詩の誕生を象徴する『荒地』は、このように書き起こされる。エリオットと毎週詩について語り合っていたウェイリーが——その会は一九二一年、エズラ・パウンドがパリに移ったことによって終わっていたのだが——一九二二年に出版された『荒地』の詩句を知らないはずがあろうか。しかもこの冒頭部である。一方「宮城野の」とはじまるエンペラーのうたも、源氏物語の第一帖に現れる。源氏の物語歌は総計七九五首。そのうちの二首目である。ライラックは、エリオットの『荒地』とウェイリー訳源氏という、モダニズム期の二作品の篇首を飾る詩語となった、そう言えるのではないか。

ブロンテ、エリオットと思い浮かべつつさらに翻訳を進めていると、物語はふたたび九世紀初頭、唐のイメージへと飛んだ。エンペラーのうたを携えた使者は、キリツボのレディの思い出の品として、かつてエンペラーが贈った飾り帯《サッシュ》、櫛などを持ち帰る。そこで「長恨歌」に想いを重ね、彼女を異界まで追い求めてゆくのである。

「お前が、魔法使い《ウィザード》のように、彼女の魂のもとを訪ねて、このヒスイのヘアピンを持ち帰ったのであれば……」

そして涙ながらに歌を詠まれます。

「亡き人を見つけ出す、魔術師《マスター・オブ・マジック》よ。どうか彼女の魂住まうところを教えておくれ」

尋ねゆくまぼろしもがな。つてにても　魂《たま》のありかをそこと知るべく

玄宗皇帝から遣わされた魔術師／道士は、楊貴妃のたましいを探しあて、螺鈿細工の小箱／鈿合《でんごう》、黄金の簪／金釵《きんさ》を持ち帰る。そのくだりの詩行に重ねているのだろう。『源氏物語』には、このように「長恨歌」をはじめとする中国詩や「唐物」の織物、お香、風習、文物が頻出する。源氏物語は、描かれる人間の内面の普遍性とともに、空間的にも外に開かれたものといえないだろうか。「海の向こうの国」「外《と》つ国」、いってみれば「世界」に開かれているのだ。『源氏物語』は本来的に「世界文学」となることを求めていた、翻訳されることを待っていた、といえるかもしれない。ウェイリーはさらにそこへヨーロッパ文化、イギリス文化を重ねて持ち込んでいるのである。

ゆえにわたしたちの翻訳もまた、一語ごとに多様なイメージや事象を脳内に駆け巡ら

せ、日々その巨大な渦のなかに巻き込まれながらのものであった。平安の物語を直線的に現代日本語に訳す以上に、目まぐるしく、多層的に、らせん状に、ことばやイメージが重なりながらの訳業。ことばを見つけ出し、生み出す。ある意味創作と呼べるようなプロセスであり、わたしたちもウェイリーと同じく時を忘れ、我を忘れ、没頭したのである。

源氏物語は小さな恋のさざ波から次第に波立ち、やがては巨浪へと渦巻きながら、金波銀波ときらめいていく。わたしたちも古典原典、百年前の英語、現代日本語の渦潮に揉まれ、荒波のなかもがきつつ、なにかを生み出そうとしたのである。

第2章 時空を超え〈戻し訳〉から〈らせん訳〉へ

〈戻し訳〉、わたしたちの翻訳はそう呼ばれる。

千年前の平安時代の物語が、百年前のイギリス・モダニズム文学期に訳され、その英語訳をふたたび現代日本語へと再翻訳したのである。だからむろん〈戻し訳〉で間違いない。間違いないうえ作品の概要がひと言で伝わる。不満なわけでもなく、しばしば自分たちでも便宜的に用いている。けれども翻訳していて、「戻し」ている感覚はまったくなかった。実際、日本語になっているとしても、平安時代の言葉や風習には戻していないのだから。

ではなんだろう。なにか新しい呼び名があるのではないか。どう名付けたら良いだろう。

戻し訳じゃないわよね

そう、なんだか単に行って帰ってきた、みたいに聞こえる
そもそも翻訳って、それだけじゃないし
しかもこの源氏物語は、異文化を潜ってきた作品だもの
それが伝わってほしい、伝わることばはないかな……
んん、そうね……〈らせん訳〉っていうのはどう？
らせん訳、らせん訳ね……うん、いいような気がする！

建築・調度品をめぐることばいろいろ

ウェイリーは、多くのことば――たとえば建物に関する用語、つまり寝殿造り、室内のしつらえに纏わる言葉を、英語読者にイメージできるよう置き換えて翻訳している。エンペラーの住まう御所はパレス、大殿と呼ばれる左大臣家の御殿はグレートホール。イギリスのマナーハウスには何々ホールとされる場所も多々あるから、グレートホールは豪華な領主の館のイメージだろう（カズオ・イシグロの小説『日の名残り』の舞台はダーリントン・ホールという名であった）。極東の邸としても、なにかしらオリエンタルで煌びやかな建物を想像したはずである。そうかと思うと渡殿や中廊はロッジアやポルティコと訳されていて、これにはどうしたって柱廊並ぶギリシャやイタリアの建造物が頭に浮かぶ。対屋《たいのや》はウィング、半蔀《はじとみ》は格子窓／ラティス・ウィンドウ、几帳や御簾はカーテン、障子

はペーパー・ウィンドウ。涼み廊下《ロッジア》で繫がる藤壺妃の居所飛香舎《ひぎょうしゃ》は、ウィステリアの館またはウィステリアの部屋である。ウェイリーは二帖「帚木」で、以下のような注を付けている。

日本の家屋は西欧の我々のものとはかなり違う造りをしている。本書に繰り返し現われる用語（キチョウ、スダレ、スノコなど）も完全な同義語が英語にはないので、どのようなものかが大体理解できるよう、なるべく自然な表現を当てるように工夫した。

パレス、グレートホール、ポルティコ、ウィング、カーテン、ペーパー・ウィンドウ、クッション等々の英語は御所、大殿、渡殿、対屋、几帳、障子、脇息。少女紫の人形や、ままごと道具はドールハウス。とはいえそれぞれの用語が一対一で厳密に対応しているわけでもない。差異を含みながら翻訳されたウェイリー源氏を、わたしたちも古典語に戻すことはせず、ルビを使うなどして訳文に反映しよう、そう決めていた。ウェイリーの英訳文も読者に見えるよう訳そう、と。そうでなければ時代を超え、異言語、異文化を潜ってきた日本の古典を再翻訳する意味がない。

翻訳論の用語でいえば、英語読者になじみやすいよう「同化翻訳」したウェイリー。その訳語をわたしたちが現代の読者に伝えることによって、『源氏物語』に「異化作用」を起こせるのではないか、起こしたい、そう願ったのだ。イギリス側にあったオリエンタリズムの批評ともなり得るだろう。またある種のアダプテーションでもある。これらすべてを含め、らせんのイメージを描いたのである。

それにしても、平安時代の寝殿造りの知識のまったくない英語読者たち。ウェイリーの訳語からどんな建築物を想像しただろう。

ウェイリーは、どんな館をイメージしていたと思う？

寝殿造りなんて見たこともないものね
でも大英博物館で、絵とか図とか資料は見てたはず
母屋である寝殿からロッジアで繫がって
左右に翼棟《ウィング》が広がって
パレスやグレートホールはこんな感じ？（と図面を描いてみる）
イギリスの宮殿のような
でも必ずしもイギリスでもなくて
藤の花が窓辺を飾る洋館
イタリア風でもあり東洋風でもあり、何処の国とも知れない……

ヴァージニア・ウルフは、ファッション誌『ヴォーグ』に発表した源氏物語評にこう書いている。レディ・ムラサキが「どこにでも見られるような家」と記すとき、「私たちは（……）菊と鶴に飾られた、優美で夢のような館をすぐに思い浮かべる」と。「現代のイン

グランドでは望むべくもない背景や雰囲気」を喜んで纏わせる、と。わたしたちが藤の花《ウィステリア》咲く洋館を想像する一方で、ウルフは菊と鶴に飾られた東洋の館を想像していたのである。

二〇二〇年「東京学派と日本古典　源氏物語をめぐって」という国際学会で『源氏物語A・ウェイリー版』について発表したときのこと。登壇者のお一人であったアメリカ・ラトガース大学ポール・シャロウ教授に質問してみた。

シャロウ先生が、このウェイリー訳をお読みになると、どういう建築を想像なさいますか?

もちろん平安時代の木造建築とは思えないです

やはり!

西洋式で、さらに細かく言うと、イタリアや地中海で見るような石造りの家とかパレスが思い浮かびます

なるほど二十一世紀の英語読者も、平安の都の邸でも東京の邸でもイギリスの邸宅でもないもの、時に南ヨーロッパ風の、あるいはそのすべてが入り交じったものを思い浮かべつつ読むのか。拙訳のテクストはそれを再度日本語に翻訳しているのだから、さらなる時間、空間、文化的エレメントが加えられ、いくつものイメージが渦巻き、重なりあって存

在することになる。

時間と空間を巻き込む〈らせん訳〉

ドイツの哲学者ヘーゲルは、歴史は線的に進むのではなく、らせん階段を上るように発展していくとした。「歴史はくり返す」とは、古代ギリシャの歴史家の言葉であるが、ヘーゲルは「事物はらせん的発展」を遂げる、と論じたのである。上から見ればただの円に見えるものが、横から見ると円を描きつつ上昇している。一見単なるくり返しに見える円も弁証法的に発展している、ということだろう。ヘーゲルのらせん的発展は議論を呼びつつ多様な解釈を生んで、今日なお影響力を持ち続けている。

この「らせん」の概念をわたしたちの翻訳に応用して、仮に〈らせん訳〉と呼べないだろうか。元の日本の古典（A）をウェイリーが英語訳（B）したものを、さらにわたしたちが現代日本語（A´）に翻訳する。

らせん状に進んだAは、Bというイギリス・ヨーロッパの言語、文化に加え、百年の時間を経てA´に至る。AとA´は決して同じ円に戻ってきたのではない。同じものとはなり得ない。

多くの日本人は『源氏物語』（A）に対し、（古典の授業などで習ってきた知識によって）登場人物がどのような建物に住み、どのような衣装を纏い、どのような言葉を話す

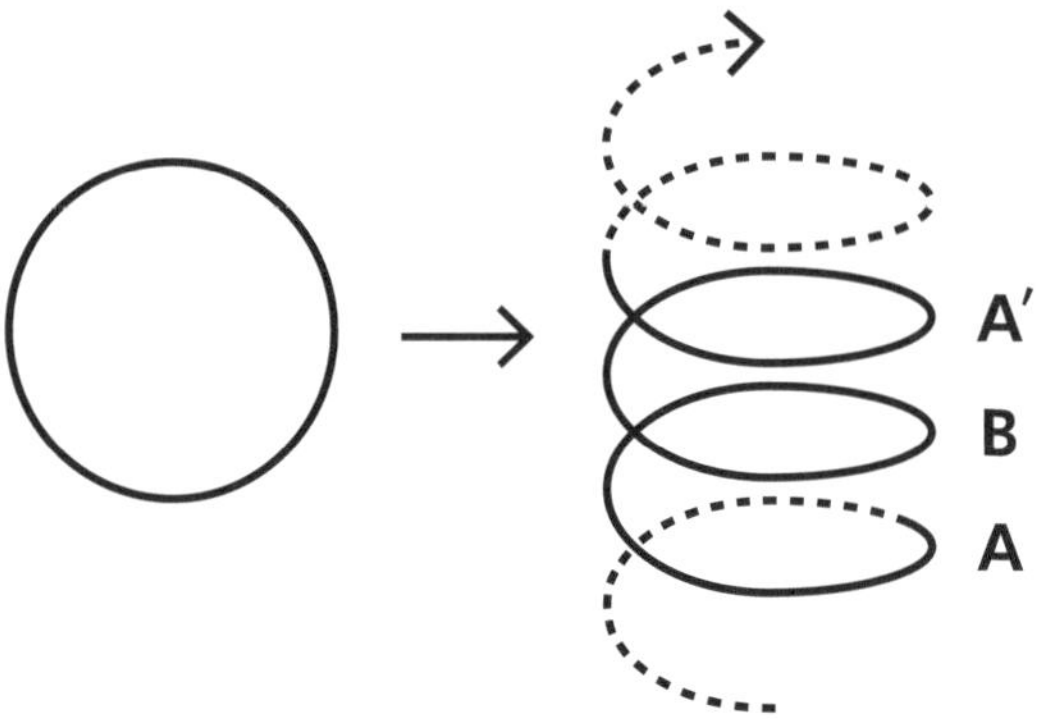

か、ある程度決まったイメージを抱いているだろう。それが一旦イギリスへ渡ってその土地の言語や文化に翻案され（B）、ふたたびわたしたちに手渡される（A´）。であるからその運動が透かし見える翻訳にしたい、源氏物語への固定観念を揺さぶり、新鮮な目で出会い直したい。それを読者と分かち合いたい。もちろん紫式部の古典語『源氏物語』に「発展」が必要という意味では決してない。いまあるままで欠けるところなく完璧な世界文学であり、わたしたちはそれを愛してきた。けれど作品は時とともに生きて動いている。「らせん」のように時間、空間を巻き込みながら新たな姿で現れることも可能ではないか。そしてそれを試みに〈らせん訳〉と呼んでみたいのである。

ひとつひとつの単語レヴェルに加え、〈らせん訳〉には文学作品の重なりもいくつも見られる。二十世紀を代表する小説『失われた時を求めて』も、そのひとつに挙げられるだろう。

プルースト『失われた時を求めて』

「おまえは山査子が好きなんだろう。ちょっとこの薔薇色の山査子《エピーヌ》をみてごらん。何ともきれいじゃないか」。事実、それは山査子《エピーヌ》だった。ただし、色は薔薇色で、白い山査子よりはるかに美しかった。これも白と同じく、祝祭の装い――唯一、本当の祝祭というべき宗教的な祝祭の装いである。

（プルースト『失われた時を求めて』「スワン家のほうへI　コンブレー」）

さて、ウェイリーが一人孤独に源氏物語に向き合っていたちょうどその頃。同じイギリスでもう一つ重要な訳業が進んでいた。フランスの作家マルセル・プルースト『失われた時を求めて』の英訳である。翻訳者の名前はスコット・モンクリーフ。なんと彼はアーサー・ウェイリーと少年時代を同じ学校で過ごしている。しかも寄宿学校で。小規模の学校で生活をともにした少年二人が、それぞれ世界文学の大長編の翻訳を手がけることになろうとは。巡り合わせの不思議を感じる。

出版もほぼ同時期である。前章でも書いたように、ウェイリー訳源氏物語の第一巻出版は一九二五年。全六巻完結が一九三三年。モンクリーフの『失われた時を求めて』の英訳は全七巻の構想で、第一巻が一九二二年（この年の十一月にプルーストは死去。つまり二

○二二年は没後百年であった）、第二巻が一九二四年、第三巻が一九二五年と順調に出版されている。ところがモンクリーフは第六巻の刊行を待たず、一九三〇年に死去してしまう。第六巻は、遺稿を託された友人によって同年に完結している。内心ライバル心を燃やしたであろうウェイリーとモンクリーフ。競いあっての翻訳と思われる。

実際出版当初から、この二作はなにかと比較されることとなる。プルーストを愛読するわたしたちも、ウェイリー訳源氏と『失われた時』の世界を重ねあわせ想像力を広げていた。なんといってもウェイリー自身が、二作品に親和性を感じていたのである。第二帖の「帚木」で、「プルーストもまた、紫式部の技法を用いている」と注記して、この同時代フランス人作家の名をわざわざひきあいに出している。

ではウェイリーのいうプルーストも用いた「紫式部の技法」とは、なにを指すのだろう。もちろんよく言われるように、紫式部の内面を描く手法――源氏物語でいえば「心内語」、プルーストでいえば「意識の流れ」。それもあるだろう。けれどそれだけではない。

まずはウェイリーが注をつけた「帚木」帖のこの場面。若きプリンスであるゲンジが、空蟬／ウツセミ（と後々呼ばれるようになる女性）のもとを訪ねた折のことである。偶然、邸の女たちが自分のうわさ話をしているのを耳にする。

部屋のキャンドルの灯りが、ペーパー・ウィンドウの隙間から漏れてきます。（……）小声が漏れ聞こえます。なんと、自分のことを話しているではありませんか。

「ああ残念！　あんなに若くて素敵なプリンスなのに、もう誰かのものなんてね。それもご自身で選んだ方ではないんですって！」

「でもあの方、結婚はさして気に掛けていないとか」ともう一人が言います。

話題はこのあとすぐ、ゲンジがあるプリンセスに朝顔の花束を贈った、ということに移る。しかも彼女たちはゲンジがその花に添えたという和歌まで口々にくり返しているのである。

ところでこのうわさの的であるプリンセス・アサガオは、これ以前にはまだ一度も物語に登場していない。読者にははじめて耳にする名前なのである。にも拘わらず紫式部は、既知の登場人物かのように扱っている。ウェイリーはこの手法について『失われた時』が記憶を辿る形で展開し、ときに人物がはじめに遠景として現れるのに似ている、と指摘したのである（ただし源氏物語研究者のあいだでは、朝顔の宮《プリンセス・アサガオ》が登場する帖が「失われた」可能性についても議論されている）。

そのほか六条御息所の登場や、実際には物語のもっと先で現れる明石の君を、早くに点景として浮かびあがらせるのも同様だろう。「若紫」の帖で、ゲンジとその従者たちの会話で、つぎのように触れられるのである。

「あそこに見えるのが、播磨《ハリマ》の明石の浦《アカシ・ベイ》です」と従者が海の方角を指差しました。

「ご覧ください、それほど人里離れてはいませんのに、あんなに侘しく荒涼たる土地はありません。（……）実は、そんな場所に不釣り合いに豪勢な館がございます。以前地方長官だった入道《ニュウドウ》が娘と住んでいるんです。（……）」（傍点筆者）

この「娘」こそ明石の君、アカシのレディ。後々、流謫の身のゲンジと深い関係を結び、運命を大きく動かしてゆく女性である。彼女はこうして物語のごくはじめに、静かに、遠く現れる。これもまたプルーストを想起させる語りではないだろうか。

『美しい村』に咲く朝顔

源氏物語との日々。わたしたちは一日十時間でも机に向かい、ひたすら翻訳、翻訳、翻訳していた。それでも山荘に滞在する夏のころは、緑のなかへと散歩に出た。山をくだって町まで足が伸びることもあって、するとそこは堀辰雄の『美しい村』の空間である。

たとえばあの日は霧が深く、どこを見てもモノクローム。乳白色に渦巻いて色彩はすべて沈んでいる。二人で歩いていると霧の渦巻くなか、ぼんやりと浮かびあがる青色があった。頭のなかは常に源氏物語で占められていたから、すぐさま思わずにいられない。

朝顔、プリンセス・アサガオ！

彼女はけっしてゲンジに靡かなかったわよね、えらい

どんなに言い寄られても
どんなに贈りものをもらっても
源氏物語には、毅然とした女性たちがいるのよ
女性の物語よ、やっぱり、源氏物語はモテ男の物語じゃなくて
この朝顔、ヘブンリー・ブルーかしらね

落葉松の緑はぼうっと灰暗色。こんな細かな霧のなかではどうやっても髪も服も濡れてしまうから、わたしたちは傘もささずに歩いていく。「水車の道」に差し掛かる。ここ聖パウロ教会まえの小径は、堀辰雄が好んで散策していたところ。わたしたちは霧とともにすっぽり彼の小説世界に包まれる。

その翌朝は、霧がひどく巻いていた。私はレエンコートをひっかけて、まだ釘づけにされている教会の前を通り、その裏の橡の林の中を横切って行った。
（堀辰雄『美しい村』）

しかも堀はこの頃出会った『失われた時を求めて』の世界を、自らが歩く土地に重ねていたのである。たとえば「スワン家のほうへ」のこんな場面。

小径には山査子の香りがうるさいほどに漂っていた。生け垣は、小聖堂《シャペル》が続いている

ようにも見え、小聖堂《シャペル》はやがて仮祭壇《ルポゾワール》の形に積み重ねられ撒き散らされた花に隠れてゆく。太陽はまるでステンドグラスを通ってきたかのように、花の下の地面に光の碁盤目模様を描いていた。

（プルースト『失われた時を求めて』「スワン家のほうへI　コンブレー」）

それが『美しい村』では以下のように変奏曲を奏でている。

私も歩き出しながら、やっとその野薔薇の小さな茂みの前に達した。（……）その小さな茂みはまだ硬い小さな莟を一ぱいにつけながら、何か私に訴えでもしたいような眼つきで私を見上げた。

（……）

私は再び霧のなかの道を、神々しいような薄光りに包まれながら、いくら歩いてもちっとも自分の体が進まないようなもどかしさを感じながら、あてもなく歩き続けていた。私の心はさっき霧の中から私を訴えるような眼つきで見上げた野薔薇のことで一杯になっていた。

『失われた時を求めて』の山査子が、野薔薇に転生している（山査子も野薔薇の一種であろう）。堀は最新のフランス心理小説の文体や描写を自作に呼び入れ、新境地を開拓しようとしたのではないか。短い引用ではなかなか摑みにくいが、プルーストの気配は作品の随所に感じられる。

この「水車の道」の「水車」も、堀辰雄の頃にはすでに失われていたという。かつてゴトゴトと音を立てて回っていただろう水車。それを見た人はもうだれもいない。「土地の名」に残るばかり。霧の道を「神々しいような薄光りに包まれながら」、わたしたちも歩く。

『美しい村』のサナトリウムらしきところは、数十年前にわたしたちが散策したころには廃墟のようになって残っていた。雑草が茂る広い土地。赤味がかった屋根に白い窓枠が大きな二階建てで、硝子に罅が入り、どの窓にも古ぼけたカーテンが掛かっていた。いまでは廃墟すら消えて更地となり、跡形もない。クレゾオルの幽かな匂いもない。たしかこの辺りにあったはず……でもよく思い出せない。サナトリウム、水車、プルースト、ヘブンリー・ブルー、朝顔、源氏物語……眼前の風景に種々さまざまな物語のイメージやことばが混ざり合って、身体ごと巻き込まれていく。

小説家の中村真一郎は、『源氏物語』を「世界文学史上の奇蹟」と讃美し、この物語が「世界文学の仲間入りしたことの理由の最大のものは、プルーストとの様々の類似と偶合とによるもの」と述べている。そしてこの二作――時代も文化圏も大きくかけ離れたふたつの作品――を重ねて鑑賞することを二十歳の自分に教えてくれたのは、師と仰ぐ堀辰雄であった、としている。堀は最も早い日本のプルースト読者であったと同時に、ウェイリー源氏にも触れていたのだ。『源氏物語』のなかに「もうひとりのプルーストを発見」したという。

小枝を編んだフェンスを蔦のような蔓草が覆い、涼しげな緑の葉を広げています。葉のあいだからは、まるで笑みこぼれる唇のように、白い花びらが綻んでいます。「ユウガオ、夕暮れの顔《イブニング・フェイス》という名の花です。うら寂しい塀にこんな愛らしい花が群れ咲くとは、なんともゆかしいことです」従者の一人がゲンジに言いました。

（源氏物語「夕顔」帖）

紫式部の白き花、ウェイリーの白い花びら、プルーストの山査子の生け垣、堀辰雄の野薔薇……それぞれが照らし合う。

らせんとは巻き貝の殻のように渦巻くもの。廻転しながら上昇、または下降する三次元の曲線である。〈らせん訳〉と名づけてみたものの、その翻訳空間はエッシャーのだまし絵のよう。目を眩ませ、ゴシックホラーのように摑みどころがなかった。直線的に翻訳するなら、あるいは正確に設計されたらせん階段のごとく一段一段積み上げるなら、まだしも安定していたかもしれない。らせん状にねじりを入れようとしたところから、わたしたちの茨の道がはじまった。多層的時間空間を巻き込んでらせん状にすること。カタカナ語の援用、ルビの工夫。どれもひとつ間違えば恣意的な戯れ、遊び事と受け取られかねない。ひとつひとつのことばが小さな螺旋《ねじ》であり、繊細に扱わなければ、そのひとつが抜けても飛び出してもすべてが崩壊してしまう。

渦巻いて伸びる階段は白昼も霧にかすんでいる。夜な夜な源氏物語の生き霊が現れ、種々の言語で呪いを口にする。鬼火がちろちろ燃え、冷たい北風が窓を鳴らす。叶わなかった恋人の悲痛な叫びは、今日もムーアを横切ってゆく。ゴシック建築の不安定ならせん階段を、わたしたちは何年も昇りつづけた。百年、千年、だれも通ったことのない場所。上から見下ろせば、千年の時間を巻き込む巨大な渦。そのただなかに吸いこまれる恐怖を感じる。原稿を離れて眠りに就こうとしても、毎晩この烈しい廻転を鎮めるのに何時間もかかった。

プルーストは『失われた時を求めて』をカテドラルに喩えた。「帚木」の訳注でプルーストに言及したウェイリーもまた、源氏物語という大伽藍を建設しようとしたに違いない。紫式部の大伽藍はウェイリーのカテドラルへ。わたしたちも霧に浮かびあがる源氏物語のカテドラルを目指し、紫式部の声に耳を傾け、高い尖塔を目指した。

――霧。源氏物語で霧といえば夕霧と落葉の宮。そしてなんといっても薫や匂宮、宇治の姉妹、浮舟の住まう宇治十帖の世界だろう。けれどそれはもっと先の話。いまはまだ若きゲンジの時代である。

ラシーヌ『フェードル』の光

紅葉《もみじ》する大樹のもと、四十人のフルート吹きが輪をつくりました。彼らの笛の音に、山から吹き下ろす荒れ狂う松籟のハーモニーが加わります。紅葉渦巻き、舞い散る中、光り輝く華麗さで躍り出たゲンジの〈青海波〉の舞い。——観る者は、畏れにも似た歓喜を味わったのでした。

ゲンジ十八歳のころ。光り輝く貴公子は無敵である。親友であり好敵手のトウノチュウジョウと二人並び、〈青海波《ブルー・ウェイブ・ダンス》〉を舞う。トウノチュウジョウとてだれもが羨む存在で、高い身分と容姿と才能を誇っている。けれどゲンジと並んでは「山樅《やまもみ》のよう」。ゲンジの輝きはこの世のものとは思えないほどである。

美貌のゲンジの舞いは、『失われた時』のラ・ベルマを想起させないだろうか。伝説の大女優が、ラシーヌの悲劇『フェードル』の主人公として現れる場面を。舞台上の彼女は、身に纏う白いヴェールを透かしてその魂までも輝かせる。ヴェールをどれほど重ねても「その中央に閉じ込められた光線をさらに豊かなものとして物質を貫いて屈折させるしかなく、また、光線を包み込む炎を浴びたもうひとつの物質をいっそう広やかで、貴重な美しいものにするだけだった」。女優ラ・ベルマは、ほかの役者にはない「ある種の光の放射――魅せられた観客はそんな光の輝きを（……）フェードルという登場人物のまわりで、豊かで複雑な要素をきらめかせる（……）」のである。語り手は、ラ・ベルマの『フェードル』から「光」を浴び、はじめには味わえなかったより深い喜びを、二度目の観劇で体験することになる。ラ・ベルマは、神々の血を引くフェードルから光を放射させる。ゲンジのまばゆさもまた、父君エンペラーを不安にさせたほどの神々しさだったのである。

生きてうねうねと動いているかのような白い霧。それは源氏物語の文体そのもののよう。霧中のわたしたちの導き手となるのは、レディ・ムラサキつまり紫式部であり、ウェイリーだけである。その灰暗色の世界にひとつの光が見える。それは光源氏、シャイニング・プリンス・ゲンジ。彼は強烈な光を放射している。彼の光は輝きを増し、これからの物語の行く末をいよいよ煌めかせてゆくのである。

第3章　シャイニング・プリンス・ゲンジ現る

沈みゆく金色の夕日が、ゲンジに降り注ぎ、ふと楽の音が高まる、その妙なる瞬間。ゲンジの雅びな足の運び、たおやかに傾けた首。これほど眩ゆいものを見たことがあるでしょうか。

金色の光を浴びて〈ブルー《青》・ウェイブス《海波》〉を舞う、麗しい貴公子……。

頬を生き生きと紅潮させ、一心に舞う姿は、まさにゲンジ、ザ・シャイニング・ワン。

そうです、ゲンジ皇子は、その輝く美貌からシャイニング・プリンスとか、ヒカル・ゲンジと呼ばれていたのです。

アーサー・ウェイリー訳*The Tale of Genji*で「シャイニング／shining」の単語が目に入ったときの衝撃は忘れられない。この一語の光に射ぬかれた。
シャイニングですって！
シャイニング！　パワーワードすぎる
そうか、光ってるのね
そうよ、光源氏は光ってるのよ
光り輝いてる
かぐや姫みたいに
そうか、そうよね、そう書いてあるものね
「（……）にほはしさはたとへん方なくうつくしげなるを、世の人、光君《ひかるきみ》と聞こゆ」ってね
目から鱗。シャイニングの文字を見てはじめて、名前の意味が心を打った。光源氏の名があまりに耳馴染んでいて、「光」とは認識していなかったのである。匂わしさ、輝くような美しさから、世の人はこの皇子を「光君」と呼ぶようになった、たしかにそう書いてある。光源氏はかぐや姫のように、文字どおり光り輝いているのである。いってみれば、かぐや姫の男性版。そう思ったらするすると謎が解けるようだった。
けれどそのまえに、『かぐや姫／竹取物語』について少しふれたい。

竹取物語《バンブーカッターストーリー》とゲンジ

だれもが知るとおり、日本最古の物語とされる『竹取物語』。

源氏物語でも、『かぐや姫の物語』『竹取の翁』として言及される。はじめに登場するのは「蓬生」帖の場面で、常陸宮の姫君である末摘花が、時を持てあまし、つれづれに読む物語のひとつに挙げられている（ウェイリー訳での末摘花についても、ルッキズムに抗ってぜひとも記したいエピソードがあるが、それはもう少し先の章に譲りたい）。

二度目に『竹取物語』が現れるのは「絵合」帖。

源氏物語のストーリーはさらに進み、ゲンジ三十一歳のころ。ビブリオバトルならぬ絵画による対戦――ウェイリーの訳語で言えば「ピクチャー・コンペティション」――の場面である。いつもながら好敵手であるゲンジとトウノチュウジョウは、このときも各々が所有する自慢の絵画で、競うのである。それもただの気慰みではない。ゲンジが後見する姫君と、トウノチュウジョウの娘の姫君。二人のどちらがエンペラーの正妻格となるか。相手を上回る優れた絵画を出品し、寵を勝ちとるか。寵愛を巡っての、運命の大バトルなのである。実際に絵を出し合うのは姫君同士。それぞれのお付きの女房たちが、才を競い論を戦わせる。宮廷中、いや国中の耳目を集め、準備からして熱狂的になる。

対決の場では、二つの陣営は衣装もカラフルに色分けされ、部屋の両側にずらりと並ぶ。女房、女童など多くが見物するなか、次々と並べられる絵。披露されるときの緊迫感。聴衆があっと愕く様子。色彩や構図、カメラの動きにも似た視点の移動。ウェイリーの翻訳では映画かテレビドラマを見るような劇的な運びで、ひとの息づかいはもちろん、BGMや効果音まで聞こえそう。細かに入り組んだ英語の描写を読み解くのは困難だったが、いったんウェイリーが思い描いただろうイメージが摑めると、わたしたちにも運命の場の熱気がのり移って翻訳にも気持ちが入る。

ここに『竹取物語』が登場する。第一ラウンドでゲンジ側の姫君が出したのが、『竹取物語／バンブー・カッター・ストーリー』を描く一作だったのである。技術的な面よりも、絵画のモチーフそのものが論争の種となり、女房たちが自説を熱く展開して伯仲する。

「（……）レディ・カグヤというヒロインには、この世の穢れがなく、ものの考え方もふるまいも気高くて、わたしたちを〈神々の時代〉へと誘ってくれます。この物語をお褒めにならないなんて、それはあなた方が理解できないだけ」

「レディ・カグヤが連れ去られた〈天の国《スカイランド》〉はたしかに、わたしたちの理解を超えていましょう。でもそもそも、そんな場所が実在するとはとても思えませんもの。〈バンブー・カッター・ストーリー〉の人間界に目を向けてみましょう。ヒロインは竹の節から生まれてきたわけですわね。とすると初めからずいぶんと貧しげな雰囲気の物語ではありませんの、不快です。レディ・カグヤは光を放って、養父の家の隅々まで照らし出したとか。でももしわたしの記憶が正しければ、その程度の光なんてヒズ・マジェスティの宮殿のご威光の前にはあまりにも貧相じゃございませんの。(……)」

女たちは互いに譲らず、かぐや姫の光を巡っての論争が続く。原典では「かやうの女言《ごと》にて乱りがはしくあらそふに、一巻《ひとまき》に言の葉を尽くしてえも言ひやらず」となっていて、「女言/女同士のおしゃべり」と、脈絡のなさがやや軽んじて書かれているものの、女性たちはゲンジやトウノチュウジョウほか貴公子たちの見守るなかであっても、自由に発言している。この後も和歌のやりとりで応酬するなど、かまびすしくも才気煥発。胸がすく。なにより紫式部の筆の冴えといったら! ウェイリーの英語も生き生きして、わたしたちも論戦に参加している気分になる。

第一ラウンドはゲンジ側の『竹取物語』に対抗して、『宇津保物語』の絵を出したトウノチュウジョウ側が圧勝する。絵合せはこのあと、エンペラーもご臨席の第三戦までもつれ込み、クライマックスを迎えることになる。

話を『竹取物語』に戻せば、ウェイリーはここにも以下のように注をつけている。

『竹取物語』は九世紀の作品で、竹の節から見つかった妖精が、恋人に途方もない試練をさまざま与え、最後には〈天上の世界《ランド・アバヴ・スカイ》〉に消えていく物語。

妖精！　ウェイリーはこの世を超えた存在、異界の存在としてのかぐや姫を伝えるにあたって、フェアリーの語を当てたのである（また、一八八八年に世界ではじめてこの物語を英訳したフレデリック・ディキンズにも言及している）。

ゲンジを指してのシャイニングの単語を目にしたとき、ゲンジもまたかぐや姫のごとく、ある種この世を超えた神々しい存在なのか、と目が覚めるようであった。それは時としてゲンジという「人格」に対して感じる、魅力的だけれどなにか腑に落ちないような、捉えどころのないような気分を吹き払うものでもあった。

もちろんこれは特別な発見でもなんでもなく、その後少し調べれば同様の記述はいくらでも見つかった。ゲンジの光はしばしば、かぐや姫を引き合いに出しつつ、光り輝く美貌、威光、権力を表す光とされているのである（とはいえ自分たちで「発見」した得心はほかに代えがたい）。

たとえば日本文学研究者のハルオ・シラネ、コロンビア大学教授は、次のように書いている。

彼の光り輝くイメージは王権が彼のもとにあることを暗示している。古くは太陽神で皇族の祖先とされる女神の天照大神の頃から、〈光輝〉は天から降りてきた神の血統と結びついていた。

また河添房江『源氏物語と東アジア世界』でも、かぐや姫の光とゲンジの光が並べて論じられる。かぐや姫は、月天界という異界の光を放つもの。いっぽうの光源氏は、かぐや姫の光と同時に、『竹取物語』の帝の、語られざる〈光〉や〈色好み〉を吸収した存在でもあったのではないか」という。つまりゲンジは、美貌の光のみならず、権力者の威光も重ねて纏っているのである。河添は「光」の表現の起源として『日本書紀』などの史書や古代文芸を検証し、東アジア世界へとダイナミックに遡っていくのである。

源氏物語の本文でも、ゲンジのこの世のものとも思われぬ美しさ、音楽、舞い、和歌、書、衣装や香の趣味、あらゆることに秀でた天賦の才が、いくども強調される。エンペラー・キリツボの第一皇妃弘徽殿の女御は、そんな継子が宮中でもてはやされるのが不愉快。苦々しく言うのである。「ゲンジが美しいからといってなんですか。そのうち天から神が降りてきて、さらって行くことでしょうよ」と。ゲンジはかぐや姫と同じく天に帰るべき存在、ということが示唆されるのである。

ちなみに冒頭の引用「ゲンジ皇子は、その輝く美貌からシャイニング・プリンスとか、ヒカル・ゲンジと呼ばれていたのです」のあとに続くのは藤壺妃についての記述で、彼女もまた「プリンセス・グリタリング・サンシャイン、輝く日の宮と呼ばれ、讃美されていたのでございます」となっている。彼女もかぐや姫に類する存在なのかもしれない。そのため要となる女性であるにもかかわらず、源氏物語原典でも登場場面は少なく、会話もほとんど見られない。ウェイリー版では英語の性質上、より輪郭がはっきりしているとはいえ、彼女もまたどこか人を超えたような雰囲気、摑みどころのなさを纏っているようには感じられないだろうか。

差異とともに伝えられるかぐや姫

多和田葉子『地球にちりばめられて』にも、おとぎ話、昔話が差異を含みながら異言語、異文化に伝えられていく様がユーモラスに描かれる箇所がある。『源氏物語 A・ウェイリー版』を翻訳しているときに本書を手にし、そこにも多言語の交錯から生まれる弾むような楽しさを見出したのである。

語り手のひとりであるHiruko――この名も当然『古事記』でイザナミ、イザナギの間に誕生するヒルコ／蛭子を想起させ、神話的世界を小説内にもたらすものであるが――は、デンマークのオーデンセに住む日本を思わせるアジア系の女性。メルヘン・センターと呼ばれる施設で、移民の子どもたちに昔話を語って聞かせる。ここに日本（とおぼしき国）の昔話が登場するのである。

Hirukoは、まず「鶴のありがとう」を紙芝居で語り、次にかぐや姫を語ることになる。「かぐや」をフェアリーならぬ「月のお姫様」と置き換えながら、竹のなかから見つかるのだから「竹のお姫様」がいいのではなどと思い巡らせ、こう続ける。

竹の中で見つけられたから竹が故郷であるはずなのに、「月に帰る」と言うのはどうしてなのだろう。かぐや姫は、移民二世なのかもしれない。だから親が地球に滞在中に竹に生みつけ、自分は地球で生まれたが、環境になじめずに、親の故郷である月に「帰る」ことを夢見る。

「かぐや姫」が脱構築されて語られる。

多和田葉子の「かぐや姫」にも、わたしたちがウェイリーの源氏物語を翻訳しながら日々感じていた異化作用を見る。Ｈｉｒｕｋｏの「ネイティブは日常、非ネイティブはユートピア」とのことばを、ここに置きたい。エクソフォニー、つまり言語、そして生得の文化の外に出ることには、創造的破壊力と再創造を促す力が備わる。英語による源氏物語とその〈らせん訳〉も、同質の創造性とユートピア性を持つ、と言ってみたい。

光り輝く者、ゼウスの恋

シャイニング・プリンス、光り輝く者……。このような名前を戴けば誰でも、必ずやなにかと噂の的となり、嫉妬混じりの陰口を叩かれるもの。ほんの戯れの恋でさえ、後世まで大仰に語り伝えられてしまう。ゲンジはそう自覚していました。

先に光源氏の光はこの世を超えたもの、かぐや姫の男性版、そう思ったらするすると謎が解けるようだった、と書いたが、もうひとつの「らせん的」想像としては、即座にギリシャ神話のゼウスが浮かんだ。『ギリシア・ローマ神話辞典』（岩波書店）の「ゼウス」の項目を引けば、長い記述のはじめにこうある。「ギリシア神界の最高神。その名は純粋に印欧語源で、dyēus, diw- に由来し、《天》、《昼》、《光》を意味する」。

オリュンポス山頂の神殿に住まうゼウスは、ギリシャ神話の中心となる神であり、神々と人間の父と呼ばれるが、語源的には「光」を含むという。絶対神に近いゼウスは、女神ヘーラーを妻としてからも多くの女神や人間の女性と関係を結ぶ。

たとえば、牡牛の姿となってエウロペと、白鳥となってレダと、黄金の雨となってダナエと交わる。また愛人イーオーを牝牛の姿に変え、妻である女神ヘーラーの嫉妬の目をかわそうとしたこともある。愛人をめぐってのゼウスとヘーラーのもめ事は尽きることがない。

第1章で、ウェイリーが冒頭につけた注、「第一帖は、どうか寛大な気持ちで読んで頂きたい。作者紫式部はまだ、先人たちの未熟な作品の影響のもと、宮中年代記（クロニクル）と、それまでにあったおとぎ話（フェアリー・テイル）が混在したスタイルで書いている」を引いた。シャイニングの単語と同時にこの注によっても、わたしたちは源氏物語を一種のおとぎ話や神話として捉える新たな視点を与えられた。光り輝くゲンジは——特に物語のはじまりのころは——、ギリシャ神話のゼウスのような存在とも考えられるのではないか、彼の数々の恋愛事件もそのようなものとして解釈できるのではないか、と。

ユング心理学者の河合隼雄もゼウスを指して、「光源氏の物語の神話版」と指摘している。神であるゼウスの行為を、単なるプレイボーイの情事と見る人はいないであろう。ゼウスは多くの女性と交わることで多くの子をもうけ、それが創世の神話へと繋がるのである。

ドン・ジュアンの冒険

ここでやはり、プレイボーイの連想からしばしばゲンジと比して語られる、ドン・ジュアン（あるいはドン・ファン／ドン・ジョバンニ）に触れないわけにはいかないだろう。源氏物語は、序盤の華やかな女性関係から奔放な恋愛遍歴の物語、と取られることも多い。けれどゲンジをジュアンのような単なる好色者として語るのは、表面的な読みではないか。特にゲンジ亡きあとの、宇治十帖での精神的深まりを見逃すことになってしまう。

とはいえまずはドン・ジュアンである。

スペインの伝説上の人物ともいわれ、好色放蕩の限りを尽くす美青年ドン・ジュアン。けれど実像ははっきりしない。十七世紀スペインに戯曲が現れて以来多くの詩や戯曲の主役となり、さらにはオペラ、映画など、多くのアダプテーション作品を生んでいる。
十七世紀フランス文学でいえば、モリエールの戯曲『ドン・ジュアン』に、放恣な快楽の探求者が描かれる。ジュアンの従僕スガナレルの台詞にこうある。

色恋のためとあったら、うちのだんなはなにをしでかすか知れたもんじゃない。（……）奥さん、お嬢さん、町娘、百姓女、熱すぎるも冷たすぎるもあったもんじゃない。あちらこちらで嫁にした女を、いちいち数えあげたら、日が暮れちまうよ。

美女のためとあらば、なんでもする。だれが諫めようと悪い噂が立とうと、どんな怒りや恨みを買おうといっさいお構いなし。とはいえ伝説と比べれば、モリエール劇の主役はより複雑な人間として描かれている。
またモーツァルトのオペラ〈ドン・ジョバンニ〉の従僕も、「カタログの歌」で、「奥様、これがリストですよ」と披瀝する。

イタリアでは六百と四十人／ドイツでは二百と三十一人／フランスでは百人／トルコでは九十一人／スペインではもう千と三人（……）／冬にはふくよかな女性を／夏にははやせた女性を求め（……）／年取った女だって口説く／リストに加える楽しみのためにね／なんたって燃えあがるのは／若いうぶな娘さ（拙訳）

モーツァルトの軽快な音楽なしに読むとひどい歌詞で、ゲンジに似ているとは思いたくない。たしかに両者とも、野を越え山越え、暴風に命の危険を曝し荒海を乗り越え、女性のもとへ。闇夜に馬車を走らせ、塀を飛び越え、窓から垣根の破《や》れ目から忍びこむ。

イギリス文学に目を移せば、十八世紀のロマン派詩人バイロンの代表作『ドン・ジュアン』があり、美貌の主人公ジュアンは、好色漢というより愛の若き冒険家。ウェイリーがシャイニング・プリンス・ゲンジの運命と重ね合わせた可能性は、大きいだろう（ウェイリー源氏がいまから約百年前。バイロンの『ドン・ジュアン』はさらにその約百年前。一八一八年から二四年にかけて執筆されたが、彼のギリシャ客死で未完に終わった）。一例をあげれば、ジュアンが追手を逃れ、スペインのカディスから出航する場面は、ゲンジが都を追われて須磨へと向かう船路を思わせる。

ジュアンは船上の人となり、／やがて船は出帆した、／風は追い風、順調だが、／海原は荒れ狂っていた。／（……）盛りあがってくる浪の彼方に、／生まれた土地がおもむろに／遠ざかってゆくのを眺めるのは、／方図《ほうず》つかない気持だと／言わぬわけにはいきかねる。

ドン・ジュアンは艫《とも》に立ち、／眼を凝らして生まれ故郷の／スペインが、遠く退いて

／ゆくのを眺めているのだった。

その舟が大嵐に揉まれる場面。ああ、これもまたゲンジが流された須磨の嵐を思わせる、同行者たちが狼狽えて神仏に祈る様子までそっくり、そう思った。わたしたちは嵐の描写を、シェイクスピアの『テンペスト』、そしてバイロンの『ドン・ジュアン』の第二歌を思い浮かべながら翻訳していた。ウェイリーも同様だったのではないか、と想像したくなる。

なぜなら一つには、ジュアンが難船、漂流の末に辿り着くのは東方。まずはギリシャであり、ついでオスマン帝国のコンスタンチノープルなのである。彼の地でサルタンの後宮へ送り込まれ、シルクの女の衣装を着せられる。

さてこうして女としての／仕度が十分できあがって、／鋏《はさみ》や紅《べに》や毛抜きの類に／少々加勢してもらうと、／彼はほとんどあらゆる点で／娘に見えるようになった。

ジュアンと同じ年頃のゲンジも、かつてこう描かれていた。

白の柔らかなシルク・スーツ。さりげなく羽織ったきめの粗いクローク。緩めたベルト、留め具。もたれ掛かるランプの光を浴びたその姿はあまりに艶やかでした。つい、これがどこかの娘であればと思うほど。

シルクを纏った女性のごときジュアンの美しさは、ゲンジの美少年ぶりや、女性的あるいは両性具有的美しさを思い出させるうえ、舞台はまさにオリエントの後宮なのである。もうひとつ付け加えれば、彼らはヴァージニア・ウルフのオーランドー像にも繋がるのではないか。ウルフは『オーランドー』の序に——中国語の知識について——アーサー・ウエイリーへの謝辞を記している。

けれど二人の決定的な違いはその行く末だろう。さすらいの果て、物語中に描かれないながら出家が暗示されるゲンジ。それとは対照的にジュアンはどこまでも人間的。バイロンの主人公の人生は、詩人自身の死で途絶するが、モリエールの戯曲、およびモーツァルトのオペラ終幕では、淫蕩、貪婪の罪によって、燃えさかる地獄の劫火のただ中へ、真っ逆さまに堕ちてゆくのである。

ゲンジの「色好み」

折口信夫もまた、光源氏の色好みについて「源氏物語における男女両主人公」という一九五一年の講演録で、「我々の祖先の持つた宮廷観、我々の祖先が尊い人に持つてをつた考へ方」と揚言している。

色好みといふのは非常にいけないことだと、近代の我々は考へてをりますけれども、源氏を見ますと、人間の一番立派な美しい徳は色好みである、といふことになつてをります。少くとも、当代第一、当時の世の中でどんなことをしても人から認められる位置にゐる人のみに認められることなのです。

ゲンジはいわゆる普通の人ではない、と語るのである。「世の中で一番高い、一番神に近い生活」をし、「外側の姿も内らの世界の智慧も非常に優れてゐる」のであり、ゲンジは「さいきい（プシュケ）の家に現れるきゅうぴつど（クピド）のやうに」、女性のもとを訪れる（括弧内筆者）。ところが時代がくだると、儒教や仏教、さらには道徳の教えにより、古代のこの価値観は批判されるようになる。そして大正時代に一夫一妻主義が厳しく守られるようになり、色好みは近代の我々の倫理観にも添わないものとなった、と解くのである。ふたたび折口のことばを引こう。

色好みといふことは、国を富まし、神の心に叶ふ、人を豊かに、美しく華やかにする——さういふ神の教へ遺したことだと考へてをつた。

折口のことばは男性側の眼差しに寄っているであろうし、敗戦後の特殊な感情も反映しているかもしれない。とはいえ、ゲンジの品行を一般的、近代的道徳観によって裁くのは的外れ、ということであろう。ゲンジはたしかにジュアンには似ない。放蕩をくり返し、悔い改めぬまま地獄に墜ちていった、ある意味平凡な人間であるジュアンより、むしろ愛の神クピドや、絶対神のごときゼウスの面影、あるいはその刻印である「光」を宿している。ゲンジは特別に選ばれた「一種の想像の花」であり「夢の華」なのである。

万能感溢れるプリンス・ゲンジについて、物語内の語り手は、「こうしてわたくしがプリンスをほめそやしてばかりいても、お聞きのみなさまは、「そんな子はすぐ、つまらない大人になるもの」とおっしゃることでしょうね」と口にする。物語が進むにつれ――特にウェイリー源氏においては、近代小説の主人公としての姿を顕す。人として愛や嫉妬に苦しみ、喪失に嘆き悲しむ。ところがそうであっても、神童ゲンジが光を失うことはないのである。わびしい流謫の地にあってもなお輝く。

（……）聖典《スートラ》の一節を、静かな声で朗唱し始めました。

沈みゆく夕日、海の光、聳え立つ山々からの光が照り映え、佇み朗唱するゲンジは燦然たる光輝を浴びています。その姿はまるで、あの世からの過客さながらでした。（……）ゲンジの手の白さが、黒木のロザリオの珠に映え閃きます。その美しさたるや。供の者たちは、都に女たちを残してきてしまった寂しさも、癒される気がするのでした。

その後都へ返り咲いたゲンジは、地上の栄光をも極めてゆく。とはいえ、さすがのゲンジも最愛の紫の上を喪くしてからは抜け殻同然。見る影もない。このまま消えてゆくのかと思えばしかし、最後に現れる「幻」帖のシーンでも変わらぬ光、いやそれ以上の光輝を放つのである。

来客たちはみな、ゲンジはかつてなく光り輝いていると目を見張り、老司祭も喜びの涙を抑えられません。

御かたち、むかしの御光にも又多く添ひてありがたくめでたく見え給ふを、このふりぬる齢《よはひ》の僧はあいなう涙もとゞめざりけり。

若き日のゲンジの姿にだれもが感涙したように、ここでも人びとは涙する。最後までシャイニング・プリンスは尋常ならざる光とともに在るのだ。ゲンジは人間と神のはざまにあって光を放ち、神的な存在でありながら影を帯び、人間として悩み苦しむ。そこに紫式部が創造したゲンジの真の意味と魅力があるのだろう。

だからシャイニング・プリンスを創造した紫式部に、わたしたちは問いかける。そのヴォイスをひたすら待ち、耳を傾ける。

あなたの創ったゲンジが光り輝くのはなぜですか

このゲンジとはだれなのですか

レディ・ムラサキが現れて微笑む。それはこの物語に書き残しましたよ、とでも言うように

これはあなたの物語なのですね、とわたしたち

いいえ、と彼女は言う、これはあなた方の物語でもあるでしょう

わかりません、それはどういうことですか……？

レディ・ムラサキは光る雲のなかへ消えてしまう。声の残響と一条の光と残されたテクストをまえに、わたしたちはまたひとつ、歩を進める。

第4章 青の部屋《シャンブル・ブルー》でのめぐり合い

女　そこのハンケチをひろつてよ。私のだから……

青年A　あなたは？

女　誰でもいいぢやないの。私のハンケチを頂戴。

（青年B、威壓されたる如く、さきほどの女持ちのハンケチをひろつてさし出す。女うけとつて、スラックスのかくしにしまふ。）

青年B　あなたは誰です、一體。野添紫の記念碑に腰かけたりして。

女　誰でもいいと言つたぢやないの。とにかく私はこの石碑に腰かける權利のある女だとだけ言つておくわ。（……）

彼女は「スラックスに丸首スウェーターに髪を亂した中年の女」で、海辺の文学碑のうえに「ぞんざいに腰かけ、足を組み、いと長き珊瑚のシガレット・ホールダアで煙草を喫み出す」。作中の青年A、Bが声を合わせ、「あなたは誰です」と尋ねたくなる女の登場である。このあと彼女の指し示す方角を眺めると、シルクの背広を着た美青年が、崖のうえの松のかげから現れる。

記念碑に腰かける女、これは小説家の野添紫。つまり二十世紀半ばとおぼしき時に甦った、紫式部の亡霊なのである。アーサー・ウェイリーの夢に現れたレディ・ムラサキとも、わたしたちに語りかける紫式部とも異なる姿。そして光り輝く美青年は、「瀟洒な繻《しゅ》子《す》の翼を持つた鳥のやうに、春の潮《うしほ》へ向つて身を投げ」る。かと思うと、元の場所にふたたび現れてはまた身を投げ、現れてはまた身を投げと、幻はくり返し身投げし続ける。現代にこのような紫式部像を描いたのはだれか。永遠に救われぬ青年を書いたのはだれか。

しかしその答えを探すまえに、しばしこの亡霊たちを離れ、わたしたちのもうひとつの幻、〈らせん訳〉の幻影を追ってみよう。

青の部屋《シャンブル・ブルー》、紫《レディ・ムラサキ》の部屋

今宵、わたしたちは十七世紀のパリ、ランブイエ侯爵夫人の館にいる。「青の部屋《シャンブル・ブルー》」の壁は、青のビロード張り。蠟燭と水晶の光り輝くシャンデリアのもと、青い絨毯が敷き詰められ、ベッドは青。椅子も、クッションも、縁取りを飾るタッセルも、天井から床まで届く厚手のビロードカーテンも青。

　黄金色の眩い光に照らされて浮かびあがるのは、今日も豪華な顔ぶれだ。出席者リストに載る人びとを目で追う。緋色《カーディナル・レッド》の帽子とケープ、高い鼻に口髭、眼光鋭いあの人はリシュリュー枢機卿、ルイ十三世の宰相だ。隣はセヴィニエ侯爵夫人の従兄弟で唯美主義者のビュシ＝ラビュタン。そして詩人のマレルブ、イギリス人のバッキンガム公爵、リーズロット・フォン・デア・プファルツ――激しやすい宮廷のお騒がせ者。あそこには劇作家の大コルネイユもいる。彼は最近この部屋で自作『ポリュークト』を朗読し、列席者の涙を絞ったばかりである。

　今晩のハイライトはなんといっても『ル・ロマン・ド・ゲンジ』、そう『源氏物語』だ。東洋の物語、十一世紀の日本宮廷文化に生まれたという物語。これはいったいどんなものなのか。ランブイエ侯爵夫人も非常な興味を持たれているという。

　もし仮に、十七世紀フランスの文学サロンで源氏物語が読まれていたら……。わたしたちの耳に、幻の声が聞こえてくる。

「それはね、むろんピエール、あなたの作品にも感動いたしましたわよ。まさか主人公が殉教の道を選ぶなんて、わたくし思いもよりませんでした。胸が締めつけられて、思わず、涙が……」

　ピエール・コルネイユは指で口髭をひねりながら、満足そうな微笑みを浮かべる。

「いやいやマダム、ありがたきお言葉、いたみ入ります。このシャンブル・ブルー、青の部屋で認められるということは即ちパリ、即ちフランス、即ち全ヨーロッパの文壇で認められるということでありますから。なによりの誉れでございます」

幻のランブイエ侯爵夫人は話をつづける。

「そう、今宵はねピエール、あなたの作品に匹敵する、いえそれ以上のものが聞けるかもしれませんのよ。六百年前のジャポンのロマンなんだとか。それも女の手によるもので、ダーム・ムラサキという貴婦人が書いたと聞いています。あなたにだって興味深いはずですよ。この貴婦人はフランス悲劇の「三一致の法則」すらまるで知らなかったでしょうに、見事な作品を残されたっていうお話ですもの。

それよりなによりダーム・ムラサキは、このわたくしの「青の部屋」に似た、宮廷の文学サロンの話題の中心だったというじゃありませんの。どんなサロンでしたのやら。ほらほら、降霊術師の登場ですわよ」

「さあ、皆さま、今日ここに降霊術師のわたくしが呼び出すのはいまからおよそ三百年先の未来、二十世紀の人物。アーサー・デイヴィッド・シュロス、後の名アーサー・ウェイリー氏であります。ムッシュ・ウェイリーは、一九二五年にル・ロマン・ド・ゲンジを翻訳した英国紳士であります。ウェイリー氏とともに、ダーム・ムラサキの姿も見えるやもしれません。皆さまにわかるように、フランス語にしてお聞かせしましょう。

ああ皆さまほら、ご覧くださいまし、見えるでしょう、現れましたよ」

わたしたちが息を潜めるなか、アーサー・ウェイリーの亡霊が現れる。『ザ・テイル・

オブ・ゲンジ』と思われる青い布張りの本を手に、青い絨毯のうえに浮かんでいる。やがて滑るようにこちらへ近づくと、低い声で朗読を始める。

　そのころ、プリンセス・アオイは、異様な錯乱状態に陥っていました。なにか怨みをもった霊でもとり憑いたのでしょうか。（……）

　懐妊には不調がつきものとはいえ、どう見てもこれはただごとではありません。ゲンジも不安になります。悪魔祓い《エクソシスト》や占術師の術《わざ》が休まず続けられ、やはりなにかの生き霊がとり憑いているのだと誰もが思うようになりました。さまざまな名前で霊に呼びかけますが反応はなく、人に移して祓《はら》うこともできないようです。アオイも、特にこれ、という痛みも恐怖もないものの、なにか見知らぬもの《エイリアン》が自分に入り込んだようで、その感覚は一瞬たりとも消えないのです。

　当代最高のヒーラーの力も及ばず、普通の悪霊でないことは明らか。ただならぬ怨念が鬱積し、アオイにとり憑いているのです。意識的にアオイに呪いを掛けるような敵は、この世にいないはず。

（……）

　突然、声が遮ります。

「いいえ、いいえ。違うのです。でもまずこの祈禱を、しばらく止めて……。ああ苦しい」

そしてゲンジを引き寄せると、

「あなたが来てくれるなんて。恋焦がれ、魂が燃え尽きるほど、待ち続けていました」と続けました。

（……）

これはアオイの声ではありません。身振りも違います。誰か、よく似た声の人がいたような気がします。誰だろう。ああ、そうだ、あの人しかいません——、レディ・ロクジョウです。

「あなたは、誰なのですか。教えてください……」

ウェイリーの向こうに、紫色の衣装のひとがぼんやりと浮かびあがる。広がる衣の裾は十二単のようにも、シルクのドレスのようにも見える。長い黒髪の彼女は大きな扇で口元を隠し、朗読するウェイリーを、わたしたちを、伏目がちに無言で見つめている……。

パリの文学サロンとブルームズベリー・グループ

十七世紀パリに現れたサロンは、宮廷の社交を離れ、貴族の女主人の館を中心に栄えた。一流の詩人や芸術家、哲学者、聖職者、貴族が集い、洗練された会話や趣味を競いあって作品も披露しあったという。やがてそれはより広い階級に開かれたものになっていく。ランブイエ侯爵夫人のサロンに影響を受け、それを引き継いだサブレ侯爵夫人やマドレーヌ・スキュデリーのサロン。そこから『クレーヴの奥方』の作家ラ・ファイエット伯爵夫人や、書簡作家セヴィニエ侯爵夫人も登場したうえ、サロンの女主人マドレーヌ・スキュデリー自身も作家として名を残すことになる。

文学サロンといえば、二十世紀イギリスのブルームズベリー・グループも思い浮かぶ。作家ヴァージニア・ウルフとその姉ヴァネッサ・ベル、彼女の夫となる美術評論家クライヴ・ベル、作家E・M・フォスター、経済学者のケインズなどを中心とした文学・芸術家のサークルである。アーサー・ウェイリーは正式なメンバーではなかったもののこの地区に住み、グループの人びとと交流を持った。周辺にいた人物、あるいは広い意味でグループの一員といえる。その繋がりからヴァージニア・ウルフは『源氏物語』評を執筆したのであろう。実際あの幻のように、源氏物語の翻訳をヴァージニアのサロンで朗読する夜などもあり得たかもしれない……もちろんウェイリーが源氏を翻訳していた一九一〇年から二〇年代には、彼らの若い時のような集いはすでに消滅していたのだけれど。

いずれにしても先ほどの光景は、すべてわたしたちの描いた幻影。「青の部屋」と、紫式部が仕えた中宮彰子のサロンとを結びつけた景色である。どれもいわば女性が中心となって創りあげた文化、文学の磁場であったといえる。

実際に紫式部が本格的にフランスに紹介されるのは二十世紀に入ってから。それ以前にも『源氏物語』の断片的翻訳はあったものの、一九二八年、キク・ヤマタがウェイリー訳を底本として翻訳するまで、まとまった形で出版されることはなかった。完訳の登場は一九八八年、ルネ・シフェールによるものである。

では幻影ではない現実の紫式部は、どのような人物だったのだろうか。

ウェイリーの描くレディ・ムラサキ

現実の紫式部と言ってみたものの、約千年前に生きたひと。正確な生年も没年も、本名もわかっていない。今日その人生を辿るおもな手がかりは、『紫式部日記』と和歌集『紫式部集』である。ウェイリーもこれを基に、『源氏物語 ザ・テイル・オブ・ゲンジ』（全六巻）の第三巻に解説を付し、紫式部の生涯について詳しく書いている。

ウェイリーはまず紫式部の父の藤原為時《ためとき》を、当時「強大な勢力を誇る藤原一族の傍流に属していた」と紹介する。そして『紫式部日記』から、少女ムラサキの神童ぶりを伝える有名な逸話を記している。

為時は文人でもあり、ムラサキの弟（兄とも）の教育にもたいへん熱心であった。しかし漢文を暗唱させようとしても、弟はなかなか覚えられない。一方そばで聞く少女のムラサキはすぐに暗記してしまい、横から助け舟を出すことになる。父は「口惜しう。男子《をのこご》にて持たらぬこそ、幸ひなかりけれ」、つまり「お前が男の子であればよかったのに、まったく不運だ」と慨嘆した話である（この逸話は、ルネ・シフェール訳フランス語版の序文にも引用されている)。

またムラサキの漢詩、漢文の知識については、中宮彰子に仕えてからのエピソードも紹介している。日記によると、紫式部は宮廷では漢字など「一」といふ文字をだに書きわたし侍らず」。「一」さえ読めないふりを装っていたらしい。しかしどうしたわけかそれは女主人に知られ、漢字を習いたいと頼まれたという。当時の女性が女手、女文字ともよばれた仮名ではなく漢字を学び読もうとする衝撃を、ウェイリーはユーモラスな比喩で紹介している。つまり道長にとって娘の彰子が漢文を習いたいと言い出すなど、娘にボクシングを習いたいと言われたグラッドストーンくらい大きなショックだっただろう、と。グラッドストーンとは十九世紀英国で四度、計十二年にわたって首相を務めた政治家で、ヴィクトリア朝期の厳格、保守的道徳観を体現するような人物である。中宮である彰子が漢籍を読むとは、もっての外だったわけである。そこで紫式部と彰子はあたりに人が居ないときを見計らって、秘かに白居易の二冊の「歌」、つまり『白氏文集』の「新楽府《しんがふ》」を読んだという。

『源氏物語』についていえば、ウェイリーはむろん『紫式部日記』のだれもがよく知る以下のくだりを引いている。

ある日、藤原公任《きんとう》(母は醍醐天皇の孫、妻は村上天皇の孫。道長が権力を握る以前は宮廷の中枢にあって、歌人としても名高かった人物)は紫式部を訪い、部屋の外から声を掛ける。

左衛門の督《かみ》、
「あなかしこ、このわたりに若紫やさぶらふ」
とうかがひ給ふ。源氏ににるべき人も見え給はぬに、かの上はまいていかでものし給はむと、聞き居たり。

公任（左衛門の督）は部屋のなかをのぞき込みこう尋ねる。「失礼ですが、この辺りに若紫さんはおいでかな」と。ここには光源氏に似た人も居ないのに、ましてや自分が若紫、つまり幼い紫の上だなんてとんでもない。黙って聞き過ごすことにした。
（拙訳・筆者注）

藤原公任も、宮中の話題を攫っていた『源氏物語』の作者紫式部に興味津々だったのであろう。しかし彼女は「わたしがその作者ですよ」と軽々しく名乗りでるような人ではない。とはいえ日記に書き記したのであるから、公任の言葉にそれなりに心動かされたのかもしれない。

現在の研究でも諸説ある『源氏物語』の成立過程であるが、日記のこの記述が一〇〇八年（寛弘五年）十一月とされていること、そして公任が彼女に「若紫」と呼びかけていることから、この時点で紫式部が宮廷内で、『源氏物語』作者として知られていたとわかる。

また少なくとも第五帖「若紫」までは書かれていた、とされる（二〇〇八年はそのため「源氏物語千年紀」として大きく祝われた）。

果たして彼女は、いつ物語を書き始めたのだろう。夫を亡くした一〇〇一年、三十代からとすることが多い。ウェイリーの解説でも一〇〇一年ころ書きはじめ、宮廷に入った後ゆっくりと書き継いだのだろうとしている。

対して詩人で源氏物語研究者の藤井貞和は、「歴女、物語好き、漢文少女」と三点揃った「天才少女」なのだから、十五、六歳には『源氏物語』習作がはじまったのでは、と推測している。たしかにあれほどの天与の才なのだから、十代から和歌のみならず物語も書き始めていたと考えるのが自然に思われる。その後二十代では父の赴任地の越前に同行しているが、そのときも決して言われるような空白期などではなく、物語製作に没頭していたのではないか。帰京後年長の藤原宣孝と結婚し、女の子（後の大弐三位）を生むが数年で夫と死別、中宮彰子に仕える女房となる。その間に初期の草稿を改稿するなどしながら物語は膨らみ、五十歳になる一〇二〇年ころ宇治十帖「夢浮橋」まで書き終えた。これが藤井の『物語史の起動』に記された推論である。

ウェイリーもまた『更級日記』の記述を典拠に、一〇二二年には間違いなく『源氏物語』は完成していた、と記している。『紫式部日記』は一〇一〇年で途絶えており、最期についてもわかっていない。

めぐり逢ひて

めぐり逢ひて見しやそれともわかぬまに雲がくれにし夜半の月かな

ところで、ここでわたしたちと紫式部との「めぐり逢ひ」を少し書くと、出会いはまさにこの和歌。百人一首にも採られ、『紫式部集』の巻首を飾るうたである。

まだ小学校に上がる前のある日。両親は幼いわたしたちに「百人一首」というものを見せてくれた。読み札に描かれた美しく豪華なお姫さま、貴公子、お坊さん……「いろはかるた」に飽きていたわたしたちは、すっかり夢中になった。意味のまったくわからないまま、旧かななど読めないまま、読み上げられる歌を聞いて、札を取って遊びはじめたのである。くり返し遊ぶうちに、つぎつぎ歌を覚え百首すべてを暗記してしまった。五七五七七のリズムが心地よく、調べが美しく、ことばの調子が楽しい。「あしびきのやまどりのおのしだりおのながながしよをひとりかもねむ」「これやこのゆくもかえるもわかれては……」「さしもぐささしもしらじな……」「もみじのにしきかみのまにまに」。意味がわからなかった分、かえって音韻に敏感で、想像が膨らんだように思う（「ももしき」は股引だと思っていたし、「みじかきあし」は短い足だと思っていたという子どもの想像）。

上の句が読まれると、わたしたちは「はいっ」と元気に札をはたく。なかでも「めぐり逢ひて……」は、「むらさきしきぶ」というひと際有名な文学者と聞いていたので二人とも思い入れがあり、しかも「めぐみ」と同じ「めぐ」始まりだから気合いが入った。いつ「めぐり逢ひて」が読まれるか、とり札の場所を確認しながら次か次かとずっと前のめりで構えている。パシーン！　勢いあまって「雲がくれにし夜半の月」が宙を飛んでいくこともあった。姉妹でなかなかの真剣勝負であった。

後年この「むらさきしきぶ」が『源氏物語』という物語を書いたと知ることになる。将来ウェイリー訳『源氏物語』を翻訳することになろうとは。かるた遊びのころには想像もしなかった。無邪気になにも考えていなかった。それでもこの出会いがあったからこそ『源氏物語』に興味を持ち、その後も紫式部はわたしたちにとって特別な存在であり続けた。

また同時に読み札に描かれた数々のお姫さまの絵から、多くの女性歌人がいることも知った。いま女性の書き手の歴史を遡れば、やはり平安中期の「後宮文学サロン」は奇蹟のように感じられる。紫式部、清少納言、和泉式部、小野小町、伊勢、赤染衛門、式子内親王、大弐三位……百人一首には二十一人の歌が収められている。正式名ではないとしても、これだけの女性の名と作品が留められているのだ。

ヴァージニア・ウルフの『源氏物語』評にもこうある。「レディ・ムラサキは、芸術家《アーティスト》にとって、特に女性の芸術家にとって幸福な季節に生きました。戦争は生活の重大事ではなく、男たちの関心も政治が中心ではありませんでした」。そしてこの「二つの暴力から自由であったからこそ」源氏物語のような繊細で優美な世界が可能となった、と見ている。それに比してイングランドは、まだ荒々しい戦の時代であったのだ。

けれどこの「幸福な季節」の奇蹟がいかに成ったかを冷静に考えると、それはむろん政治的であっただろう。十世紀末から十一世紀にかけての藤原道長、頼通の摂関政治時代。天皇の外戚となって権力を握ろうと、娘たちを宮廷に上げて藤原一族は寵を競った。そのために、それぞれの後宮に才能に秀でた女房を集め、才気溢れる華やかな「サロン」を作ろうとしたのである。清少納言の仕えた中宮定子のサロンもそうであったし、『源氏物語』で名をあげていた紫式部も、こうして中宮彰子に召し出されたのだろう。

加えて「幸福な」洗練された文学、文化は貴族たちのみに属すものであり、その向こうには搾取される多くの無名のひとびとが存在している。杉本苑子はその頃の社会についてこう書く。

泰平二百数十年――。文化は爛熟のきわみに達し、それを謳歌する貴族社会はすでにまったく土地とは無縁な消費階層の集団だった。荘園から上がる貢米、国税として彼らが収奪する物資のさまざま……。（……）

しかし平安朝の中央集権体制下では、税や貢米はすべて貴族たちの消費生活のために使われた。奪われる一方だった下層民の、涙と汗の上に享受されていた彼らの耽美生活であり、栄華だったのである。

ヨーロッパやイングランドの戦いの歴史とはまた異なる、階級社会の闘争とひずみが厳然とあったのだ。

アングリア、ゴンダルの物語

幼年時代についてもう少しだけ続けると、紫式部のほかにわたしたちの心を摑んだのは、シャーロット・ブロンテとエミリ・ブロンテである。作家姉妹ということに惹きつけられた。人形遊びをしながら秘密の物語を作って遊んでいたと耳にして昂奮し、それに倣って物語をつくりはじめた。ブロンテが三姉妹ということも、兄弟のブランウェルがいたことも、「アングリア」や「ゴンダル」という物語名もなにも知らなかった。体が弱かったわたしたち。外に出られず二人で遊ぶことが多かったから、姉妹で熱中した。五十くらいのぬいぐるみ――毛糸を編んだだけのような小さなものにまですべて名前をつけ、王国を作り、役柄やキャラクターを考える。秘密の暗号文字を作って小型のノートにお話を書く。本棚に『ジェイン・エア』を見つけて読み耽り、ベッドに入ってからも頭からふとんを被って懐中電灯で照らして読み続けた。そうしてまた二人でお話を作って遊ぶ。子ども時代にだれもが通る道だろうけれども、空想の楽しさに時を忘れた。

あの物語たちはどこへ消えたのだろう。

ただあの時の絨毯の模様や手ざわり、ぬいぐるみの匂いや感触、窓からさし込む光やそこに浮かぶほこり。ふとんのなかの息苦しさと懐中電灯の灯り。小さなエンピツを削って書いた物語。その記憶の欠片は、こころのどこかに残っている。

『源氏物語』を翻訳するなかで、この多くの書き手たち——とくに女性の書き手たちの存在を意識していたし、実際この先人たちがわたしたちをいつも励まし、導いてくれたように思う。平安時代の紫式部、清少納言、和泉式部をはじめとする歌人。「はしるはしる、わづかに見つつ心も得ず心もとなく思ふ源氏を」と『源氏物語』に熱中した孝標女。連綿と続く女性の書き手たち。またフランスのサロン文学の女性たち、ブロンテ姉妹、ヴァージニア・ウルフらイギリスの女性作家たち。彼女たちが未来から紫式部を照らし、いま手元にある『源氏物語』のテクストに結晶しているとも感じられた。

野添紫の幻

さて、冒頭に引いた戯曲。スウェータアに髪を乱し、文学碑にぞんざいに腰かけ、足を組んで土耳古《トルコ》煙草をふかす女性。文学碑を訪ねてきた青年AとBは、身投げする幻を彼女とともに見る。

女　いつまで見てゐたつて同じことよ。私は百萬べんも見た。千萬べんも。……同じことのくりかへしだわ。（……）私は見飽きた。でもあれが盡きないうちは……

（やうやく青年Ａ・Ｂは女のはうを注視する。）

青年Ａ　あれが盡きないうちはどうなんです。

女　あの男の業《ごふ》の盡きないうちは、私の魂も宙に迷つてゐるわ。あの男の姿は私の姿なんですよ。

青年らの前に現れたのは、『春の潮』というベストセラー小説を書いた女性作家、野添紫の亡霊である。主人公の絶世の美男子藤倉光は、五十四人の女に愛される輝く人物であった。しかし彼は岬の断崖から、「瀟洒な繻子の翼を持つた鳥のやうに、春の潮へ向つて身を投げ」る。美青年の幻は身投げを無限にくり返す。永遠に岩を山頂へと押し上げるシーシュポスのように、救済から永遠に除外されている。そして自作のなかで藤倉を救済できなかったことで野添紫もまた、子宮がんに苦しみ、成仏できぬ霊となって苦しみ続けるのである。

これは誰あろう三島由紀夫の「源氏供養」。『近代能楽集』のために書いた一作である。三島は『源氏物語』の作者紫式部と光源氏をこのように変容させて描いた。『近代能楽集』にはほかにも『源氏物語』から生まれた作品「葵上」がある。光源氏の正妻葵の上と、六条御息所を思わせる人物を巡る作品で、この戯曲を三島は一番気に入っていたという。しかしその一方で、野添紫の登場する「源氏供養」は自らの手で廃曲としている。い

『近代能楽集』には八作が収録されるのみで、九作目として発表された本作は削除したのである。

野添紫と彼女の創造した現代の光源氏は、なぜ救われなかったのか。彼女は光をなぜ自死させたのか。それは謎のままである。あるいは三島由紀夫にとっての光源氏、藤倉光は、『豊饒の海』の松枝清顕へと転生したのかもしれない。この最後の四部作『豊饒の海』には、『浜松中納言物語』の輪廻転生が反映しているのだから（『浜松中納言物語』は『源氏物語』を読み耽った孝標女の作といわれ、宇治十帖の強い影響が読み取れる）。一方の野添紫／紫式部は、三島の創造物であることを超越したのではないだろうか。

登場人物四百三十余りとも言われる『源氏物語』。その多くはたしかに宮廷周辺の人びとである。

しかし紫式部はたった一度しか登場しなくとも、忘れがたいひとたちの姿を刻んでいる。六条院に仕える少女、雪中に震える門番父娘、須磨流謫のときに出会う漁師たち、重い荷を負う行商人、跪いて祈る巡礼者。宮廷から姿を消していった数多の女房たち、女童。名は与えられなくとも、紫式部は彼ら弱きものたちの声を掬いとり、書き残している。紫式部が社会の不平等をどこまで意識していたかはわからない。けれどその人びとを見逃さず、自らの在る場所を自覚しつつ、ひたすら華やかな物語を書き継いだのだ。

宮廷にあった七年のあいだに人間観察の目は鋭さを増し、自身の罪深さを痛感し、宗教的な深みへと達する。特権階級の恩恵を享受しながらも、紫式部はやがて光源氏亡きあとの世界、霧深く、現実を超えるような宇治十帖、宇治の姉妹の物語へと踏み込んでゆく。人間の、人類の普遍的な姿、精神と魂の世界に分け入り、千年後のいまなお「世界文学」として生き続ける作品を書きあげたのである。

ウェイリーはレディ・ムラサキと対話し、「あなたが続けるしかありませんね」という紫式部の声を聞きつつ、ついに源氏物語の完訳を成した。わたしたちもできる。訳業に疲れ、非力さを思い知るたび、紫式部とウェイリーの対話を読み返しては涙し、励まされ、進んできた。けれどそれはわたしたちにとって幻影でも幻聴でもなかった。紫式部はいつも側にいてくれた。紫式部は勁く、凛とした、わたしたちの姉妹であった。

第5章 木霊するシェイクスピア

「百合の花々の咲くところにゆきたい――」というタカサゴの連《スタンザ》の終わりで、トウノチュウジョウはワイン・ボウルを高く差し上げ、ゲンジに手渡しつつ歌を詠みました。

「あなたの美しい顔《かんばせ》は、今朝咲き初めた、最初の薔薇《ファースト・ローズ》にも比べられようか」

それもがと、けさひらけたる初花に、劣《おと》らぬ君がにほひをぞ　見る

ゲンジは笑って盃を受け、囁き返します。

「今朝開いた薔薇の蕾《つぼみ》は、自らのときを知らなかったのです。その香気も瑞々しさも、夏の雨が洗い流してしまいましたから」

時ならでけさ咲く花は　夏の雨にしをれにけらし。にほふほどなく

「賢木／セイクリッド・ツリー」帖の宴席の場である。和歌二首のウェイリー訳は次のようになっている。

Not the first rose, that but this morning opened on the tree, with thy fair face would I compare.

Their time they knew not, the rose-buds that today unclosed. For all their fragrance and their freshness the summer rains have washed away.

ね、この「賢木」の二人の和歌は、シェイクスピアじゃない？

ああ、ほんと、初花 first rose とか、薔薇の蕾 rose-buds とか

なんといっても compare よね。この一語を見たら、だれだってすぐソネット十八番を思い出すでしょう？

ソネットが Shall I compare thee ってはじまるところ、would I compare になってるわけね

それにこの場面のテーマにも見事に、完璧に、嵌まっている
ウェイリーもこれは会心の訳だったわよね、きっと
ゲンジの並外れた美しさ、若さ。でもそれも永遠ではないということよね。はかない
……
ウェイリー先生、そうですよね？

アーサー・ウェイリー訳の全編をとおして、シェイクスピアのイメージは随所に顕れる。今章は『源氏物語 A・ウェイリー版』に見られるシェイクスピアの影のいくつかを追ってみたい。

ウェイリーの和歌翻訳、本歌取り

けれどその前に、ウェイリーの英訳で源氏物語の八百近い和歌はどのように扱われているのか。多くの読者も興味あるところだろう。わたしたちもはじめて読んだとき、なるほど、と驚いた。

ウェイリーは詩人でもあったから、物語文にさし挟まれる和歌には感銘を受けたであろうし、その重要性もよく理解していたと思う。しかも源氏物語を出版する六年前、一九一九年には『日本の詩歌——うた』で和歌翻訳を手がけたのである（これは五行詩に訳して

いる）。和歌についての知識もあり、けっして手に余ったのではないはず。実際、物語のはじめのころは、四行や三行の分かち書きやイタリック体表記も見られ、韻文訳を試みた形跡がある。

結局、英語読者がよりスムーズに作品に入れるよう、物語としての形を優先したのだろうか。最終的には韻文としていない。引用にもあるとおり、多くを「～という詩を詠みました」「～と詩で答えました」「～と詩を書き送りました」などの形で訳文に織り込んでいる。それでも会話体となった恋人たちの相聞歌は、オペラのアリアのように響く。

またその部分が和歌／詩であることが伝わるよう、ウェイリーはいくつかの手法を用いている（対して二番目の英語全訳サイデンスティッカー版は、すべての和歌を字下げにして二行の分かち書き。次いで第三のロイヤル・タイラー版では、二行のイタリック体、字下げで表記している。タイラー訳の瞠目すべきところは、なんといっても和歌を五七五七七の三十一音節で翻訳したことだろう）。

ウェイリーの工夫のひとつが、「本歌取り」「引き歌」ともいうべき形である。さきほどの引用箇所に戻れば、これは「賢木」帖の一場。父エンペラー・キリツボの逝去によって後ろ盾を失ったゲンジは、弘徽殿女御《レディ・コキデン》をはじめとする政敵に追い詰められてゆく。宮中に居場所を失い、ついには追われるように都を離れ、須磨へと発つ。その少し前、ゲンジはつれづれにトウノチュウジョウらと「韻塞《いんふたぎ》」ということば遊びに興じ、宴を張る。若さと美貌に輝くゲンジ。けれどその光輝は、迫り来る運命の暗転を孕んでいる。風向きを見るに敏な多くのひとは彼を避け、人の世のはかなさが際立つ。

ここで交わす和歌に、ウェイリーは前出のシェイクスピアのソネット十八番を響かせている。

Shall I compare thee to a summer's day?
Thou art more lovely and more temperate:
Rough winds do shake the darling buds of May,
And summer's lease hath all too short a date;

君を夏の一日に喩えようか
君はさらに美しく　さらに匂やか
荒々しい風は　五月の可憐な蕾をゆさぶる
それにしても夏という季節の　なんと短いことよ　（拙訳）

ウェイリーの和歌翻訳にもある初夏の薔薇と、若さと、移りゆく時。イギリス人読者ならたちまちこの詩句とテーマを想起しただろう。シェイクスピア詩のイメージを喚起させながら、ウェイリーは和歌に詩的重層性を与えているのである。

文学的重層性といえば、そもそも原典のこの場面にいくつもの文学作品が重ねられ、響いている。

たとえばまず、ウェイリーはなぜ和歌の「初花」を——直前に出てくる「百合」ではなく——薔薇と訳したのか。その答えは（岩波文庫版でいえば）、さらに十行程まえにすぐ見つかる。そこに「階《はし》の底《もと》の薔薇《さうび》、けしきばかり咲きて、春秋の花盛りよりもしめやかにをかしきほどなるに、うちとけ遊び給ふ」とあって、拙訳ウェイリー版で読めば、「階《きざはし》下の薔薇《ばら》も満開です。春の華やぎは終わり、秋の豊かな彩りはまだ訪れぬ、少々鬱陶しい季節のこと。薔薇はゲンジをことに喜ばせるのでした」。この宴の場には、まさに薔薇の蕾がほころんでいるのである。しかも「階の底の薔薇」は、白居易の七言律詩が下敷きになっている。

甕頭竹葉經春熟
階底薔薇入夏開
似火淺深紅壓架
如餳氣味綠粘臺
試將詩句相招去
儻有風情或可來
明日早花應更好
心期同醉卯時盃

「甕の中の竹葉酒（新酒）は春を経て程好く熟し、階前の薔薇は夏になって勢いよく咲いた。薔薇の花は火のように浅く深く燃えて、真っ赤な花が架《たな》を圧して咲き、竹葉酒は餳《あめ》のようなにおいと味になって、緑の竹葉が甕台にへばりついている」と始まるのである。この漢詩は『和漢朗詠集』にも収められ、『堤中納言物語』『栄花物語』へと引かれていく。

トウノチュウジョウはこれを受けて「それもがと、けさひらけたる初花に……」と詠んだわけである。そのうえこれは、

我はけさうひにぞ見つる　花の色をあだなる物といふべかりけり

という紀貫之の和歌の本歌取り。

また直前の「百合の花々の咲くところにゆきたい――」は、催馬楽《さいばら》の「高砂」の歌詞である。催馬楽とは平安時代に流行した歌謡で、もともとは庶民の俗謡、民謡のようなもの。管弦の楽器伴奏をつけて歌ったという。源氏物語でも、宴の余興などとしてさまざまな場面で歌われる。ゲンジとトウノチュウジョウが詠み交わすこの場では、トウノチュウジョウの幼い息子が「百合花の　さ百合花の　今朝咲いたる　初花に　あはましものをさゆり花の」と唱じる。

ちなみに、サイデンスティッカーはこの「百合」を受け、

I might have met the first lily of spring, he says.
I look upon a flower no less pleasing.

と、先の和歌の初花をfirst lily／百合の初花《ファースト・リリー》と訳している。けれど『古今和歌集』を開いてみれば、トウノチュウジョウが本歌取りした紀貫之のうたには「さうび」、つまり薔薇《そうび》の詞書きがある。だからここは白居易も併せ考え、やはり百合ではなく薔薇だろう。シェイクスピアの本歌取りもピタリと決まって詩的なイメージが幾重にも膨らみ、断然ウェイリー訳が優れている、とわたしたちは思いたい。

重層性ということでもうひとつ挙げると、この五行ほどあとには、司馬遷が編纂した紀元前百年ごろの中国の歴史書、『史記』への言及も見られる。ゲンジは史記に書かれた周公旦の身の上に、都を追われる自らの姿を重ね、「文王の子、武王の弟」と呟くのである。

多々引用したが、つまり源氏物語の僅か一ページ半ほどのこの場面には、紀貫之、催馬楽、史記が重ねられている。そしてウェイリーはその重層性に共鳴するかのように、シェイクスピア詩のイメージを引いて翻訳しているのである。

デズデモーナのハンカチーフ

さて、本題のシェイクスピアに戻ると、まずは空蟬である。

ある日ゲンジは、方違えにこと寄せて立ち寄った邸で、ある女性に思いを掛ける。のちに空蟬／ウツセミと呼ばれるようになるひとである。部屋へと忍んでゆくゲンジ。ウツセミは、思いがけない貴公子の闖入に動顚する。自分は身分違いの女、しかも人妻なのだ。けれど逃げ場はない。とうとう一夜を共にすることになる。

その後も言い寄るゲンジに心動かされはしても、恋の戯れに身を任すまいとする。ウツセミの決意は固く、届く手紙にもよそよそしい。三度目にゲンジが邸を訪れたときにはふたたびの侵入を恐れ、「生絹《すずし》なる単衣《ひとへ》をひとつ着て」、素早く部屋から滑り出る。しかし逃げ去るとき、一枚の薄衣を脱ぎ落とすのである。落としたのは「小袿《こうちき》」と呼ばれる平安時代の衣で、表と下衣のあいだ肌身近くつけるものだが、夜にはただうち掛けていたのかもしれない。ゲンジは蛻《もぬけ》の殻の寝所に小袿を発見する。そして大切に持ち帰ると、自分の夜衣のした、肌身につけて愛しむのである。一枚のはかない絹がなんとも艶めかしい。

さてウェイリーは、この薄衣をなんと訳しているか。

この場面よりも前、「帚木／ブルーム・ツリー」帖にはじめて登場したときから、ウェイリーは彼女に Utsusemi ／ウツセミの名を与え、「空蟬」帖では以下のような注をつけている。「この名はcicada〔蝉〕の意味。物語のこの先、彼女が「蝉が殻を脱ぎ捨てるように」スカーフを落とし逃げ去ったというエピソードが語られ、それ以降彼女はウツセミの名で呼ばれる。英語の文法上、この時点で名前が必要となったので、わたしはここでウツセミの名を出すことにした」。英語の文法についての注記も興味深いものであるけれど、いま注目したいのは、そう、ウェイリーが小袿をスカーフに置き換えて翻訳したことだろう。ゲンジが落とし物に添えて送ったうたも、むろんスカーフとなっている。

スカーフですって。これもシェイクスピアよね

そう、『オセロー』でしょう

そうそう、デズデモーナのハンカチよね？

ウェイリー先生、そうですよね？

小袿をシルクのスカーフにすると、女性の首筋や胸、滑らかな肌のよう

『オセロー』の連想から、ウツセミの心情も伝わります

あら、ウェイリー先生がデズデモーナの「柳のうた」を呟いているみたいよ……

Sing willow, willow, willow;
Prithee, hie thee; he'll come anon: ——
Sing all a green willow must be my garland.
Let nobody blame him; his scorn I approve, ——

シェイクスピア四大悲劇のひとつ『オセロー』では、デズデモーナは夫のオセローからのはじめての贈りものを、彼の愛の証しとしてかた時も離さず大切にしている。苺模様のハンカチである。劇中の台詞を借りれば、「いつだって肌身離さずお待ちになって、／キスをしたり話しかけたり」している。それであるのに、なんと不用意にも落としてしまう。これをきっかけにオセローは奸計に陥り、デズデモーナは悲劇的破滅へと向かっていく。『オセロー』が「ハンカチの悲劇」とも呼ばれる所以である。

シェイクスピアの時代、ハンカチは富の代名詞とされるほど大変高価だったという。稀少なシルク地に金糸銀糸の刺繍やレースを施した芸術品、宝石を縫いつけたものまであったとか。ハンカチを手にした肖像画が多いことからも、ハンカチがいかに瀟洒で贅沢な品であったかが見てとれる。

と同時に、ハンカチにはもうひとつの側面があった。『オセロー』の舞台でもあるヴェネツィア貴族のあいだでは、結婚を勝ち取る道具のひとつでもあったという。もし娘の両親から結婚に反対された場合、娘が身から離さず持つハンカチを教会の聖堂で奪う、という強硬手段があった。ハンカチを奪われるというのは、名誉、貞節を汚されることと同意だったのだろう。両親も結婚を許さざるをえない。それほどにハンカチは肌と同等のものだったという。

しかもデズデモーナのハンカチは苺の柄。白い布に点々と紅い苺の模様が散っているのである。これは血を思わせないだろうか。

第4章で取り上げた三島由紀夫「源氏供養」にもハンカチが登場した。紫式部の亡霊ともいうべき野添紫が現れ、「そこのハンケチをひろってよ。私のだから……」と、青年たちに拾わせる。去り際に彼女は、「形見にあげませう」とそのハンカチを投げて寄こすが、青年Aはそれを見て驚く。血だらけなのだ。ここにもデズデモーナのハンカチのような、赤色の飛び散った布がある。

いずれにしても、ハンカチもスカーフも、小袿と同様に女性の肌に近いものであり、それを落とすことによって運命が劇的に転換するのである。おそらくウェイリー訳の源氏物語を読んだ当時の読者も、ウツセミの落とすスカーフにデズデモーナのハンカチーフを見て、愛と嫉妬、その行き違いの哀しみ、悲劇を読み取ったのではないだろうか。

比較文学者の平川祐弘は『アーサー・ウェイリー『源氏物語』の翻訳者』の大著で、やはりウツセミと『オセロー』について論じている。ただし小袿をスカーフと訳したことについては、強い不満を述べている。

（……）ウェイリーが「かの脱ぎすべしたりと見ゆる薄衣《うすぎぬ》」をスカーフという代用品で置き換えたことは、理由がなにであれ、『源氏物語』英訳中の最大の失敗だったと私は考える。

けれどわたしたちは必ずしもそうは思わない。スカーフは、単なる「代用品」を超えていないだろうか。デズデモーナを想起させ、ウツセミの懊悩を伝える喚起力ある小道具として、ふさわしかったように思われる。また詩人・作家の蜂飼耳は、拙著『源氏物語A・ウェイリー版』第一巻の書評で、ウツセミのスカーフと小袿の差異、「隔たり」に注目し、それをこそ評価している。「この隔たりに私はむしろ心打たれた。ウェイリー訳と今回の〈戻し訳〉とが手を携えた成果は、一見亀裂とも見えるこうした箇所から見えてくる」と記している。

父の亡霊

ふっと思い掛けずゲンジがまどろんでしまったそのとき、夢に、玉座に在りし日のままのお姿で父エンペラーが現われたのです。（……）

「このようなところで寝ているとは、一体どうしたことだ」

エンペラーの幻影はゲンジの手を取ると、ベッドから引き摺り出そうとします。

「スミヨシ神により頼まれよ、そしてこの地を離れよ。ゲンジよ、舟に乗りなさい。神がお導きくださるであろう」


「明石／アカシ」帖の一場である。ゲンジは無実の罪により須磨へと追われ、その地で嵐に襲われる。暴風吹きすさび雷鳴轟き、滝のような雨は洪水となる。稲妻が閃いたと思うと建物から炎が上がる。火は瞬く間に燃え広がり、ゲンジの須磨でのつましい住まいは灰燼に帰す。そこへ父エンペラー・キリツボの亡霊が現れ、告げるのである。ここにいてはいけない、この地を離れよ、と。

嵐の描写はシェイクスピア『テンペスト』を、また亡き父君が現れる場面は『ハムレット』を想起させせずにはおかない。『源氏物語』『ハムレット』双方に於いて、国の首長であった故王やエンペラーが霊となり、息子の王子のもとを訪れるのである。父の霊が告げるのは、正義が破られ国が乱れている、それを息子であるお前が糺さねばならないということ。ゲンジもハムレットも夢のお告げに従うのである。ハムレットは父を殺して王位を奪った叔父と対峙し、自らも死す。それによって国は正しい形を恢復する。一方のゲンジは流浪の須磨の地から、さらに都より遠い明石へと向かう。やがてこの退去が明石の君《アカシ　レディ》との出逢い、都への帰還、栄華へと展開するのである。

いずれも亡父の託宣が物語の運命を大きく動かす。この類似については先述の『アーサー・ウェイリー『源氏物語』の翻訳者』や、荒木浩「日本古典文学の夢と幻視」に詳しいので、そちらに譲りたい。

代わりにひとつ付け加えれば、この場のウェイリーの英訳からは『ハムレット』のみならず、旧約聖書の神のお告げや契約、また神話の洪水伝説の響きも聞きとれるだろう。京の都という中心を離れた土地で、聖書的、神話的な事件が起きる点が重要ではないだろうか。『源氏物語』にあるどこか神話的、原初的な響きが、ここにも息づくのが感じられる。

喜劇的歌詠みたち

先ほども話題にした和歌であるが、ウェイリーは源氏物語のなかの和歌七百九十五首のうち、およそ六百首を翻訳している。さらにそのなかで韻文として翻訳したのは十二首。「帚木」の和歌翻訳などは、漢詩の絶句か、ソネットの連《スタンザ》のような雰囲気である。対して、まったく異なる効果を狙っての「韻文訳」がある。物語のなか少々コミカルな存在として異彩を放つ近江の君／オウミのレディの歌である。

彼女は「玉鬘《たまかずら》十帖」と呼ばれる源氏物語中盤に登場する。

玉鬘は夕顔／ユウガオの娘で、トウノチュウジョウの落し胤。ゲンジは行方知れずとなっていた彼女を見つけ出し、ユウガオの忘れ形見として秘かに引きとる。匿していたにもかかわらず美貌の彼女は噂を呼び、たいへんな評判となってゆく。なにかにつけてゲンジにライバル心を燃やすトウノチュウジョウは、悔しくてならない。どこかに隠れたるわが娘がいるのではと（実は玉鬘こそがそうなのであるが）、国中くまなく探させる。

そこに登場するのが近江の君《オウミ　レディ》である。見出された彼女はトウノチュウジョウ邸に引き取られる。が、彼女は田舎育ち。宮廷のしきたり、言葉遣い、振る舞いなどまるでわからず、珍騒動を巻き起こして貴族たちの失笑を招く。父トウノチュウジョウ、異母姉である弘徽殿女御／レディ・チュウジョウはじめ、みなに気に入られようと奮闘する彼女はいじましい。生命力漲る彼女は、生き生きと魅力的で、物語に活気を与える。ウェイリーの訳文で読むと、ジェイン・オースティンやディケンズの作品を思わせる人物で、わたしたちも翻訳していて楽しかった。

さて、その彼女がゲンジの息子である夕霧に、恋のうたを贈るのである。それも手紙ではない。多くのひとが集まる面前、轟きわたる声でまともにこう歌いかける。

沖つ舟、寄るべなみ路《ぢ》にただよはば、棹《さを》さし寄らむ泊まり教へよ

If your ship is lost at sea
And you cannot land where you’d like to be,
You’d better come aboard of me.

ウェイリー訳は三行に分かち書きされ、sea, be, me と韻を踏んで詩の体裁は取れている。とはいえ、脚韻とは呼べないような単純な音合わせであるし、内容もお粗末このうえない。

あなたの船が海に迷ったのなら

行きたいところに行けないのなら
わたしにお乗りなさいな

前面に押し出された内容は少々はしたなく、はたしてウェイリーが詩に訳したと解釈すべきかどうか。宮中の集まりというのに、こんな歌で迫られた夕霧はたまったものではない。彼はこう切り返す。

Though my good ship should split in two,
I'd rather be drowned with all my crew
Than trust my life to one like you.

これまた三行。two, crew, you と韻を踏み、t 音や s 音を響かせてなかなか軽快だ。韻律もほぼ四脚で整っている。堅物といわれる夕霧にしては楽しげなのは切羽詰まってか、案外愉快な気分になっているのか。

わたしの良き船がまっ二つに割れようとも
水夫たちと溺れる方がまし
あなたのような人に命を託すよりはね

寄るべなみ、風のさわがす舟人も　思はぬ方《かた》に磯づたひせず

ところで実は、オウミのレディには歌の才能がある。質はともかく、湧きいづるように詠む才能である。たとえば姉のレディ・チュウジョウにこんな歌を送る。

草若み、常陸《ひたち》の浦のいかが崎。いかで　あひ見む。田子《たご》の浦波

若草の青いヒタチ海の〈いかが岬《ハウ・ケープ》〉のような大きな疑問符。いつ、ああ、いつ、タゴの岸辺の波のように、わたしたちは顔を合わせられるのかしら

あなたに逢いたい、と言いたいところに、常陸、田子の浦と歌枕を詰めこんだうえ、波、崎と海の縁語も押し込み、要は盛り込みすぎなのだ。本人は得意でうれしくて堪らないのであるが、またも皆の笑いものとなる。レディ・チュウジョウの女房からはこう歌が返ってくる。

常陸《ひたち》なる駿河《するが》の海の須磨の浦に、波立ち出でよ。箱崎の松

厭味にも歌枕の大盤振る舞い。彼女への嘲笑とからかいである。なのにオウミのレディはそれと気づかず、「立ち出でよ」は、「お出でなさいな」との招待とまっすぐ受け取り、張り切って身支度を調える。

こんなとき、紫式部の諧謔の筆は冴えに冴える。そしてさすがシェイクスピアの国のひと。受けて立つウェイリーのペンもまた冴えわたる。ウィットで見事に渡り合うのだ。わたしたちは、ウェイリーの描く跳ね返りのオウミのレディが、すっかり好きになってしまう。これほどエネルギーと好奇心があって、泉のごとく溢れるように歌を詠む彼女はなんて魅力的なのだろう。もし環境が許せば、もし教育を受けられたら。彼女だってすばらしい歌詠みになれたに違いない。紫式部も書いている。「いと言ふかひなくはあらず」、つまり、彼女の歌はそれほど悪くはなかった、いえ、なかなかに見事であったと。また同時に宮廷人たちの虚栄、虚飾を描くことも忘れていないのである。

無学の人間が背伸びして韻文を書く、ということではシェイクスピアの『夏の夜の夢』の劇中劇が思い浮かばないだろうか。職人たちが公爵夫妻の結婚を祝し、余興に素人芝居を披露するのである。けれど「もってまわった台詞を／四苦八苦して暗唱した、その気持だけが／殊勝と言えば殊勝でして」という奇天烈な劇となる。

ベンジャミン・ブリテン作曲のオペラ〈夏の夜の夢〉を観たことがある。舞台一面に水が張られ、水面に蠟燭の炎がゆらゆらと煌めく。そこはシドニーのオペラハウスであったから、貝殻形の劇場のなかにまで、湾の水がそそぎ入ったかのよう。裸足の妖精たちが水をわたってゆく。ブリテン特有の夢見るような和声と入りくんだ二十世紀の調べが響く。一転、劇中劇の場面。曲調も一変する。古典音楽の調べに変わったのだ。イタリアのベルカントオペラ風のメロディで、ドニゼッティ〈ランメルモールのルチア〉を思わせる。けれどわざと音程を外して歌ったり、滑稽な身振りをしたり。観客たちは職人役の歌手たちの歌と演技に大喜びで、どっと沸く。無理して古風な韻文を使って悦にいる様は、まさにオウミのレディである。

シェイクスピアしかり、紫式部しかり。和歌の古めかしい韻律や技法を誤用させる形で、喜劇的効果を高めている。ウェイリーもここぞとばかりに韻文訳を繰り出すのである。

もう一首だけ挙げさせていただきたい。玉鬘を強引に娶ろうとする、これまた粗野で教養の欠片もない大夫監《タイフノゲン》の和歌。ウェイリー英訳五行詩の拙訳である。

彼《か》の女《ひと》が結婚したくないのなら
松の湾《パインツリー・ベイ》へと行かんかな
〈鏡の神《ゴッド・オブ・ミラー》〉に不服を述べよう
もうそれ以上言う必要はあるまいぞ
思い通りに我は致そう

君にもし心たがはば、松浦《まつら》なる鏡《かがみ》の神をかけて誓はむ

薔薇の名前、夕顔の名前

ついにゲンジは、二人の出逢いの瞬間を想い出させる詩を詠じつつ、半ばむこうに背けながら、一瞬、仮面を外してみせたのです。（……）

「耀く露玉はお気に召しましたか」

扇に彼女が書いた言葉を引きながら、ゲンジは尋ねます。

（……）

「かねがね知りたかったこと、それをあなたが教えてくれなくても仕方がなかった、わたしがマスクをしていたあいだはね。でもまだ名前を教えてくれないとは、つれないですよ」

「わたしには名も家もありません。歌に言う、漁師の娘のようなものですもの」

「夕顔」帖、ゲンジとユウガオの逢瀬の場面である。二人は深く情を交わすというのに、ゲンジはつねに仮面で顔を隠している。ユウガオの方も身分、名前を隠している。シェイクスピア劇のロミオもまた、仮面をつけ、素姓を隠してジュリエットと出会う。

けれど名を知ったジュリエットは彼に焦がれてこう独白する。有名なバルコニーシーンである。

ああ、何か別の名前にして！／名前がなんだというの？　バラと呼ばれるあの花は、／ほかの名前で呼ぼうとも、甘い香りは変わらない。（……）ロミオ、その名を捨てて。／そんな名前は、あなたじゃない。／名前を捨てて私をとって。

『ロミオとジュリエット』の甘美な恋人たちはしかし、悲劇的結末を迎える。『源氏物語』の夕顔の花がシェイクスピア劇の薔薇に変換されるとき、ウェイリー訳にはジュリエットの声が響き、「名も家もありません」というユウガオの運命が予言されているとは言えないだろうか（夕顔というのも仮の名でしかなく、源氏物語の多くの女性たちに名はないのである）。ユウガオの身の上は、彼女の死後に明かされることになる。

そのほかウェイリー訳からは、随所で『ジュリアス・シーザー』『マクベス』『リア王』などの声が聞きとれた。シェイクスピア劇の雰囲気は、源氏物語にある「語り」の要素とも共振するように感じられる。物語は声に出すことで立体的に生きはじめるのである。

現在は、オリジナル言語文化の持つ特性を尊重し、それを正確に伝える翻訳が主流であろう。それは二十一世紀にふさわしい。けれどわたしたちは、百年前の『源氏物語』最初の英語全訳に見られる「隔たり」をも捉えたい。そこから浮かび上がるもの、らせん的重層性を捉えたい。その差異と類似、また還流にこそ、深みへと、普遍性へと至る「何か」を見いだせるのではないか、そう願うのである。

ソネットふたたび

ウェイリー先生、シェイクスピアのソネット十八番は、別の箇所でも本歌取りなさっていますよね？

そうだ、「ウィステリア・リーフ／藤裏葉」の帖でね

あの場面は、ゲンジとトウノチュウジョウが息子ら若者たちの舞いを見るところですね

ゲンジが、「かつてわたしたち二人も、あんなふうに〈青海波〉を舞ったものだ、覚えているかい？」と菊を手折りつつ感慨に耽る……

そして「紫の雲にまがへる菊の花。濁りなき世の星か　とぞ　見る」と、トウノチュウジョウが返す

ウェイリー先生、英訳を読んでくださいますか

Not to a flower shall I compare thee, who hidest amid the pomp of regal clouds, but to a star that shines out of an air stiller and clearer than our own……

「あなたを、花に喩えるのはやめましょう……」

ああ、うっとり。時を超え、shall I compare thee がリフレインして、すばらしい翻訳

です
はじめにソネット十八番が出てきたのはゲンジ二十五歳のころ、
あの若きプリンスも、ここではすでに三十九歳
十五年近くの時が過ぎ去って……
薔薇の初花は菊の花に……
時のテーマでいえばソネット三十番も思い出しますね、ウェイリー先生
そうだ、When to the sessions of sweet silent thought /I summon up remembrance of things past という詩句だね
プルーストの『失われた時を求めて』の英語版タイトルも、ここから取られているとか
ああ、スコット（・モンクリーフ）はシェイクスピアのソネットからそう翻訳した。
ムッシュ・プルーストから抗議の手紙が来たとか聞いたがね
（そして有名な「ウェイリーの沈黙」が訪れる……）

ウェイリー訳の『源氏物語 ザ・テイル・オブ・ゲンジ』には、時間が美しく、哀しく、編み入れられている。物語全体に流れるこの世のはかなさ、ままならぬ人の運命。それが司馬遷の『史記』や白居易の漢詩の時代、エリザベス朝、ヴィクトリア朝を経て、現代のわたしたちの生きる時代へと流れこむ。いくつもの時がめぐり、らせんを織り成す。また意識に上らないまでも、シェイクスピア劇の舞台であるデンマーク、イタリアのヴェネ

ツィアやヴェローナ、ギリシャのアテネ、オセローの背景にあるアフリカ……、地球全体にまだら模様の絨毯を広げるように、空間的な広がりも見せる。

　わたしたちが求めた源氏物語の世界は、重層的にらせんを描き、世界文学となっていまも渦巻きつづけるのである。

第6章　末摘花の「まぼろしの王国」

２０１６年６月21日（June 21st, 2016）　恵

さて、末摘花。本当にヒドイ。ヒドイけど紫式部の筆は冴えている。ウェイリーの訳も冴えている。それにどんなに源氏物語のお姫さまたちがごっちゃになる人でも、末摘花だけはクリアなイメージがあるものね。『あさきゆめみし』でもお姫さま群がどの顔もそっくりなのに、末摘花だけは突出してた。白ゾウの赤鼻なんてね。トナカイの赤鼻よりヒドイ。ヒドイ話。

６月22日（le 22 juin）　まりえ

そうなのよ、可哀想な末摘花。同情を禁じ得ませぬ。でもね、いまの言葉でいうと「キャラが立ってる」のよね。だれも彼女を忘れられない。芥川の『鼻』もシラノ・

ド・ベルジュラックも鼻だものね。鼻、大事。だけど末摘花はお姫さまだから。しかし紫式部は容赦ない。あなたそろそろ「末摘花」終わりそう？　六帖。

6月23日（June 23rd）　恵
「末摘花」の翻訳、done!　嬉し。
それにしても末摘花、源氏もずっとpoor princessだのなんだの言ってるけど、ほんとうに憐れ……lonely ladyだのlonely mansionだの、姫君であっても親兄弟に死に別れ、社会的にも経済的にも後ろ盾もないとなると、御殿とともに朽ち果てるのみ……。人生、男の人に見出されるしかなくて、しかも賢くないとほんとうに哀しい末路なのね……と段々身につまされてくる。あな悲し。
ゲンジも頭中将も「荒れ果てた家」の美女を夢見て憧れて。夕顔とか、須磨の明石の姫君とか、似たような境遇の女性が次々出てくるのだけど、末摘花の家は「荒れ果てた」を通り越して崩壊寸前。dilapidatedとかhalf-ruinedとか形容詞も殺伐としているのよね。あな悲し。「でもゲンジはそんな姫君を決して見捨てないのでした」って、充分見捨ててるんじゃない？

これはわたしたちの〈源氏物語翻訳日記〉からの抜粋。翻訳のあいだ、ふたりの間で交換日記のように記していたものの一節である。二〇一六年六月の日付だから、『源氏物語

A・ウェイリー版』はまだ一冊も世に出ていない頃。版元は決まったもののほんとうにこれを出してもらえるだろうか、本になるのだろうか。不安に襲われつつも、二人ひっそり世界の片隅で（まさにそんな気持ちだったのだ）、ひたすら翻訳に没頭していた。翻訳日記は結局、分厚いノート何冊にもなっている。今回の連載のために思い切って開いてみると、末摘花のことも縷々記してあった。

ロンリー・プリンセス

末摘花とはどのような人物なのか。今回は彼女の姿を探りたい。

さて、ご存知のように彼女は姫君である。父はエンペラーの一族である常陸宮《ひたちのみや》。世が世なら、末摘花もお姫さまとして人びとにかしずかれ、なんの不自由もなく暮らしていたであろう。しかし早くに父を亡くし、零落が語られる。見捨てられた邸で一人寂しく、琴／シターンだけを心の友として生きているという。そんな「深窓の令嬢」の噂を耳にしたゲンジは、俄然興味を引かれ、想像力を掻き立てられる。親友トウノチュウジョウたちとの「雨夜の品定め／レイニーナイツ・カンバセーション」（「帚木」帖）を覚えているだろうか。

蔓草《つるくさ》に覆われた門構えがあって、その奥、よもや家があるなどと思われないようなところ……。そこに思いも寄らぬ美女がひとり幽閉されている……。そんな人を見つけたらどんなに心が躍ることか！

彼女は決して、彼らが話題に上らせた「中の品《しな》」などではなく、たいへん高貴な身分のひと。けれど音に聞く末摘花は「蔓草に覆われた門構えがあって……」の条件に適う。思いを募らせたゲンジはある夜、馴染みの侍女の手引きで忍んでゆく。そこへしめやかなシターンの調べが響いてきて……。

ついに思いは遂げたものの、ある朝ゲンジは彼女の容貌を見て驚愕する。少々長いが拙訳で引用したい。

ああ、それにしても、なんという馬鹿げた間違いを犯したのだろう。この姫君がとにかく背丈がとても高いのは座高でわかります。これほど胴長の女性がこの世にいるとは。やにわに、最大の欠点に目が引きつけられました。

鼻です。鼻から目が離せません。まさにサマンタバドラ《普賢菩薩》さまの白象の鼻！　驚くほど長く目立つうえに、（なんとも不思議なことに）少し下向き加減に垂れたその鼻先はピンク色で、雪の白さも霞むほどの色白な肌と、奇妙なコントラストを成しています。額が並外れて迫り上がっていて、顔全体は（俯《うつむ》いているので一部隠れていますが）とてつもなく長いようです。たいそう痩せて骨ばり、とりわけ肩の骨が痛ましくドレスの下で突き出ています。（……）あまりに奇っ怪な姿に、どうにも目が釘付けになってしまいます。

ゲンジが思い描いていた——というより勝手に妄想を膨らませていた幻の美女像から、遠くかけ離れていたのである。塚本邦雄は『源氏五十四帖題詠』で末摘花を描いて、「愕然とするやうな醜婦であつた」としている。しかし、もう一度紫式部の描いた末摘花の描写を冷静に読み直してほしい。ウェイリーの英語は誇張しているのだろうか。古典原典でも確かめてみたい。

まづ居丈《ゐだけ》の高く、を背長に見え給ふに、さればよ、と胸つぶれぬ。うちつぎて、あなかたはと見ゆるものは鼻なりけり。ふと目ぞとまる。普賢菩薩《ふげむぼさつ》の乗物とおぼゆ。あさましう高うのびらかに、先の方《かた》少し垂りて色づきたる事、ことのほかにうたてあり。色は雪はづかしく白うてさをに、額つきこよなうはれたるに、なほ下《しも》がちなる面《おも》やうは、大方おどろおどろしう長きなるべし。痩せたまへる事、いとほしげにさらぼひて、肩のほどなどは痛げなるまで、衣《きぬ》の上まで見ゆ。

ウエイリーの訳文は少々長くなっているが、かなり正確に思われる。

失われたる王国、渤海国《ぼっかいこく》

ところで、渤海国という「忘れられた謎の国」をご存知だろうか。上田雄『渤海国の謎』によれば、八世紀から十世紀初頭に掛けて存在した広大な国。「新羅の北、唐の東の茫漠たる丘陵状の準平原地帯に位置し、その北辺、東涯《とうがい》はシベリアから沿海州《えんかいしゅう》にまで」至ったという。現代の地図を重ねてみれば中国東北部、ロシア沿岸から、アムール河、黒龍江沿いに内陸へ、朝鮮半島北部の方にまで広がって版図は広大である。古代東アジアの一大国家であったのだ。日本との関係も深く、奈良時代から平安時代にかけてのおよそ二百年のあいだに、三十回以上も渤海使が日本に派遣されており、日本側からも使者が送られている。

その使者の一人が『源氏物語』第一帖「桐壺」に登場する「高麗人《こまうど》」とされる。この高麗人は優れた占い師／フォーチュン・テラーでもあったので、幼いゲンジの人相を占う。すると高麗人は「国の祖《おや》と成りて、帝王の上《かみ》なき位《くらゐ》に上《のぼ》るべき相《さう》おはします人」、つまりゲンジには王となるべき相が現れている、と驚嘆するのである。しかしこれに続けて、もし実際に王の地位に就けば国は乱れ、憂慮すべき事態になるであろう、と告げる。この予言がどのように現れるかを、わたしたち読者は五十四帖（光源氏の物語としては、そのうち四十一帖）を通して目撃することになる。

渤海国は、高句麗人《こうくりじん》と靺鞨人《まっかつじん》で構成されていたという。靺鞨人とは少数民族を一括りにした呼称で、これには多民族が含まれる。どうやらこの地域に暮らしたツングース系の民族であるらしい。平和な文化国家であり、「海東の盛国」とも呼ばれた。

渤海国からの使者は、貂《てん》、虎、ヒグマなど、多くの毛皮を日本にもたらした。到来の毛皮類は日本では貴重で、貴族にとっては富の象徴となっていた。『竹取物語』でかぐや姫が出す難題のひとつが「火鼠《ひねずみ》の皮裘《かわごろも》」であったことからも、それが窺えるだろう。またこんな逸話もある。第三十四回渤海使が貂の裘衣を身につけて到着したところ、梅雨時の蒸し暑いさなかというのに、日本側の重明《しげあき》親王は黒貂の裘衣八枚を重ねて迎え、使者らを驚かせたという。やはり富や偉容を誇示する品だったのだ。

さて『源氏物語』の読者は覚えているだろう。物語でただ一人、この黒貂を身に付けて登場するひとを。

聴《ゆる》し色のわりなう上白《うはじら》みたる一襲《ひとかさね》、なごりなう黒き袿重《うちきかさ》ねて、表着《うはぎ》には黒貂《ふるき》の皮衣《かはぎぬ》、いときよらにかうばしきを着給へり。古体《こたい》のゆゑづきたる御装束《さうぞく》なれど、なほ若《わか》やかなる女の御よそひには似げなうおどろおどろしき事、いともてはやされたり。されど、げにこの皮《かは》なうてはた、寒からましと見ゆる御顔ざまなるを、心ぐるしと見給ふ。

むろん末摘花である。この「黒貂」のくだりを、拙訳書からも引用させて頂きたい。

恐ろしく色褪《いろあ》せたインペリアル・パープル色の紐編《ボディス》みベストの上から、かつては紫色だったものの長い歳月の果て、いまやすっかり黒ずんだガウンを羽織っています。黒貂《セーブル》の毛皮マントには香が濃く薫き染《たし》められていました。このマントなどの衣装は、幾世代も前にはお洒落だったのでしょうが、姫君のような比較的若い方がいまも身につけているとは、ゲンジにはまったくもって驚きでした。

ルビが見にくいかもしれないが、「黒貂」にはセーブルと振ってある。なんと「黒貂の皮衣《ふるき》」はセーブルのマントなのである。セーブル、それもロシアン・セーブルといえば、現在のわたしたちの毛皮製品に対する考え方が激変したとはいえ、超高級品だ。セーブル／黒貂《くろてん》は、ヨーロッパでも古くからアーミン／白貂と並び、毛皮の王様と称された。末摘花が寒さにぶるぶる震えてくるまっていたのは、みすぼらしい衣かと思いきや、渤海国から渡来したであろう（いままで言う）ロシアン・セーブルだったのである。

しかし『源氏物語』の時代には渤海国はすでに滅亡し、当然使者の往来も途絶えている。それとともに毛皮ファッションも廃れ、「幾世代も前にはお洒落だったのでしょうが」という事態だったのだろう。河添房江『光源氏が愛した王朝ブランド品』によれば、末摘花が身につけていたのはおそらく亡き父常陸宮の遺品。この常陸宮は、先述の黒貂八枚重ねの重明親王がモデルとの説もある。

鼻、末摘ハナ

　さて、先に引用した末摘花の容貌の描写に戻りたい。

　まず「居丈」が高い、とある。座っていてもわかるほど背が高い。またスタイルについていえば、骨が突き出るほど痩せているという。背が高く痩せている（これは醜い姿だろうか？）。次いで肌は雪も恥じ入るほどの白さであり、「額つきこよなうはれたるに」とあるから、おでこが「晴れ晴れと広い」のである。「おどろおどろしう長きなるべし」という長い顔は、「べし」と推量形になっていて、ふつうよりは面長やも知れないものの、ゲンジの想像に過ぎない。実際のところ、うつむき加減の彼女の顔は半ば扇に隠れ、よく見えないはずである。ここまでの記述から測れば、末摘花は面長で額が広く、たいへんな色白。ほっそりと背が高い女性、ということになるだろう。

　そしていよいよ末摘花の代名詞ともいうべき鼻である。ゲンジは、彼女の鼻が普賢菩薩の乗る白象のように長いと誇張表現し、しかも鼻先が赤い、と追い討ちをかける（そしてあろうことか、自分の鼻先に紅を塗って、幼い紫の上／ムラサキと戯れるなどという不埒なことまでしている）。でも……、とわたしたちは考える。底冷えのする雪の朝である。荒廃した邸には冷たい隙間風も吹き込む。末摘花は震えている。寒さで鼻くらい赤くならないだろうか。色白だから、余計にそれが目立つのだ。なにも一年中、四六時中、常に鼻が真っ赤、というわけではないのでは……？　「高うのびらかに」というのも、鼻梁の高い通った鼻筋を思わせる。

そうであれば、これはいわゆる「西洋人」の容貌に近いのではないか。もしかしたら末摘花には渤海人の血でも混ざっていたのではないか。ウェイリーの英訳で読んでいると、まったく違った相貌が浮かんでくる。

２０１６年10月13日（le 13 octobre 2016）　まりえ
末摘花かわいそう……と思っていたけど、あなたの末摘花外国人説、おもしろい！　たしかに抜けるように色が白くて、背が恐ろしく高くて、髪も長くて綺麗なのよね？　鼻も長いというより高いともいえる。で、寒いから先が赤くなってる。そしておでこが広いのよね？　たしかにこれは渡来人か、白人か、Caucasian の血が混ざった系統では？　いまでいえば「美女」なのかも。末摘花、ロシアン美女説。

10月15日（October 15th）　恵
おもしろいでしょ。そう、ロシアまでいかなくてもトルファンとかウルムチとか、北方の血が混ざった中央アジアとか。東大寺の大仏開眼のときに、ペルシア人も来たという説もあるんでしょう？　シルクロードを伝って。だからいまのウズベキスタン、トルクメニスタン（だった？）もあり得る（Caucasian ってコーカサスよね？）。そうなると末摘花の色白や背の高さ、骨格の違い等々も説明がつく。暗くてわからなかったけれど、実は瞳が青かったり、榛色だったりしたかも？

『源氏物語』で異形をもって著される末摘花は、北方系ではないのか。そうであればロシアン・セーブルという「記号」も、彼女にいっそう似つかわしい。

そしてもうひとつ。彼女はいくらゲンジに促されても、いつも頑なに沈黙を守り、滅多なことでは口を開かないひとである。会話もなく、ましてや歌を交わすなど皆無といってもよいほど。

いつもながら姫君はまったく言葉を発さず、その沈黙にゲンジも話をする気分が萎えます。それでもこの荘厳なる静寂をなんとか打ち破らねば、とあれこれさり気なく言葉を掛けてみますが、恥ずかしさのあまり、彼女は袖で顔を隠しています。

もしかしたら末摘花は、どこか外《と》つ国にルーツがあって、日本語があまり得意でなかったのでは。彼女の沈黙の理由は単なる恥ずかしさではなく、言葉が不自由だったからではないか。

さすがにそれはないと知りながらも、ウェイリー訳からは平安時代の日本を超えて想像が広がる。そもそもウィットと諧謔に富む表現も含め、彼女の外見にさほど違和感も覚えなかったのである。ディケンズの人物描写のようではないか。

紫式部の描く外観は、ルッキズムの観点から批判されるものかもしれない。そしていまわたしたちが、ロシア系の「美女」やら「白人」やらと言ってしまえば、ふたたび同じルッキズムや人種差別の偏見に陥ってしまう。けれどわたしたちが言いたいのは、そもそも外見の美の基準など時代、文化圏によってすっかり変貌するもの。表面的なことだということ。美女であろうとなかろうと、彼女の容姿を超えてわたしたちがいま求めるのは、末摘花の復権。彼女への先入観の転覆である。ウェイリー訳の末摘花は、わたしたちに新しい姿を見せてくれる。ほかにもいくつもの想像が広がる。

サフラン姫

なつかしき色とも　なしに、何にこの末摘花を袖にふれけむ

寒い季節に鼻先が赤かったために、不運にも「末摘花」と呼ばれるようになってしまった姫君。ウェイリー訳では大方、スエツムハナかスエツムとなっているが、そのほかロンリー・プリンセスなどとも形容されている。ご存知のとおり末摘花とはベニバナのことである。花の先、つまり花の「末」を摘むことから、末摘花の呼称は生まれている。

ところで『源氏物語 ザ・テイル・オブ・ゲンジ』「末摘花」帖の英語タイトルはThe Saffron-Flower。末摘花／ベニバナは、サフランと訳されているのである。これは姫君の名でもあるから、わたしたちはこの帖を「サフラン姫」と訳した。

私はシャロンのサフラン、／谷のゆりの花。／わが愛する者が娘たちの間にいるのは、／いばらの中のゆりの花のようだ。

あなたの産み出すものは、／最上の実をみのらすざくろの園、／ヘンナ樹にナルド、／ナルド、サフラン、菖蒲、／肉桂に、乳香の取れるすべての木、／没薬、アロエに、香料の最上のものすべて、（……）

サフランの花は、旧約聖書にすでに見られる。引用にあるように、ソロモン王の作といわれる「雅歌」二：1〜2や、四：13〜14にも歌われている。アヤメ科クロッカス属の青い花で、赤色のめしべが染料となることでよく知られるだろう。ブイヤベースやパエリヤなどの南ヨーロッパ料理の香辛料としてもなじみ深い。「1オンス（28・35グラム）のサフランを作るのに、最低4000本のめしべ」が要るため、ことに珍重されてきた。わたしたちが南フランスに旅したのは、まだ東京ではサフランがあまり手に入らなかったころ。旅先でこの繊細な赤いめしべの束を見つけたときは嬉しかった。帰国後にひとつまみ入れて、御飯を炊いた。炊飯器の蓋を開けると、ふわあっと香りよく鮮やかな黄のサフランライスが炊き上がって、感激したものである。

さて、染料として知られるサフラン。古代には劇場の床に葡萄酒と混ぜて撒いたり、婚姻の祝宴にも用いたりした、との記録がある。

澁澤龍彦『フローラ逍遙』にも、「美少年と球根」というクロッカス／サフランに捧げる一文があって、春の甦りとともに大地から吹き出すクロッカスの詩が引かれている。

クロッカスの金色のファロスが一斉に
春の大気を突きあげている

アメリカの詩人エズラ・パウンドの詩である。澁澤はさらにクロッカスと美少年について続ける。

ギリシア神話のクロコスは水精スミラクスに恋をして、クロッカスに変身させられた美少年である。おもしろいのは、ギリシア神話で球根植物に変身するのは、アドニス（アネモネ）にせよヒュアキントス（ヒヤシンス）にせよナルキッソス（水仙）にせよ、あるいはこのクロコスにせよ、かならず美少年だということだろう。（……）

おそらく地中海沿岸地方の古代人は、球根のある野生植物に、死んで復活する美少年のイメージを託したのであろう。

澁澤は地上のクロッカスの花が男根であり、地中の球根は睾丸ではないか、と球根の花クロッカスを美少年として愛でている。また秋咲きのクロッカスとしてサフランにも触れる。

２０１６年10月18日（October 18th, 2016）　恵

あのね、もう一つ閃いたのよ。サフラン姫。昨日、ギリシア古典詩のこと、少し見てたじゃない？　それで閃いたというか、思い出したというか。『イリアス』で「ばら色の指持てる曙の女神」ってよく出てくるでしょ。「ばら色の指」といっしょに出てくるのが「サフラン色の衣」よ！　曙の女神（エオスだった？）は、サフラン色のマントを羽織っているのよ。すごくない？

いま、『イメージ・シンボル事典』出してきました。

１．ギリシアでは、元来王の色とされた。

２．キリスト教では、慈愛、聖母マリアの属性を表す。

＊「サフランの衣」をまとうものとしては

a．曙（『イリアス』）

b．婚姻の神ヒュメン（『転身物語』や、エリザベス朝の仮面劇）
c．ミューズの神々

サフラン色の馬車に乗って現れるはアウロラ／曙ですって。それなら末摘花、サフラン姫はミューズのイメージ（とのギャップ）っていうこと？　いま岩波文庫版の『イリアス』見たら、「クロコス（クローカス）色の衣を纏う「暁」の光」って出てきた。クロッカスのことね。１９９２年松平千秋訳。土井晩翠や呉茂一はどう訳してるのかしらね（……と翻訳沼にはまっていく）。

10月20日（le 20 octobre）　まりえ

サフラン姫、すごいわね。「ばら色の指持てる曙の女神」が「サフラン色の衣」を纏ってるのね？　すごいすごい。ということは、ウェイリーはそれでサフランにしたってこと？　だってユウガオだのアオイだの、アサガオだの、ロクジョウだの、ほかの女性たちはその音のまま訳してるでしょう。ユウガオの「イブニング・フェイス」っていうのも一度は出てきたけど。オボロヅキヨだってHazy Moonっていう名前にしてもいいのに。末摘花も大体はスエツムになってるけど、普通にそれだけでもよかったはずよね。スエツムハナだけが、違う花に変わっているわけね。そうか、そうなのね。ギリシア古典だったのか。ウェイリーの古典の知識は並外れてるもの。絶対そうだわ。ウェイリー源氏の翻訳が終わったら、ここから発展していろいろ書けそうよね。でも一体いつ終るのか……

『フローラ逍遙』に戻ればしかし、澁澤龍彥はホメロスのサフランは、サフランではなくクロッカスではないか、という。サフランはアラビアないしペルシア語系統の言葉で、それ以外の地域でこの語が使われるようになったのは中世ラテン語からなのだから。であるから「邦訳のホメロスのなかに「暁がいまサフラン色の衣をつけて」などと書いてあったとしても、原語ではサフランでなく、クロッカスだと考えなければならぬ」としている。

一方『聖書の植物事典』によればサフランは、パレスチナのあちこちで見られる十四、五種のクロッカスの一種で、「ソロモンの雅歌に出てくるのは、この種であると見てよいでしょう」としている。

しかもサフランと末摘花／ベニバナには関連がある、との記述まで見える。ベニバナはアザミの仲間で、サフランを水ましするのにも利用されたというのだ。シリア、エジプト、その周辺の土地原産でミイラを埋葬する時に着せる衣服もこの染料で染めた、と。つまり、クロッカスと同じくベニバナも「聖書の「サフラン」に関係している可能性は、きわめて高い」というのである。事典の「サフラン」の項目は、ベニバナとサフランのラテン語名を並記して終わっている。

Carthamus tinctorius L.　ベニバナ　キク科

Crocus sativus L.　サフラン　アヤメ科

旧約聖書、ギリシャ神話、ホメロス……。赤鼻の姫君は、華やかなイメージを纏う「サフラン姫」へと変容するのである。
最後にもうひとつ。現代詩に親しむ者ならサフランと聞いて吉岡実の一篇に触れずには置けないだろう。一部引用したい。

「サフラン摘み」　吉岡実

クレタの或る王宮の壁に
「サフラン摘み」と
呼ばれる華麗な壁画があるそうだ
そこでは　少年が四つんばいになって
サフランを摘んでいる
（……）
褐色の巻貝の内部をめぐりめぐり
『歌』はうまれる
サフランの花の淡い紫

招く者があるとしたら
少年は岩棚をかけおりて
数ある仮死のなかから溺死の姿を藉りる
（……）

小説家としての紫式部

紫式部という書き手は、人や物事をしっかり観察し、リアルに写し出す。物語を紡ぐ才能とともに、的確な描写には舌を巻く。もちろん想像力によっても人物を創りあげたかもしれない。けれどその想像力も、実際の体験や観察に基づいたもののように思われる。たとえば『紫式部日記』においても、仲間の女房や友人について冷静に描き出す。

五節の弁という女房がおります。（……）絵にかいたような顔をして額がとても広い方で、まなじりを引いた切れ長の目、顔も「ここはちょっとどうか」と（欠点に）見える点が無く、色白で、手元も手首の覗く腕もとても素敵な感じで、（……）

（山本淳子訳）

ほかの人物についても、背丈、姿勢、体つき、肌の色、頭の形、髪の艶や長さ、目鼻立ち、そして衣装や身のこなし。紫式部の目を逃れるものはない。道長が我が子の祝い事を書き留めて欲しい、と彼女に頼ったのはけだし炯眼であっただろう。パトロンともいうべき道長の依頼であっても、紫式部の筆に追従や媚びはない。目にしたことと観察したことを、公平に誠実に、時によっては辛辣に記す。辛辣であっても、それは書き手としての良心であり、真実の記述であったのだろう。

そうであれば……物語としてのレトリック、誇張表現はあっても、末摘花の描写も彼女にとって写実、真実だったのではないか。自己を偽ってウソを書くことはしていないのだ。加えて言えばきっと彼女は、末摘花を、末摘花に似たひとを、実際に見たのではないか。それはなにかの式典の場だったかもしれない。或いは父の任地に向かう旅の途上か、任地の越前だったかもしれない。越前は日本海側に面し、海の向こうの国との交流もあった。『古代日本の東アジア交流史』によれば、平安時代の越前国には「松原客館」と呼ばれる迎賓館があったという。渤海使などの外客を迎え入れるための施設である。そのような土地で、渤海国ではないとしても外つ国のひとや、そこにルーツを持つ人を垣間見た可能性はないだろうか。

『源氏物語』は京の都を舞台にした小さな宮廷社会の物語と思われている。けれども日本は古代から、特に海の道を通じて、海の向こうの国々とも交易があった。日本は東アジアのなかの一国としても存在したのだ。渤海国、朝鮮半島、隋や唐。正式な外交関係があって使者を交わすこともあったうえ、それ以外に漂着民の記録も残っている。

源氏物語は閉ざされた世界ではなく、開かれた世界であった、いってみればそのはじめから「世界」への扉を持っていたといえるだろう。それを体現しているのが異形で顕れる末摘花／サフラン姫ではないか。彼女は「まれびと」でさえあるかもしれない――。

折口信夫のいう「まれびと」は、もともと神のことであった。「（大空から）或は海のあなたから、ある村に限つて富みと齢《ヨハヒ》とその他若干の幸福とを齎して来るもの」と信じられていたのである。それはやがて旅人も指すようになる。「客人（まろうど）、賓客、珍客」ともいえようか。末摘花自身は旅人からはほど遠く、廃墟同然の邸から一歩も動かない。身の回りの家具調度も、一ミリ動かすことさえ許さない。けれど彼女の姿には、単なる「愕然とするやうな醜婦」以上のものが感じられる。紫式部も、普賢菩薩という聖なる存在を乗せる、聖なる白象に喩えたではないか。ゲンジもくり返し、彼女の高貴さ、品格を讃えているではないか。まれびとの血が彼女に流れているというのも、案外的外れではないように感じられる。ウェイリーが与えた、稀少で高価な「サフラン」の名にふさわしいのだ。

ゲンジの美しい恋人たちのなか、容姿の冴えない女性として強く印象づけられてきた末摘花。しかし彼女こそが世界文学の登場人物としても相応しい。あのヴァージニア・ウルフが『源氏物語』の書評で触れているのも、「赤鼻のプリンセス」なのだから。ふたたび主役となる「蓬生」帖で、彼女はさらに目を瞠るような変貌を遂げる。それについては、次章で改めて書き進めたい。

第7章 深い森で待つサフラン姫

前章は「末摘花」帖での末摘花／サフラン姫を紹介したが、今章も引き続きこのプリンセスの姿を追ってみたい。彼女は物語の先、十五番目の帖「蓬生」で、いま一度主役となる。

物語をすこし辿りなおせば、ゲンジは「賢木」帖で朧月夜との情事が発覚し、それをきっかけに政敵に追い落とされる。都での立場は危うくなり、ついには須磨の地へと退く。流罪とも追放ともつかぬ、いわゆる須磨流謫である。自らの運命の変転に、ゲンジは末摘花どころではない。ほかの女性たちには涙ながらに別れを告げたというのに、彼女についてはは存在すら忘れたまま都を発ってしまう。

須磨、次いで明石で二年半ほどの苦難の日々を送ったのち、ようやくゲンジは都への帰還を許される。紫の上をはじめ愛する人、宮廷の人びとに歓迎され（これはオデュッセウスの帰還や、キリストのエルサレム入城をも連想させないだろうか)、ゲンジの栄華がはじまる。京に華々しく返り咲き、宮廷での地位を上ってゆくゲンジは、まさにシャイニング・プリンスである。

しかし……須磨へ流される前も帰還後も、ゲンジの頭には鼻の赤い姫君のことは思い浮かばない。

『タチアーナの源氏日記』

源氏物語は英訳ののち、ウェイリー訳から各国語への重訳も含め多言語に翻訳されているが、ロシア語にはじめて個人全訳したのは、タチアーナ・L・ソコロワ=デリューシナという日本文学者。複雑な国情のなか『源氏物語』を愛し、守り抜いた人である(翻訳の底本は古典原典だが、谷崎潤一郎、与謝野晶子、円地文子訳のほか、アーサー・ウェイリーとサイデンスティッカーの英訳も参照したと記している)。彼女の源氏日記はわたしたちの心に寄り添ってくれるもので、翻訳中に読み返しては勇気をもらった。

デリューシナが『源氏物語』翻訳を手がけたのは、一九七六年から一九九〇年にかけての十四年間。後半はペレストロイカが進み、ソビエト連邦が解体へと向かう時期である。日記には日常のさまざまな困難も記される。立ちはだかる官僚主義、インフレ、市場の混乱。ときには砂糖、ときには石鹸が払底する。ジャガイモ、バターや牛乳のための長い行列。日本への渡航や出版計画は幾度も頓挫する。『源氏物語』は印刷所に眠っており、何の動きもない。紙がないのだ。徐々に活字になった姿が見られるという望みを失いつつある」。わたしたちも「この源氏をほんとうに出版してもらえるだろうか、四巻完結できるだろうか」と折々不安に襲われたが、彼女に比べたらこれくらい、と奮い立った。

日記には日本文学への深い理解と、プルーストを思わせる流麗な文体があった。モスクワ郊外の豊かな自然描写、彼女の繊細な内面世界、源氏物語からの引用が美しく編み合わされ、日記文学としても心を打つ。「私の心の中で鳴り響く声——記憶の声や十四年以上常に私の道連れであった紫式部の声」に耳を澄ませながら「私は、私の魂がその呼びかけに呼応した思いを綴ってきたのだ」と書かれている。ここにもわたしたちと同じように千年前の紫式部と対話しながら『源氏物語』と生きるひとがいる、と共感と大きな喜びを覚えた。

そのタチアーナさん（と、わたしたちは親しみを籠めて呼びかけていた）の日記にも、容姿にとどまらぬ末摘花の側面が描かれていた。それは信じて「待つ」姿である。


清書した後「蓬生《よもぎふ》」の巻を手直しした。訂正個所はずいぶんな数になる。この巻は一番好きな巻のひとつ。できるだけよくしたい。（……）

待つということは、最も内面豊かで、最も多彩な人間の感情の一つだ。

もちろんこれまでにも末摘花の美徳は、多々指摘されてきただろう。けれどタチアーナさんの「一番好きな巻のひとつ」との記述によって、わたしたちも改めてこの場面に目を向けることとなった。

ゲンジに置き去りにされた姫君は、「蓬生」でもコミカルなままである。ゲンジがいつかは帰ってきてくれる、とただ思い込んでいる。周囲の者も——おそらくは読者も、ここまでなんの便りもなく捨て置かれているのだから、まさかと思う。けれど彼女は曇りなく信じているのである。そのうえ末摘花は困ったことに、なにがなんでも受け継いだ家屋敷をそのまま保とうとしていたのだ。すでに崩壊寸前だった邸は実際に崩れだし、庭は目も当てられぬ有り様となる。

長年、無惨に放置されてきた御殿の敷地は、いまや完全なジャングル《密林》と化していました。庭の小道にはキツネが巣穴を作り、趣きのあった植え込みは、暗く湿った禁断の森。そこから夜となく昼となくフクロウが鳴くのが聞こえて来るのです。人間の気配はもうなく、雑木林は絡みあうように茂り、薄暗く日の光がかすかに差すばかりでした。この荒廃のただなか数人の侍女がなんとか暮らしていましたが、彼女たちも、敷地には木の霊《ツリー・スピリット》や妖怪《モンスター》が棲みついて跋扈《ばっこ》していると言って憚《はばか》りません。

この荒れ放題の庭が、帖タイトル「蓬生」の由来である。

こんな邸に住むのは御免とばかり、残っていた数少ない侍女たちも逃げるように辞めてゆく。けれどプリンセスは、ぽつねんと取り残されても頑なに動かない。孤独でなんの慰めもない。そして「音泣《ねな》きがちに、いとゞおぼし沈《しづ》みたるは、たゞ山人《やまびと》の赤き木《こ》の実《み》ひとつを顔《かほ》に放《はな》たぬと見え給ふ御側目《そばめ》」、つまり泣き濡れる末摘花の鼻は、またもや真っ赤に染まる。

けれどこの箇所での容姿への揶揄は、これ以上は進まない。英語訳での「サフラン姫」のことばも消えてゆく。

日本文学、イギリス文学における「待つ」

デリューシナは「待つ」をテーマとする日本近代文学三篇の名に触れている。以下の三作だが、だれの作品かすぐお分かりかもしれない。

待つ。ああ、人間の生活には、喜んだり怒ったり悲しんだり憎んだり、いろいろの感情があるけれども、けれどもそれは人間の生活のほんの一パーセントを占めているだけの感情で、あとの九十九パーセントは、ただ待って暮しているのではないでしょうか。幸福の足音が、廊下に聞えるのを今か今かと胸のつぶれる思いで待って、からっぽ。ああ、人間の生活って、あんまりみじめ。生れて来ないほうがよかったとみんなが考えているこの現実。そうして毎日、朝から晩まで、はかなく何かを待っている。みじめすぎます。

次の一篇も同じ作家の小品。

省線のその小さい駅に、私は毎日、人をお迎えにまいります。誰とも、わからぬ人を迎えに。
（……）けれども私は、やっぱり誰かを待っているのです。いったい私は、毎日ここに坐って、誰を待っているのでしょう。どんな人を？　いいえ、私の待っているものは、人間でないかも知れない。

三作目も断章のような掌編で、次のようにはじまる。

尾生《びせい》は橋の下に佇《たたず》んで、さっきから女の来るのを待っている。
見上げると、高い石の橋欄《きょうらん》には、蔦蘿《つたかずら》が半ば這《は》いかかって、時々その間を通りすぎる往来の人の白衣《はくい》の裾が、鮮かな入日に照らされながら、悠々と風に吹かれて行く。が、女は未だに来ない。

『荘子』の故事に由来する一篇だ。

中国古代の人物である尾生は、橋の下で恋人を待っている。その間に川の水が増し、足下から膝、胸へと上がってくる。それでも尾生はただ立ちつくしている。「女は未だに来ない」がリフレインするうちにとうとう水にのまれ、死骸は海へと流れてゆく。

一つ目は太宰治『斜陽』の一節であり、二篇目も太宰の「待つ」。三篇目は芥川の「尾生の信」で一九二〇年発表、いずれも「待つ」ことに焦点を当てている。ここに漱石の『夢十夜』を加えてもいいかもしれない。「百年待っていて下さい」と言い残して女が死ぬ「第一夜」である。百年待ち続けると一本の茎が土から伸び、百合の花を咲かせる。

末摘花もまた一心に待つ。永久に来ないかもしれない恋人を。芥川の描く尾生が水にのみ込まれるように庭の草木にのみ込まれ、「未だに来ない」ゲンジに望みを掛けるのである。ただひとり心を許した侍女の侍従／ジジュウまでもが彼女の元を去る。それでも末摘花は恨んだりはしない。たとえばこの人物のようには。

２０１６年10月15日（October 15th, 2016）　恵
いま思いついた、末摘花は『大いなる遺産』のミス・ハヴィシャムなんだわ（ウェイリーにとって、ということ）。荒れ果てた豪華なお屋敷で孤独に暮らす、Miss Havisham。彼女の王子さまは二度と戻ってこなかった……。それで彼女は花嫁ドレ

スのまま、半ば気の狂った状態で残りの人生を復讐のために生きる。ゴシックな館で。そう思うと、どんな形であれ戻ってきて、その後一生スエツムハナの面倒をみたゲンジは、たいそう誠実であったといえましょう。スエツムハナも幸せだったといえましょう……しみじみ。

10月16日（le 16 octobre）　まりえ
末摘花＝ミス・ハヴィシャム！
そうだわ、絶対そう。ミス・ハヴィシャムは結婚式当日に婚約破棄の手紙を受け取って、おかしくなっちゃったのよね。で、時計を止めて、古びたウエディングドレス姿のまま一人でじっと待っている。あれって何年間かしら。すっかり老女になってたのよね……うーん、ウエイリーにはサフラン姫とミス・ハヴィシャムが重なって見えてたのね。そうよ、きっと。ディケンズが大好きだったんだから（老後はディケンズを読んで過ごしたいって、どこかに書いてた。ドナルド・キーンに話していたんだったかな）。

十九世紀イギリスの作家チャールズ・ディケンズ『大いなる遺産』に登場する富豪の老婦人ミス・ハヴィシャムは、一度読んだら忘れられない人物であろう。彼女もはじめは「待つ」ひとであったはず。けれど物語に登場するときは、すでにエキセントリックで居丈高な老女と化している。

いっぽうの末摘花はあくまで純粋。亡き父宮の魂が宿る古邸を守ろうと必死なのである。そしてそんなある日、夢に父宮が現れる。しかし目覚めればそれはただの幻で、雨漏りでびしょ濡れの部屋にひとり座している。末摘花は悲しみのあまり思わず声に出して歌を詠む。

亡き人を恋ふる袂《たもと》のひまなきに、荒れたる軒の雫《しづく》さへ添ふ

いまは亡きひとのために流した涙と、崩れ落ちたわが屋根から絶えず滴《したた》る雨とが、ひとつになる

感情につき動かされ、姫君自ら歌を詠むのである。

それまでの末摘花は、いくらゲンジが恋の歌で呼びかけてもだんまり。見かねた侍女が代わって応ずるほどであった。はじめの頃など、ゲンジやトウノチュウジョウの手紙にさえ滅多に返事をしない。周りに促されてようよう歌を詠んでも、凡庸なことばを搾り出すのが精一杯であった。

源氏物語ではもちろん容姿の美醜が語られるが、実のところ平安貴族のあいだでは、男女が向き合って顔を合せることは稀だったろう。ほとんどは垣間見などによる遠目で、あ

とは暗闇のなかの出来事だ。その人の美しさは外見とともに、あるいはそれ以上に、雅やかな和歌や文字の流麗さ、優美な香り、音楽や舞いの才能、衣装の趣味や立ち居振る舞いなどに依って語られる。末摘花の容姿についての描写は強烈であるとはいえ、物語全体を読むとゲンジが落胆するのはむしろ彼女の無粋さである。歌は拙く、手紙の用箋や文字も無骨で、着るものも冴えない。ゲンジの須磨流しのあいだも手紙を送るでもなく、手習いをするでもなく、神や仏に祈りを捧げることもしない。ただ目の前の虚空をじっと見つめるだけ。「たった一人孤独に時を持てあましているひとは、往々にして、いにしえのバラッド《物語詩》やロマンス《物語》に楽しみや気晴らしを求めるものです。が、このプリンセスはそういった趣味を持ち合わせていません」「ロザリオ《数珠》に触れることすらしません」という。

その彼女がついに歌を生み出したのだ。これは「呼びかけ／call」ではないか。受け身一方だったひとが「呼びかけ」という能動行為に転じ、内なる壁をもうち崩したのではないだろうか。しかもこの出来事は亡き父を夢にみた直後のこと。死者の魂を介しての変容といえないだろうか。

その歌に応えるかのように、ふいにゲンジが——まるでキツネかなにかの妖怪のごとく、茂れる蓬を踏み分け姿を現す（こういった筋立ての『別本　八重葎』という擬古物語もあるが、それについてはまた改めて触れたい）。ウェイリーは「蓬生」帖を「タングルウッドのパレス／The Palace in the Tangled Woods」とした。たしかに木々が聳え立ち蓬が生い茂る末摘花の邸には、森のイメージが宿る。その絡み合う木々を分け入っていくと……、そこに姫君がいるのである。

タングルウッドに眠る美女

ここでなにかを思い出さないだろうか。深い森を掻き分けてプリンセスを見出す……。そう、「眠りの森の美女」である。仙女の魔法によって百年の眠りについた姫。百年の間に森は深く茂り、そこにイバラが絡みついて道を塞ぐ。まさに枝の絡み合う深い森《タングルド・ウッド》、踏み込めるものはだれもいない。百年後にそのイバラを掻き分けて姫の眠りをさますのは、選ばれし一人の王子である。

ゲンジの従者である惟光／コレミツが「イバラの茂みを掻き分けてゆく」くだりの描写はこのおとぎ話を想起させ、末摘花にも同様のイメージがアイロニカルに重ねられている。彼女は森に埋もれ、自らを覚醒させる人を待つプリンセス。目覚めさせる王子とはもちろん、プリンス・ゲンジである。

ウェイリーは一九二五年刊行の『源氏物語 ザ・テイル・オブ・ゲンジ』初版に、フランス語で以下のエピグラフを掲げている。

Est-ce vous, mon prince? lui dit-elle. Vous vous êtes bien fait attendre!

あなたでしたの、王子さま、と彼女は言いました。ずいぶんお待ちしましたわ。

シャルル・ペローによる「眠りの森の美女」の一節である。

なぜウェイリーはこれをエピグラフとしたのか――おそらく紫式部を、あるいは『源氏物語』という作品そのものを「眠りの森の美女」に見立てたのに違いない。千年の眠りについていた日本古代の物語を自分が見出し、自らの手で世に輝かすのだ、いわば王子の役割を果たすのだ、との気概を感じる。これはもちろん西洋側からの視線であって、わたしたちからすれば千年の眠りになどついてはいないだろう。それでも東の果ての見知らぬ小国で、しかも女性作家が、これほどの作品を書いていたとは。エピグラフからは「発見」したウェイリーの驚嘆と昂揚感が伝わってくる。わたしたちもこの一節に彼の決意を感じた。

またしても余談になるが、ペローといえば「愚かな願いごと」という物語を紹介させて頂きたい。

ジュピター神に、お前の三つの願いごとを叶えよう、と言われた貧しい樵《きこり》。何気なく長い腸詰めがあればなあ、と呟いてしまう。するとたちまちそれが叶う。つまらぬ願いごとをした夫に腹を立てた樵の妻は、彼を罵る。樵は腹いせに、腸詰めなんかお前の鼻にくっついてしまえ！　と口に出すのだ。めでたくその願いごとも聞き届けられ、妻の鼻に長い長い腸詰めがくっついたのだからたまらない。結局三つ目の願いごとはそれを鼻から取ってください、となって終わり、という話だ。

ペローの「愚かな願いごと」といい、日本の『宇治拾遺物語』や『今昔物語集』を下敷きにした芥川の「鼻」といい、とかく鼻は古物語につきもののようである。

ヴァージニア・ウルフ「時はゆく」

さて、末摘花に見られるとおり「待つ」とはひとつの精神のあり方であるが、また時間そのものでもあろう。漱石の『夢十夜』では百年、ペローの「眠りの森の美女」でも百年。芥川の「尾生の信」はどれくらいの時間だろうか。最後にはその魂は数千年の時を超え「私」を訪れる。

時間は、源氏物語においてはしばしば「草木に覆われた荒れ果てた庭」「人気のなくうち捨てられた家」として顕れる。その場所に、時間と死者の魂が宿るのである。源氏物語にそれを読み取ったと思われるひとがいる。前章でも触れたヴァージニア・ウルフである。

たった一枚の羽根の重さで、この家全体が倒れ沈んで、暗い深淵に向かってまっすぐ転げ落ちていたことだろう。こわれた部屋の跡では、ピクニックの人たちがやかんの湯を沸かすことだろうし、恋人たちはむき出しの床板に寝そべって、恰好の隠れ場所だと言って喜ぶだろう。羊飼いは煉瓦のところに食料を蓄え、浮浪者は寒さよけにコートを体に巻いて眠ることだろう。やがては屋根まで崩れ落ちてしまう。そして茨や毒ニンジンが伸び育って、小径や踏み段や窓の痕跡までもかき消してしまっただろう。

（ヴァージニア・ウルフ『灯台へ』）

『灯台へ』第二部「時はゆく」の一節である。かつて夏毎に訪れていたラムジー家の人びとは去り、空き家となって久しい海辺の家。ある者は死者となってこの家に宿っているのである。

エレガントだった中庭には雑草が生い茂りヘムロック《毒ニンジン》が蔓延って、屋根の切妻や軒を破壊する勢い。荘園《パーク》のメイン東門にも西門にも大量のヨモギが繁茂してバリケードとなり、門扉も開けられません。もしも敷地を囲む塀がいたるところ崩壊、ボロボロになっていなければ、この状況はあるいは御殿の住人に、防犯という点では多少の安心感を与えたかもしれません。近隣の牧場の馬や牛が、早速こうした塀の途切れ目を発見して入りこみ、夏には御殿の草地を荒らし放題ですから、群れを見張る牧童らも呆れるのでした。

「蓬生」からの引用である。

こうして並べてみると、『灯台へ』「時はゆく」と『源氏物語』「蓬生」には、非常に似通った表現とモチーフが見られる。屋根は落ちかかり家具もすっかり古びている。荒れ放題の庭には、羊飼い／牧童が入り込み、浮浪者や盗賊が敷地に迷い込みそうな有り様。庭に茂る雑草やイバラは、窓や建物全体を覆って破壊する勢いだ。毒ニンジン／ヘムロックの単語は両者に共通している。二つのテクストには親和性があって、ウルフの文章が源氏物語——とくにウェイリー訳——に紛れていても、自然に溶け込みそうではないか。

ヴァージニア・ウルフの書評は『源氏物語』第一巻刊行時に出たものだが、ではその後ウルフは物語を読み進めただろうか。今回ウェイリー訳を翻訳しながら『灯台へ』と読み比べ、庭などのイメージや単語の重複に瞠目した。

ね、きっとウルフは蓬生を読んでいるわよ、そう思わない？

「蓬生」はウェイリー訳第二巻よね？

そう、第二巻の刊行は一九二六年二月

ちょうどウルフが『灯台へ』を書いていたころなのね？

そう、まさに。だから末摘花の庭にインスパイアされて、「時はゆく」を書いているんじゃないかしら

と、想像したくなるわよね

ウルフは二ヵ月後四月三十日の日記に、こう書いている。

昨日私は『燈台へ』の第一部を終え、今日第二部〈時はゆく〉を始めた。私はよくわからない──これは最もむずかしい抽象的な書きものだ──からっぽの家を描き、だれの性格をも描かず、時間の流れを描く。

荒れ果てた家によって「時間の流れ」を描く紫式部の手法が、ウルフに影響を与えていないだろうか。

『源氏物語』において死者の魂が宿る家は、「蓬生」のみならず冒頭の「桐壺」帖から出現する。ゲンジの亡き母君、桐壺更衣の里邸である。「草は伸び荒れ放題」「蓬が生い茂り、月の光を通すのみ」。物語の先では、大宮（桐壺帝の姉妹）の逝去後、うち捨てられていた三条殿もそうであるし、明石の君が京に上って仮寓するのは、都の近郊大堰《おおい》にあった曽祖父の古屋敷で、「天井らしきものはあれど、屋根はなし」というほどの荒廃。けれど庭を整え水の流れに耳を澄ませば、「その水の響きはまるで、懐かしい名が呼ばれるのを耳にした死者が、深い眠りから目を醒ましたかのよう」。そこには、かつて在りしひとの魂が宿っているのだ。これは『源氏物語』に頻出する、時の表徴といえるだろう。

ウルフもまた『灯台へ』のみならず、一九三一年発表の小説『波』でも、くり返し──波や海とともに──庭を描く。庭は荒れてはいないものの、時の流れや不在の人間を示している。最後の作品『幕間』では、イングランドの歴史を描く野外劇が庭園で上演され、庭は時間／歴史の場となるのだ。

ところで、ウルフがどこまで『源氏物語』を読み進めたか。後々エッセイ『自分ひとりの部屋』や評論「女性と小説」でも、サッフォーやエミリー・ブロンテと並んでその名に触れたのだから、ウルフも紫式部から単なる書評対象を超えた印象を受けたのには間違いない。ここからはまったく検証のできない想像の域。というよりも創作的な想像力の産物であるが、入水した浮舟／ウキフネとヴァージニア・ウルフは重なって感じられないだろうか。入水した川の名は、ウキフネは宇治川で、ウルフはウーズ川。宇治、ウーズ、ウジ、ウーズ……非常に似た音を響かせる（もちろんそこには、入水したオフィーリアの姿も透けて見えるだろう）。

ヴァージニアはそのまま落命するが、ウキフネは水を潜って甦生し、新たに「歌姫」として文学的な存在となってゆく。ヴァージニアと、紫式部、さらには『源氏物語』最後のヒロイン浮舟とを重ねたい誘惑に駆られるのだ。

「待つ／松」の相聞歌

花散里を訪問しようとしていたゲンジは、松に藤が絡まる邸を通りかかる。「大《おほ》きなる松に藤《ふぢ》の咲《さ》きかゝりて、月影《つきかげ》になよびたる、風《かぜ》につきてさとにほふがなつかしく」、つまりふと香る藤の花の匂いに、もしかして……と記憶が一気に甦るのだ。こうして末摘花をふたたび見出す。もちろんここで「松」は「待つ」の掛け詞になっている。ゲンジは、彼女に次のような歌を贈る。

「パイン・ツリー《ま》に揺れるウィスティリアの花房を素通りできなかったのは、わたしを待つあなたのお邸だと気づいたからですよ」

藤波のうち過ぎがたく見えつるは　松こそ　宿のしるしなりけれ

末摘花の返し。

「花があるからと立ち寄っ《つ》ただけですの……？　わたくしは長の年月《としつき》、ひたすらあなたさまをお待ちしてましたのに――」

年を経て　待つしるしなきわが宿を　花のたよりに過ぎぬばかりか

二人の相聞歌――と呼んでよければ――では、ゲンジの手練れの歌に対し、末摘花も負けない歌を返している。待つ／松という末摘花のテーマが色濃く浮かびあがり、待ち人が現れた喜びより哀しみが滲んであわれ深い。

再会したゲンジは姫君を見て、こう思う。

これほど内気で不器用で、変わったひとには会ったことがありません。それでも彼女の物腰、身のこなしには、誰にもまねできない気品が溢れているのでした。妙に彼女に惹かれます。いえ、実はずっとそうだったのです。だからこそ、彼女を見失いたくなかったのです。こんな嘆かわしい状況になるまで放っておいた自分が許せません。次々と起こった自身のトラブルや厄介事で頭がいっぱいだったとはいえ、なんの言い訳になるでしょう。

末摘花への思いは一変する。ゲンジを待つことによって、彼女は単なる喜劇的キャラクターから、物語に於いてより大きな役割を担い、深みのある存在に変容している。ゲンジもまた須磨での辛苦ののち人間としてひとまわり成長し、だからこそ——塚本邦雄のことばを借りれば、「末摘花の汚れのない、童女のやうな心を嘉《よみ》」することができたのだ。これまでの不義理を悔い、末摘花を一生後見しようと心に決める。こうなったときのゲンジは頼りになる。ジャングルと化していた庭を整え、池の水を浚い、庭を縫う美しいせせらぎを生き返らせる。その後末摘花は、ゲンジの新築した二条東院に移り住み、めでたしめでたし。そこで安泰に暮らすのである。

待つとは忍耐、期待、失望、時に絶望、ふたたび希望、忍耐、失望のくり返しではないだろうか。そこには人間には計りがたい時が流れる。地上の時間軸を超えた内的経験を経ねばならない。それを経て、彼女はわき上がる思いとともに自ら歌を詠むようになる。だからこそ彼女が待つものは、単なる「白馬に乗った王子さま」「眠りを醒ましてくれる王子さま」を超えてゆく。彼女もまたその場所に縛られているだけのプリンセスを超えてゆく。なにか人智を超えた「働き」があるのだ。『源氏物語』で宿世と呼ばれるものかもしれない。

そもそもゲンジが末摘花のもとへと導かれた事のはじめから、死者の霊力が暗示されていた。そしてゲンジそのひともまた、第3章に書いたように、ある種の神的な存在なのである。ゲンジの登場は「まるで神さまかブッダさまが天から降って湧いたように、輝かしい方が目の前に現われた」と、末摘花の年老いた侍女たちも噂するのである。太宰が、「私の待っているものは、人間でないかも知れない」と書いたように、名指せない何ものかの到来、それへの希望でもあるのだ。だから女性ばかりが堪えて男性を待て、それが美徳だ、という意味では決してない。

たしかに末摘花の鼻は赤いままであったかもしれない。「初音」帖に登場するときにも依然として鼻は赤く、しかも自慢の髪にも白が目立つようになっている。けれど彼女は、ゲンジの後ろ見を純粋に愛情と受けとめ満ち足りている。ルッキズムという外見偏重から解放されているのである。

待つことは時間そのものであると先に書いたが、さらにいえば時間とは歴史でもあろう

（フランス語で「歴史」も「物語」も同じイストワール／histoireであることも思い出される）。末摘花は現実の時間軸を超え、源氏物語が担うように思われる歴史性――らせん的歴史性をも表徴しているとはいえないだろうか。末摘花は、失われた王国渤海国を想起させ「まれびと」として国境を越えるのみならず、時間も超え、『源氏物語』の特性を一身に顕す存在へと変容している。サフラン姫とは、世界文学へと躍り出るまえの揺籃に眠る深い森のひと、そう呼びたいのである。

第8章　「あはれ」からメランコリーへ

こんな問いから始めるのはいかがだろうか。

以下の文章は、ある文学作品からの引用である。空欄の⑴⑵に入ることばを答えよ。⑴は人名、⑵は作品名。

　道々、取止めもない雑談を交して来たのだが、お別れしようとした時、不意に、「小林さん、⑴□さんはね、やはり⑵□ですよ、では、さよなら」と言われた。

ヒント。この「小林さん」とは小林秀雄で、カギ括弧の話し手は折口信夫である。

答えは、⑴本居、⑵源氏。

小林秀雄『本居宣長』である。つまり、「小林さん、本居さんはね、やはり源氏ですよ」

となる。

小林秀雄は本居宣長について書きたいと、長年想を温めていたという。それに当たって助言を得ようと、折口邸を訪ねる。話題は本居の『古事記伝』に及ぶが、別れ際に折口の口から出たのは思いがけない言葉。小林さん、本居といえば「源氏物語」ですよ、と。本居といえば古事記と思っていたらしき小林の心には「分析しにくい感情が動揺し」、それは晩年の大著『本居宣長』に結実していく。

では本居の源氏とはどのようなものか、少し紹介したい。

本居宣長と『源氏物語』

江戸時代の国学者・本居宣長は、『古事記伝』のほか、源氏物語の注釈書でも名を残している。『紫文要領』や『源氏物語玉の小櫛』が広く知られるだろう。

『紫文要領』で本居はこう述べる。「大よそ此の物語五十四帖は、物の哀れをしるといふ一言にてつきぬべし」。「物の哀れ」こそ源氏物語理解のうえでの究極の語、と明言したのだ。この本居の「もののあはれ」の一語が、それまでの数々の注釈を書き換えたといっても過言ではないだろう（「もののあはれ」「物の哀れ」「物のあはれ」などさまざまな表記があるが、ここでは「もののあはれ」に統一したい）。

では、その「もののあはれ」とは何か。本居は次のよう書く。

さてその見る物聞く物につけて、心のうごきて、めづらしともあやしとも、おもしろしともおそろしとも、かなしとも哀れ也とも、見たり聞きたりする事の、心にしか思ふてばかりはゐられずして、人に語り聞かする也。語るも物に書くも同じ事也。さて其の見る物聞く物につきて、哀れ也ともかなしとも思ふが、心のうごくなり。その心のうごくが、すなはち物の哀れをしるといふ物なり。（傍点筆者）

（本居宣長『紫文要領』）

つまり、人間は見聞きするものに対して悲喜こもごも、ありとあらゆる感情を抱く。そのすべての心の動きがすなわち、「もののあはれ」だ、と本居は述べるのである（但しすべてといっても、喜びというよりは「むしろかなしさにひたされている」と国語学者・大野晋は説く）。その「かなしさにひたされ」た心の動き、それを知ること。それがもののあはれであるとして、本居はさらに畳みかける。

されば此の物語、物の哀れをしるより外なし。作者の本意が、物の哀れより書き出でたる物なれば、その見るにもあかず、聞くにもあまる事どもを書きて、それをよまん人にも、物の哀れをしらさむためといふ事、此の所の文にてさとるべし。

紫式部という書き手は「もののあはれ」を知り、それをひとつの物語へと紡いだのだ、それを読み手に伝えたかったのだ、との大意であろう。であるから、源氏物語を読むわたしたちもまた、「もののあはれ」を心に、この物語に分け入るべきであろう。

アーサー・ウェイリーによる「あはれ」

ところで源氏物語五十四帖を成す語彙数は、どれくらいと想像されるだろうか。

その数のべ、およそ四十万語で、約半数の二十万語は助詞、助動詞、形容詞、副詞。残りの二十万語が名詞、動詞などである。そのうち「あはれ」は九四四回、「あはれがる」「あはれげ」「あはれさ」「ものあはれ」の関連語を含めば、じつに千を超える箇所で登場している。他方「をかし」も約半数ほどの五三四箇所。おおよそこのような見取図が描ける。

ちなみに『枕草子』において「あはれ」は八七回、「をかし」は四二二回。実際の語彙使用頻度でも、全テクスト内での比率でも、源氏物語は圧倒的に「あはれ」の文学であり、枕草子は「をかし」の文学であると確かめられるだろう。

そうなると当然浮かぶのは、イギリス人のウェイリーが「あはれ」をどのように訳したか、である。これはわたしたち姉妹にとっても興味の尽きないことであった。

ここでは「あはれ」の場面として真っ先に思い浮かぶ「野宮《ののみや》の別れ」を繙いてみたい。

情感あふれ、わたしたちも思い入れ深い箇所である。

光源氏／ゲンジは、都の中心から離れた野宮に、六条御息所／レディ・ロクジョウを訪ねる。これから彼女は斎宮となる娘に付き添い、伊勢へとくだるところ。つまり恋人ゲンジとの決定的な別れとなるのである。以下古典原典、ウェイリー訳、拙訳の順で引用したい（「あはれ」の箇所の太字筆者）。

はるけき野辺《のべ》を分《わ》け入《い》り給ふより、いと**ものあはれ**なり。秋の花みなおとろへつゝ、浅茅《あさぢ》が原もかれぐ／＼なる虫《むし》の音《ね》に、松風すごく吹き合《あ》はせて、そのこととも聞《き》き分《わ》かれぬほどに、ものの音《ね》ども絶《た》えぐ／＼聞《き》こえたる、いと艶《えん》なり。

As he made his way through the open country that stretched out endlessly on every side, his heart was **strangely stirred**. The autumn flowers were fading; along the reeds by the river the shrill voices of many insects blended with the mournful fluting of the wind in the pines. Scarcely distinguishable from these somewhere in the distance rose and fell a faint, enticing sound of human music.

見渡す限りどこまでも広がる野を過ぎつつ、ゲンジの心は**怪しく騒ぎます**。草の花は萎れ、川辺の葦原に鳴き集《つど》う鋭い虫の音に、悲し気なフルートのような松韻《しょういん》が溶け合います。耳を澄ませば、はるか向こうのどこかより、人の奏でる魅惑的な楽の音が、高く低く微かに聞こえてきます。

「あはれ」は strangely stirred の頭韻を踏んだ二語で表されている。ところでこの引用箇所をもう少し注意深く読むと、この二語で「あはれ」が表現されているのみならず、sやst、sh、th、chなどの音がくり返されているのがわかる。また flowers, fading, fluting と、fの音も同様の摩擦音を響かせている。主な子音箇所を太字にして、いま一度読みたい。

As he made hi**s** way **th**rough the open country that **st**re**tch**ed out endle**ss**ly on every **s**ide, hi**s** heart wa**s** **st**rangely **st**irred. The autumn **f**lower**s** were **f**ading; along the reed**s** by the river the **sh**rill voi**c**e**s** o**f** many in**s**ects blended with the mourn**f**ul **f**luting o**f** the wind in the pine**s**. **S**car**c**ely di**st**ingui**sh**able **f**rom the**s**e **s**omewhere in the di**st**an**c**e ro**s**e and **f**ell a **f**aint, enti**c**ing **s**ound o**f** human mu**s**ic.

掠れるような子音が連続し、「フルートのような松韻」が響く野の「あはれ」が、音楽的に表現されている。ウェイリーは自らもリコーダーを演奏するなど、音楽にも造詣が深かった。また詩人でもあったのだから、鋭い音感の持ち主であったと想像される。このほんの短い一節からも、その詩的で鋭敏な感性が聞きとれないだろうか。

もう一箇所、古典原典、ウェイリー訳、拙訳と引用させて頂きたい。

月も入《い》りぬるにや、**あはれ**なる空をながめつゝうらみきこえ給ふに、こゝら思ひ集《あつ》め給へるつらさも消《き》えぬべし。

The moon had set, but the starlit sky was **calm and lovely**.

月は沈み、星の輝く空は**静かで清らか**です。

月の沈んだ夜空は「あはれ」で、calm and lovely と訳され、わたしたちは「静かで清らか」としている。

そのほか「はた、あはれもさめつゝ」「あはれとおぼし乱るゝ事限りなし」と、連続的に「あはれ」が使われるくだりでは、「変わらぬ熱い想い／feeling towards her」や、「心は激しく揺さぶられ／violently agitated」、とやや強い感情表現が用いられている。

こうして丁寧に「あはれ」を辿っていくと、必ずしも一対一で単語として対応するとは限らず、ひとつひとつの文脈に沿って、ウェイリーが注意深くことばを選択しているのがわかる。

多く用いられるのは同情心／sympathy や、哀れ／pity、ロマンティック／romantic、パセティック／pathetic、メランコリー／melancholy、その他very sorry、so depressing、fascination、二語を重ねてのstrange and lovely、apathy and gloomなど。さらには「あはれ、さも寒き年かな」という老侍女の言葉では、「あらまあ、あらまあ／O dear, O dear」と感嘆詞で表現されている。

作家の竹西寛子は「「あはれ」一語ほど大きな振幅をもつ言葉をすぐ他に見出せるだろうか」「一語で言い直してみても、まず「あはれ」の解釈をしたとは思い難い用法である。複数の感情が重なり合い、ひびき合っている」としているが、まさにウェイリーも千回を超える「あはれ」を単一の語ではなく、時には複数の語を重ね繊細に描き分けているのだ。わたしたちはウェイリーの訳語にも「あはれ」を感じたのである。なかでもわたしたちが注目したのは「メランコリー／melancholy」の語であるが、それについては後述したい。

ルネ・シフェールのフランス語訳「あはれ」

興味を引かれたわたしたちはまたも寄り道して、ほかの言語での「あはれ」や「もののあはれ」はどうなっているだろう、と探索し始めた。皆さまもしばしお付き合いいただけるだろうか。

まずはフランス語である。

以前も触れたように、初の『源氏物語』フランス語個人全訳は詩人ルネ・シフェールによるもので、一九八八年に上下巻が完結している。タイトルは *Le Dit du Genji*。上巻の扉に「マグニフィサンス／壮麗」、下巻には「アンペルマナンス／無常」とあるのが印象的だ(ウェイリーが掲げたフランスの童話作家シャルル・ペローのエピグラフは見当たらない)。

ではシフェールは「あはれ」をどう訳しているか。

先の野宮の「はるけき野辺を分け入り給ふより、いとものあはれなり」の文は、「広々とした野に踏み入ると、深いメランコリーに囚われた」となっている。「あはれ」は「深いメランコリー／une intense mélancolie」。嬉しいことに、注目していた「メランコリー」の語が、シフェールによっても使われている。

またこのパッセージでもう一点目を引いたのが、文章の末尾。ゲンジは、なぜこんなにも長い間ここを訪ねなかったのだろう、レディ・ロクジョウが野宮にいる間に通うべきだったと深く悔やむのだが、ここでシフェールは“le temps perdu”のフレーズを置いている。「失われた時」を悔やんだ、と。この暁の別れの場面に、プルーストの『失われた時を求めて』を響かせているのである。

ウェイリーとプルースト英訳者のスコット・モンクリーフが幼馴染みであったことは先にも書いた。ウェイリーはプルースト翻訳の出版を意識し、注でもプルーストの名に触れているが、シフェール訳源氏にもまた、こうしてプルーストの「時」のテーマが巡っているのだ。
シフェール訳の「あはれ」として、さらに和歌にみられる「あはれ」の訳語を、飯塚ひろみの論文に沿って探ってみたい（源氏物語に現れる和歌のうち、「あはれ」が含まれるのは二十六首）。

愁い　mélancolie
哀れみ　compassion, compatir, pitié, plaindre
苦悩・悲嘆　poignant (e), poindre, affliction
感動　émoi, émotion, émouvoir, toucher, admiration
詠嘆　las
思い　pensée, sentiment
その他　不幸／malheur、魅力／charme、味わう・楽しむ／goûter

などとなっている。ことばのニュアンスとしては、本居宣長や大野晋の「かなしさにひたされ」た心の動きの解釈に沿うもので、「あはれ」の多義性、重層性が、フランス語でも存分に生かされているだろう。

デリューシナのロシア語訳「あはれ」

では、前章でも紹介したタチアーナ・デリューシナのロシア語翻訳での「あはれ」はどうだろうか。

土田久美子の論文によれば、デリューシナは「序文」で、「もののあはれ」を「ものの悲しい魅力／печальное очарование вещей」と訳し、「誘惑する物の世界の美という主題とその物の世界の不安定性、非永続性についての思想を結び付けている」概念だ、と記しているという。これはロシア人の日本文学翻訳者ヴェーラ・ニコラエヴナ・マルコワによる訳語を引き継いだもので、仏教の無常観、「地上の存在の非恒常性」、つまり儚さの考えに通じる、ということだろう。

ロシア語では「魅力／очарование」という語が援用されていることに心動かされる。ウェイリーの英語にしろ、ルネ・シフェールのフランス語にしろ、「あはれ」は基本的に物ごとの哀感や悲しみといった、哀切の情に重点が置かれていたのに対し、ロシア語では「ものの悲しい魅力」となっているのだ。さらにデリューシナの言葉を引用しよう。

『アワレ』によって、『モノ』の本質が理解される。『モノ』とは、外形（облик）のない『もの』（事物あるいは現象）であり、ものの個々の発露を超えたもの、ものの本質である。『モノ－ノ　アワレ』とは、ものの永遠の源に対する（к вечным истокам вещей）心の希求、それらのすべり抜けてしまう意味（их ускользающий смысл）を捉えたいという願望である。

この世のものはみな移りゆく。どれほど美しく、確固としたものに見えたとしても、また人間がこの世でいくら永遠なるものを求めたとしても、それを留めることは不可能。しかし不可能であるからこそ、愛や美しさ、善きものは、より大きな魅力を湛えるのではないだろうか。デリューシナの「あはれ」や「もののあはれ」の深い受容に心揺さぶられる。その理解あっての「ものの悲しい魅力」のことばと気づかされるのである。

豊子愷訳源氏物語と中国語の「もののあはれ」

一方、アジアの隣国に目を転ずれば、中国ではじめて『源氏物語』が紹介されたのは一九二〇年代のことで、最初の翻訳は銭稲孫によるもの。しかし冒頭わずか数帖のみで、源氏は依然、一部の知識人に知られるに留まった、と劉金拳は書く。

しかしやがて一九六〇年代の日本の高度経済成長や、一九七二年の日中国交正常化などによって、日本文化への関心が高まってゆく。それとともに、源氏物語もまた日本文学のカノンとして注目されるのである。それでも中国本土での最初の翻訳は文化大革命の動乱で失われたともいわれ、完訳の登場はようやく一九八〇年代に入ってからであった。
中国語訳では、実は台湾が中国本土に先んじている。一九七三年に左秀霊、並んで林文月の翻訳がそれぞれはじまり、林文月訳は一九七四〜一九七八年の刊行で全巻完結している。

一九八〇〜一九八三年には、豊子愷訳が出版される。

さらに劉の論を引けば、その後も新訳、訳本、事典、研究書など続々登場しているというが、それでもやはり夏目漱石や石川啄木の翻訳でも知られる豊子愷訳への評価が、ひときわ高いようだ。「優美な言葉遣い」「風雅流暢な訳文」「音楽的リズム感」との評が紹介されている。

では、豊子愷は「あはれ」をどのように翻訳しているか。ここでは「あはれ」のなかでも「もののあはれ」に限って訳語を挙げてみたい。同じ漢字文化とはいえ、日本語と中国語の語感には違いがあろうけれど、以下十四箇所での多様な訳語を見れば、なにがしかのイメージは受け取れそうだ。

閑情逸趣之事　有意趣　哀怨　感慨的神色　自以為知情識趣　景色蕭瑟　不懂得世俗
憐愛　哀愁之情　哀楽之情、於此為極　悲傷之情　深於情感　不会不感動而流下同情
之泪　情趣

これがいずれも「もののあはれ」なのである。

参考までに、葉渭渠による『源氏物語図典』での当該訳語を並べてみれば、

物哀和無常的感情　譲人深感物哀　物哀　物哀之情　佯装知物哀　景色令人感到物哀　不知物哀　真令人感到物哀　物哀之情於此達到了極致　物哀之情　深知物哀　不会不知物哀　風雅之情趣

となっている。

豊子愷が繊細に多彩な訳語で描き分けているのに対し、後者の葉訳は、ほぼすべての語でそのまま「物哀」を用い、「物哀之情」などの同語がくり返されているのがわかる。

そのほか「もののあはれ」の訳語として可能なのは、風雅、風情、風韻、風致、優雅、触景生情、感物興嘆、多愁善感、傷感、饒有風趣、満懐感慨、世俗憐愛、悲哀之情、哀楽之情、悲傷之情などだろう、と中国の研究者は挙げている。

英語、フランス語、ロシア語、中国語……。それぞれの言語の単語ひとつひとつから、「もののあはれ」に対する翻訳者の解釈や、想い、苦闘が見て取れる。と同時にわたしたちが「あはれ」とは、「もののあはれ」とは、と見つめ直す契機ともなるのではないだろうか。

メランコリーとは

さて先に見たように、ウェイリーによる「あはれ」の訳語のひとつに――そしてルネ・シフェールのフランス語訳にも――「メランコリー／melancholy／mélancolie」があった。

たとえばゲンジが正妻のアオイを亡くした「深き秋のあはれ」のあはれは、メランコリーであるし、「薄雲」帖における「春秋くらべ」論の「秋のあはれ」もまた「秋のメランコリー」と訳されている。

調べてみると、ウェイリー源氏にメランコリーの語は五十三箇所に見られ、「あはれ」だけでなく、「かなしう」「すさまじ」「愁ふ」「おぼし嘆く」などさまざまな語に当てられている。

はじめに登場するところを探せば、幕開け四番目の文章にすぐに見つかる。多くの女房、更衣の恨み、妬みを買った桐壺更衣／キリツボのレディが「いとあづしくなりゆき」、つまりは鬱々と沈んで病がちになってゆく、という語が「メランコリー」である。

一方、源氏物語の（関連語も加えれば）千を超える「あはれ」が最初に出てくるのも、まったく同じ文章内。いってみれば「メランコリー」「あはれ」の語は、ともに『源氏物語』のはじまりのはじまりに姿を現し、長大な物語全体のトーン、情趣を決定しているのだ。

では、メランコリーとはなにか。

ロマン派よね！　キーツの詩もあるし

そうね、ロマン主義ね

イギリスでいえば、やっぱりワーズワスやコウルリッジ、その少し前の移行期の詩人たちからメランコリーなのよね

仏文ではル・ロマンティスム。十八世紀の後半から十九世紀前半あたり、フランス革命の時代よね

フランス文学とメランコリーといえば、十九世紀はじめ、「世紀病／マル・デュ・スィエクル」と呼ばれるものがあった。メランコリー、絶望、孤独感、厭世、懐疑、怠惰、不信、無為、不安、焦燥からの熱狂など、ロマン主義時代の青年たちの心を侵した精神状態である。ルソーや、ドイツ文学でいえばゲーテ『若きウェルテルの悩み』にも源泉を見いだせるが、シャトーブリアンの『ルネ』がその原型であろう。『ルネ』の主人公、その名もルネは、過剰な情熱を抱いて、熱にうかされたように各地を彷徨う。しかしいくら彷徨っても心の平安は得られない。この不安を無理に抑えこもうとした結果、ルネは倦怠とメランコリーに陥ってしまう。これが「世紀病」の病状、メランコリーなのである。

その後『ルネ』を原型として多くの文学作品が生まれ、新たな潮流を生む。フランス革命、ナポレオンの栄光と挫折を歴史的背景として、封建社会からブルジョワジーの時代へ。個人――なかでも若者たちは時代の変換期にあって、精神的危機に瀕していたのではないか。

イギリス文学でのロマン派は、必ずしも大陸の運動とは源泉を一にしないものの、やはり同時代のロマン主義、メランコリーと同じ流れのなかにあったといえるだろう。実際、ワーズワスは急進的思想に動かされて革命の地、フランスへと向かっているし、バイロンはギリシャ独立戦争に身を投じて命を落としている。

そしてなんといってもロマン派のメランコリーといえば、ジョン・キーツ代表作のひとつ「メランコリーのオード」であろう。二連目の前半を引用したい。

　うなだれた花々をみんな生き返らせ、
　　緑の丘を四月の経帷子でおおう涙雨のように、
　憂愁《メランコリー》の発作が突然空から降ってくるとき、
　　そのときこそ、朝の薔薇や
　波打つ砂浜にたつ虹や
　　一面に咲き乱れた芍薬を思い浮かべ、
　　　心ゆくまでおまえの悲しみを楽しむがいい。（ルビ筆者）

この詩にメランコリーが現れるのは二箇所で、引用三行目の「憂愁《メランコリー》の発作／melancholy fit」と、つづく最終三連目の「ヴェールをかぶった「憂愁《メランコリー》」は最高の祠を有している／Veil'd Melancholy has her sovran shrine」である。小文字にはじまったメランコリーは大文字のメランコリーへ。「死」と「美」、「歓び」と「別れ」、と撞着的表現を経て、メランコリーこそが神殿に高く掲げられる喜ぶべきもの、と称揚するのである。死や眠りを伴うメランコリーは同時に、歓喜と悲哀、快楽と苦痛が併存するものでもあるのだ。

加えてウェイリー訳には、キーツの「ナイチンゲールによせるオード」で印象深く用いられるforlorn／寂しいの語も幾度か登場するうえ、和歌翻訳にワーズワスの本歌取りも見られる。六条御息所の生き霊などのゴシックな雰囲気もまた、ロマン派的テクスト空間を創造しているといえるだろう。

こうして考えてみると、現代日本語におけるバズワード「エモい」（エモーションから派生したであろう）も、これに近い感情であろうか。「エモい」「メランコリー」の感情、情動が、「あはれ」「もののあはれ」の縁語といえるかもしれない。

フロイトの喪とメランコリー

ところでメランコリーの語を遡れば、古代ギリシャの医学に辿り着く。ヒポクラテスは体液病理説をもとに、人間の気質と体液を四種に分類している。「血液」「粘液」「黄胆汁」「黒胆汁」である。この四つの体液のバランスが崩れると病気が引き起こされる、としたのである。そして黒胆汁は、メランコリーに直結する。

メランコリーの語をめぐる旅はその後幾世紀を経て、フロイトに至るだろう。オーストリアの精神分析学者ジークムント・フロイトは一八五六年生まれ。一八八九年生まれのアーサー・ウェイリーより三十年ほど年長であるが、同時代人であり、ウェイリーの青年時代にはイギリスでも広く読まれている。フロイトによる無意識の「発見」がイギリス・ヨーロッパの文化、芸術に与えた影響は計り知れない。ヴァージニア・ウルフも自ら立ち上げた出版社でフロイトの著作を出版したり、ロンドン・ハムステッドのフロイト邸を訪れたりしている。

フロイトの論文「喪とメランコリー」が発表されたのは一九一七年で、この論におけるメランコリーは、『ルネ』の世紀病とは異種の精神の病である。メランコリーの心的状態としては、深い苦痛にみちた抑うつと、外界への無関心、また愛する能力の喪失や、行動力を失わせるような自尊心の喪失などとされる。

これは愛する者を亡くした際の「喪」に似てはいるが、メランコリーにおいては、「喪」の対象を明確にできないのだ。だれを失ったかはわかっていても、なにを失ったかが理解できない。喪自体は正常な苦痛、悲しみであり、一定の時を経れば克服されうる。しかしメランコリーはその根を明らかにできないゆえに、治療が困難となる。ウェイリー源氏でも、正妻の葵の上／アオイを喪って以後のゲンジや、アオイの父左大臣の「おぼし嘆く」喪の心情が、「メランコリー」と訳されていることは、これを正確に映しているだろう。

またジャック・デリダが『雄羊』で、メランコリーに触れていることも記しておきたい。『雄羊』は内的な対話の形式であるがその対話者は不在で、これもまたフロイトの「喪とメランコリー」の一形式であろう。

「あはれ」とメランコリー

こうして千年前に「あはれ」の文学として誕生した『源氏物語』は、いくつもの言語に変換されながら、いまも世界文学として煌めいている。「あはれ」の語ひとつにも、種々の潜在的含意が照らし合い、響き合い、万華鏡のような『源氏物語』の宇宙を創造しつづけているのだ。さらに付け加えれば、文学者、翻訳家、読者それぞれの読みによってもまた、ことばの無意識層にまで深みが与えられていくのではないか。

最後に、長くなるがもうひとつ「あはれ」に纏わることばを紹介して終わりたい。NHKラジオで再放送された大江健三郎のインタビュー（二〇一二年）である。

（……）苦しんでいる人を見て「あはれ」と思う人はね、苦しんでいる人と同じ場所に立っている。同じものを経験していて、自分と繋がっていて、その相手の人の心に抱いているものをね、苦しみを、本当に辛いと思う。なんとかしてあげたいと思う。そういう感情のことをね、「あはれ」というんだと。

ただ「ああ、あはれな人だな、あはれな病気の方だな」と言ったりする場合、それからたとえば、福島で亡くなった、津波によって殺された人たち、わたしのお母さんが亡くなった、と言われる娘さんはね、「悲し」と考えている。もう亡くなってしまった母に対する感情だから「悲し」なんだと。もう繋がりは切れてしまっている。どうすることもできない状態。

ところがね、いまね、わたしの姉は津波で、病気になって、いまだ病院にいるんだと。ほんとうにあはれに思います、という人がね、僕はテレビで本当にそういう表現を聞く。テレビのニュースを見たんです。「あはれです、あはれでしょう、姉があはれなんです」と言われたんです。それはね、あはれと思う相手がまだ生きてられるからです。一緒の場所にいて、相手の気持ちを相手の運命をね、共有することができるような、同じ場所に立って、同じものを、同じように担うことができるような相手に対する、そういう相手の不幸、苦しみに対して僕たちが持つ感情が「あはれ」なんだ。

そして「悲し」というのは、好きであったんだけども、もう死んでしまって関係が断たれている、この世と向こうのあの世になってしまった。そういう状態で悲しむのが「悲し」で、「あはれ」というのは同じ立場に立ってその苦しみを一緒に担っていこうという気持ちのある感情を「あはれ」、というんだ、と。

（……）

それがね、人間が持っている一番根本的な感情で、それは『源氏物語』の時代から現代までずっと貫かれているものが、大野晋先生の『古典基礎語辞典』というものの文章なんです。僕はね、それがね、この半年ぐらいのあいだに読んだ、一番感動的な文章なんです。

大江は「あはれ」という言葉を「一番大切な日本語」として、子どもたちにも外国人にも伝えたい、と結んでいる。

本居宣長が「もののあはれ」の文学とした『源氏物語』。その神髄としてのあはれの一語は、万華鏡の中心で放射状に光を放ち、幾つもの言語に翻訳されながら時空を超え、煌めき彩をなしつつらせんを描いて、いまもわたしたちの魂を揺り動かすのだ。

第9章 失われた「鈴虫」を求めて

アーサー・ウェイリー訳『源氏物語 ザ・テイル・オブ・ゲンジ』最大の謎、それは「鈴虫」帖の不在である。

『源氏物語』五十四帖のうち、「鈴虫」が翻訳されていないのである。目次に「鈴虫」はない。まるごと一帖が抜け落ちている。あんなに短い帖なのに。一体なぜ。なぜ、ウェイリーは「鈴虫」を訳さなかったのだろう。なぜ、こんなに目立つ形で省略したのだろう。いや、ほんとうは存在したのかも知れない。盗まれたのか、それとも自ら消去したのか。「鈴虫」の欠落によって、ウェイリー訳は抄訳の汚名を着ることになったというのに。

わたしたちもあれこれ考えた。

ほんとうにどうしてだと思う？

そうなのよ、長大な物語をあそこまで翻訳し通したのに

「五十四帖完訳」って言えないなんて、残念すぎる
「鈴虫」も、実はあったのかな？
盗まれたとか？
ウェイリーが晩年に結婚したアリスン夫人は、泥棒が入って大切な資料が盗まれた、って話しているのよ
その話もほんとうかどうか疑わしいような。でもその資料のなかに「鈴虫」の原稿があった可能性もなくはないわけね？
サイデンスティッカーは、朝食のマーマレードが本にくっついて、「鈴虫」帖のページが貼り付いたんじゃないか、なんて冗談めかして話しているわよね
それそれ。それぐらい短いってことよ
と言いつつ、サイデンスティッカーは、やたらウェイリーの省略を強調しているのよね、なんか悔しい
ぜんぜん抄訳なんかじゃないのに
それにしてもほんとに、鈴虫のナゾ
虫みたいに、逃げ出したのかしら

「鈴虫」はいづこ

「鈴虫」は、「横笛」と「夕霧」の間にある三十八番目の帖で、ごく短い幕間の一場といった趣である。

「若菜上」「若菜下」「柏木」での、柏木／カシワギ（頭中将／トウノチュウジョウの息子）と女三宮／ニョサンの密通、そしてカシワギの死という大きな挿話が終わり、ゲンジはすでに五十歳。話題の中心はゲンジの次世代へと移って、息子の夕霧／ユウギリや、亡きカシワギらが物語を動かしている。その後の「御法」「幻」帖では、紫の上／ムラサキがこの世を去り、ゲンジの死期も迫ってくるという重要な局面である。

そんななか「鈴虫」で語られるのは、女三宮の出家にまつわる儀式と、鈴虫を庭に放っての管弦の宴、秋好中宮との短い会話。文字どおり間奏曲がそっと奏でられるのだ。たしかにここが省かれても、大筋の理解に差し障りはなかろう。けれど十五夜の夕暮れ近く、殿上人が集まっての鈴虫の酒宴などにも情趣があって、やはりこのくだりが不在なのは惜しまれてならない。

月さし出《い》でて、いとはなやかなるほどもあはれなるに、空をうちながめて、世中《よのなか》さま〴〵につけて、はかなく移《うつ》り変《か》はるありさまもおぼしつゞけられて、例《れい》よりもあはれなる音《ね》に掻《か》き鳴《な》らし給ふ。

源氏は女三宮の庭を秋の野のように仕立て、虫を放たせ音色を愛でる。女三宮に残るゲンジの恋情が、虫の声としてリーンリーンと響くのである。

秋ごろ、西《にし》の渡殿《わたどの》の《ゝ》前《まへ》、中の塀《へい》の東《ひんがし》の際《きは》を、おしなべて野《の》に造《つく》らせたまへり。

(……)

この野《ゝ》に虫《むし》ども放《はな》たせ給ひて、風すこし涼《すゞ》しくなりゆく夕暮れに渡《わた》り給ひつゝ、虫《むし》の音《ね》を聞《き》き《ゝ》給ふやうにて、なほ思《おも》ひ離《はな》れぬさまを聞《き》こえなやまし給へば、(……)

しかしこの場面はウェイリー源氏にはない。物語のなかの虫といっしょに、ウェイリーの「鈴虫」帖の原稿も野に逃げ出してしまったのでは、と想像したくなる。いったいどこへ？　失われた鈴虫を求めて、わたしたちもページに広がる秋の野へと出でゆく。

あれ　松虫が鳴いている

虫の鳴き声をたよりに野に出たのはいいが、さっそく迷う。そもそもこのとき庭で鳴いたのは、どの虫だろう？　「鈴虫」という帖名なのだから、当然鈴虫かと思いきやどうも鳴き声が違っているように思われる。チンチロ、チンチロ、チンチロリン。

しかも耳を傾ければ、ゲンジが虫比べして何やら松虫と鈴虫のいずれが優れているか云々、と虫論議を開陳している様子（こういった折にゲンジの「論」を聞かされるのは、たいてい紫の上か花散里か、女三宮と決まっている。彼女たちは心になにごとか想いを鎮めながら、慎ましやかに耳を傾ける女性である）。ゲンジは言う。

「秋の虫の声《こゑ》いづれとなき中に、松虫《まつむし》なんすぐれたるとて、中宮の、はるけき野辺《のべ》を分《わ》けて、いとわざと尋《たづ》ね取《と》りつゝ放《はな》たせ給へる、しるく鳴《な》き伝《つた》ふるこそ少《すく》なかなれ。名《な》にはたがひて、命《いのち》のほどはかなき虫《むし》にぞあるべき。心にまかせて、人聞《き》かぬ奥《おく》山、はるけき野《の》の松《まつ》原に声《こゑ》をしまぬも、いと隔《へだ》て心《ごころ》ある虫《むし》になんありける。鈴虫は心やすくいまめいたるこそらうたけれ。」

「秋の虫の音はいずれが優《まさ》ると較べようもない中でも、松虫が殊に優れていると仰せられて、中宮が遠い野辺をわざわざ捜し求めてお庭にお放しになったことがあったが、今もそれとはっきり聞き分けられるまで鳴きつづけているのは少ないようです。松虫という名にちなんで寿命が長いかと思いのほか、命のはかない虫なのでしょう。気儘《きまま》に誰もいない奥山や遠い野の果ての松原などで、声も惜しまず鳴いているのも、妙に人に馴染《なじ》まない癖《くせ》の虫なのですね。鈴虫は気安くどこででも鳴いていて今様にはなやかなのが、可愛らしい」

（『源氏物語』円地文子訳）

やはり松虫と鈴虫は、はっきりとは聞き分け難いのだ。それでも「げに声〴〵聞こえたるなかに、鈴虫のふり出でたるほど、はなやかにをかし」とあって、鈴虫の声こそはなやかで味わい深い、と語られる。ところでいま思い出されるのは、古代の鈴虫は現代の松虫、との説が存在することだ。ゲンジはいったいどちらを推していたのか。これはなかなかに紛らわしい。

『枕草子』で「九月つごもり、十月一日《ついたち》の程に、只《ただ》あるかなきかに聞《き》きつけたるきり〴〵すの声」とあるのはキリギリスではなくコオロギだ、という話もあって、鈴虫、松虫、キリギリス、コオロギと、鳴き声ばかりで滅多に姿の見えない虫たちは、さまざま混同されてきたのだろう。

『甲子夜話《かっしやわ》』と能「松虫」

平安時代には鈴虫が松虫で、松虫は鈴虫であった、との説にはいくつかの根拠があって、そのひとつは拾遺集に収められる平兼盛の次のうたであるという。

千《ち》とせとぞ草むらごとに聞《きこ》ゆなるこや松虫の声《こゑ》にはあるらん

「チトセ、チトセ」は「チンチロリン」であるけれど、いまの鈴虫か、ともいう。

また『甲子夜話』における記述も、鈴虫松虫一件で参照されるものとして知られている。

肥前国平戸藩の藩主であった松浦静山（一七六〇～一八四一年）による『甲子夜話』は、正・続編各百巻、三編七十八巻から成る随筆集で、そのなかの「松虫鈴虫の弁」と題する文章に、「物の名などおぼつかなきを、しゐてあなぐりもとめんこそ、いとものぐるをしけれ」とある。物の名前というものなどはっきりしないもので、無理に追い求めるなど愚かしいのだが、という。このような前置きをした後、静山は松虫と鈴虫について語り出す。

> （……）都にしては松むしといへるは色くろく、鈴むしはあかきをいへり。あづまの人はおほくそのとなへたがひたり。いづれかいづれか、そのよしわきまへよとあれど、（……）

都では松虫は色が黒く、鈴虫は赤い。ところが東国ではその逆。いつ入れ替わったのか、松虫と鈴虫が取り違えられている、と書いているのだ。

もうひとつ「松虫は鈴虫であった」ことの根拠は、世阿弥の作ともいわれる能「松虫」

の詞章である。

（……）千草《ちくさ》に集《すだ》く虫の音の。機織《はた》る音は　きりはたりちょう、きりはたりちょう《オ》、つづりさせてふ《チヨオ》、蟋蟀《きりぎりす》茅蜩《ひぐらし》、いろいろの色音《いろね》の中《なか》に、別《わ》きてわが忍ぶ、松虫の聲、りんりんりん、りんとして夜《よる》の聲、冥々《めいめい》たり。

松虫の声が「りんりんりん、りん」と、いまでいう鈴虫の声となっているではないか。

ラフカディオ・ハーン「虫の音楽家」

さらに野の鈴虫を追いかけてゆくと、ラフカディオ・ハーン（小泉八雲）の「虫の音楽家」に行き当たる。「異国風物と回想／*Exotics and Retrospectives*」にある一文で、日本人がいかに虫の音に心を寄せてきたかを記したもの。日本では鳴き虫が、「ツグミや、紅雀や、ナイティンゲール、カナリヤなどという鳴禽が、西欧文化のなかで占めている位置」に「まさるとも劣らぬ位置を占めている」と書いている。

そしてハーンは「一千年もむかしの文学が——世にも珍しい繊細美に富んだ文学が、こんな命短い、可憐な飼い虫を主題にして存在しているなんてことは、どこの国の人にだって想像もつくまい」と続け、和歌や『源氏物語』を引用する。

和歌に詠まれた松虫としては、たとえば紀貫之の、

夕されば人まつ虫の鳴くなべにひとりある身ぞおきどころなき

を引き、次のように英訳している。

With dusk begins to cry the male of the Waiting-insect; —
I, too, await my beloved, and, hearing, my longing grows.

（『小泉八雲作品集　第八巻』）

ここで松虫は「待つ虫／Waiting-insect」と訳され、「松」と「待つ」の掛け詞であることが示されている。

また『源氏物語』からは、前章で紹介した「賢木」帖「野宮の別れ」で六条御息所が詠んだうた。

おほかたの秋の別れもかなしきに、鳴く音《ね》な添へそ。野辺の松虫

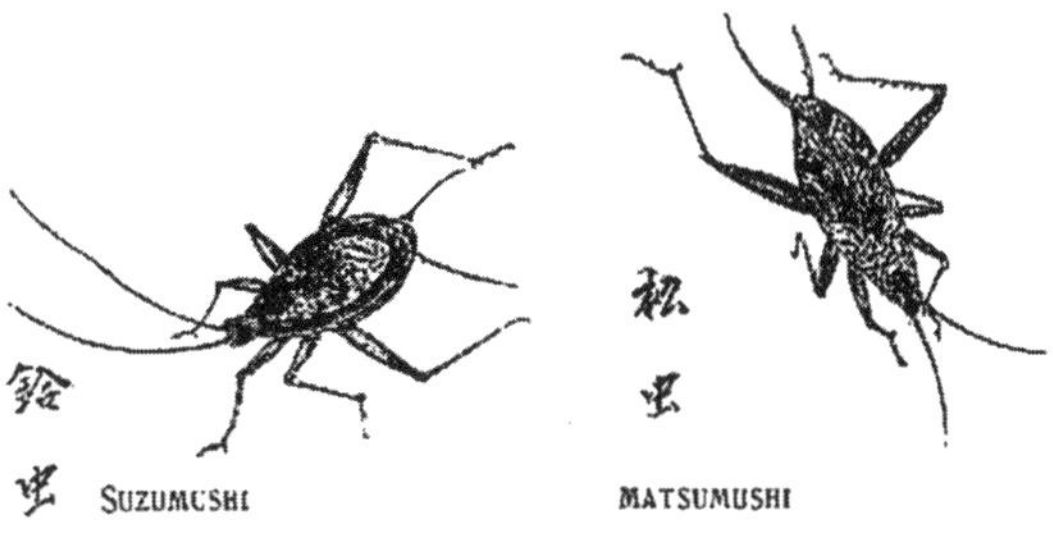

Parting is sorrowful always, – even the parting with autumn!
O plaintive matsumushi, add not thou to my pain!

秋のあはれが感嘆符「!」で表され、六条御息所の悲嘆が描かれる。「松虫」については、音そのまま matsumushi である。

同歌のウェイリー訳の箇所を並べてみると、

Sad enough already is this autumn parting; add not your dismal song, O pine-crickets of the moor.

「松」と「待つ」が掛け詞になっていることは、これ以前に注記されていたのもあって、ここでは「松」の意のみを取って pine-crickets としてある。「荒野の松虫よ、これ以上おまえの歌で悲しみを添えないで」との意で、ハーンの訳も素晴らしいが、「荒野の松虫」としたことで『嵐が丘』の荒野《ムーア》のイメージまで重なって、ウェイリー訳にはゴシックな息づかいが感じられるのではないだろうか。

一方の鈴虫については、ハーンは「桐壺」帖の和歌を挙げている。

鈴虫の声の限りを尽くしても、長き夜《よ》飽かず、降る涙かな

Vainly the suzumushi exhausts its powers of pleasing, Always, the long night through, my tears continue to flow!

（ハーン訳）

Ceaseless as the interminable voices of the bell-cricket, all night till dawn my tears flow.

（ウェイリー訳）

サイデンスティッカーのマーマレード

ウェイリーにつづいて『源氏物語』の英語全訳を果たしたのはエドワード・サイデンスティッカーであるが、彼はその序文でウェイリー訳に敬意を払いつつもこう書いている。「ウェイリーの翻訳はかなり自由なもので、大胆にカットや削除を行っている。全体として、ウェイリーの削除は恣意的（arbitrary）」（拙訳）、としたのである。「かなり自由」という点も疑問であるが、「恣意的」のひと言に引っかかる。

源氏物語の英語訳の研究で知られる緑川真知子もまた、ウェイリー版にみられるいくつかの省略について、サイデンスティッカーのいうarbitraryであるか否か、詳細に検証している。

緑川はまず、『源氏物語第三巻　薄雲』(一九二七年) のウェイリー自身による序文の、「〔源氏物語の〕英訳は全部で六巻になり、最後に、平安時代の文化と生活の知識のために紫式部日記を翻訳し附帯するつもりである」の一文に注目している。なんらかの理由でウェイリー訳『紫式部日記』は実現しなかったのであるが、ここで重要なのは源氏物語が「全部で六巻」とはじめに決められていた事実であろう。

『源氏物語 ザ・テイル・オブ・ゲンジ』を出版したのは、ジョージ・アレン・アンド・アンウィン社。社主のサー・スタンリー・アンウィンは、ウェイリーが『源氏物語』の翻訳・出版を持ちかけたとき、「これは本当によい作品なのか」と尋ねた。これに答えてウェイリーは、「これは世界で二、三の指に入る傑作です」と即答したという。アンウィンはこの言葉に賭け、出版に踏み切る。

英断だったとはいえ、先の三巻序文からは長さに制限があったことが窺える。緑川も、「英訳は六巻に収めるという条件ないし制約が翻訳完了以前からあったということであり、そのような量的制約は、省略の要因の一つであったことは充分考慮されねばならない」としている。その条件のためでもあろうか。ウェイリー訳は「鈴虫」帖のほかにも、大きなところでは「若菜上」「若菜下」の一部、その他「匂宮」「紅梅」「竹河」の匂宮三帖や、「橋姫」「総角」などにもカットがみられる。

では、どのような箇所が省略されているのか。

わたしたちも翻訳しつつ「ああ、ゲンジとオボロヅキヨの最後の逢瀬がないなんて……」などと嘆いたのだが、いくつかの特徴はみてとれる。付随的エピソードで、テンポ良い物語進行を妨げる場面、と言えるだろう。

緑川の著作を参照すると、当時影響力の大きかった文芸評論家エドウィン・ミュアなどから「〔源氏物語は〕総じて変化に乏しく退屈」という批判を受けていたという。また一九二七年五月二十九日付けニューヨーク・タイムズ・ブック・レビューでは、『源氏物語第三巻　薄雲』について、次のような評が出ている。

〔『源氏物語第三巻　薄雲』は〕光源氏の息子夕霧と頭中将の娘雲居雁の恋物語を中心に扱っている。物語が非常にゆっくりと進むので、どうかすると恋物語が進行しているとは思えないぐらいであるが、全ては確かな匠の技で編み上げられ、得も言われぬほど説得力のある人物造型によって活力が漲らされている。（緑川訳）

また翌一九二八年にも同紙には、

近刊〔『源氏物語第四巻　藤袴』〕では物語が全体に脱線が多い。付随的な恋模様や結婚そして紫の上の死が扱われている。

と、「脱線」という語が見られる。ウェイリーはこれらの批判にも反応し、読者がひとつのまとまった小説として楽しめるよう、さらに工夫を重ねたと考えられるだろう。当時の英語読者に理解しにくいであろう場面、たとえば仏教儀式（女三宮の仏事もこれに含まれるだろう）、酒宴・饗宴（これも「鈴虫」の主な出来事である）、そこで交わされる和歌などが省かれる傾向にあると解釈できそうである。

イスタンブールへの旅

ウェイリーは一九二七年の秋、パートナーのベリル・デ・ゼーテとイスタンブールへ六週間の旅に出ている。

その折に有朋堂文庫の『源氏物語』第三巻を携行したのでは、と推測するのは、英文学者の井原眞理子である。井原は、イギリス、アメリカの大学図書館などに散り散りになったウェイリーの蔵書を追い、彼が『源氏物語』翻訳にあたってどの本を底本としたか、どの本を参照したかを、書き込みや使い込み具合などから緻密に検証している。

その結果を「『源氏物語』とアーサー・ウェイリー」でさまざま記しているが、そのひとつがイスタンブール旅行に携帯したとおぼしき有朋堂第三巻についてである。ウェイリーの書き込みは「鈴虫」を飛ばして、「夕霧」から「椎本」に集中しているという。旅に出た一九二七年の秋は、「鈴虫」が収録されるべき第四巻を準備していた時期であるから、「ウェイリーはこの時点ですでに「鈴虫」の巻削除を明確に意図していたという事である」と井原は結論づけている。

そうであるとしても、なぜ一帖すべてをカットしたのか。やはり腑に落ちない。『源氏物語』には、最近研究者のあいだでも注目される「国冬本」の異本もあって、「鈴虫」帖には従来の版とは異なる文章が存在するという。ウェイリーは「虫めづる姫君」(『堤中納言物語』)を翻訳しているから、それで「虫」はもう充分と思ったのか。「鈴虫」の絵巻は、二千円札の絵柄にもなっているくらい大切なのに。とはいえそのお札自体、鈴虫ともども、ほぼ世の中から消えてしまったのではあるけれど……。

『ウェイリー版 源氏物語』の翻訳者佐復秀樹は、どのように見ているだろうか。その理由はいくつかあるだろうが、としたうえで「おそらく最大の理由は、まえもって予告してあった全六巻という構成のなかで、宇治十帖を出来うる限り完全な姿で翻訳することだったのではないだろうか」と言う。佐復氏はウェイリーによる『源氏物語第六巻 夢の浮橋』の解説も翻訳しているが、そこにウェイリーの宇治十帖への思いが記されている。

浮舟が場面に登場して(「浮舟」)からは事件はもっと急速に動きだし、そのあとの百五十頁はもっとも活発であるばかりでなく、読者諸氏も必ず同意すると思うが、あらゆる面で『物語』全体でもいちばん成功している。

最終巻は、全体としてみれば、この作品のほかのどんな部分よりもすぐれているのだと思う。（佐復訳）

すべては宇治十帖のための準備、ということだろうか。

いずれにしても制限のあるなか、恣意的どころか物語に破綻のないよう、かつ神髄となるテーマが照らし出されるよう、ウェイリーは全体を深く読み込んだうえ、精緻に再編したのである。

ウェイリーのトランスクリエーション

インド人作家マルク・ラジ・アナンドの著作に、次のようなエピソードが紹介されている。

アナンドはある日、古書店で偶然ウェイリーと行き合う。そこで二人は、店主がふるまう中国のお茶を飲みながら、こんな会話を交わしたという。アナンドが、「レディ・ムラサキのテイル・オブ・ゲンジの出版は、いつになりそうですか」と尋ねると、ウェイリーは、額に落ちかかる髪をかき上げながら、こう答える。

「翻訳ではないのですよ。トランスクリエーションなのです。ほら、スコット＝モンクリーフのプルースト翻訳と競わなくてはなりませんからね。評論家たちの目は厳しいのですよ。まあでも、わたしはムラサキシキブの源氏物語を生涯掛けて翻訳したのだ、と言えますがね」（拙訳）

トランスクリエーションはむろん「トランスレーション／翻訳」と「クリエーション／創作」を組み合わせた造語で、創作翻訳、といった意味だろう。この語は近年、広告やゲーム産業でも使用されているが、ウェイリーはその国の歴史的、文化的背景を生かした翻訳、といった意味合いで使ったかと思われる。前章の「あはれ」の翻訳でも、ウェイリーの「トランスクリエーション」と呼びたい訳語がいくつも見いだせた。

では、ウェイリー訳不在の「鈴虫」帖を、わたしたちが「トランスクリエーション」したらどうだろうか。『源氏物語 A・ウェイリー版』三巻で、わたしたちは空白の「鈴虫」のページに、「いつか失われたウェイリー版「鈴虫」帖を私たちのペンで再現するのが夢である」と記した。

不在、余白は、想像力を掻き立て、あらたな創造を呼ぶ。

はじまりの『源氏物語』も、紫式部によるオリジナル手稿は失われているうえ、現存の五十四帖の他にも消えた巻があるのでは、といわれてきた。その不在こそが多くの研究者、創作者、読者の想像力を刺激し、研究や二次創作、アダプテーションを呼んできたのではないか。「鈴虫」の欠落という不完全さが、ウェイリー源氏にもまた魅力的な謎を与え、余情を生んでいるように思われる。

ウェイリーが孤独に耐え、十年、二十年の歳月を掛けて創り出した源氏物語の英語訳。わたしたちも、ひと時彼の夢の片隅に住まい、孤独を分かち合い、らせん状の夢をともに描いた。

であるから、これがウェイリーの訳文の野を彷徨い、わたしたちが見つけ出した「鈴虫」の夢の行方でもあるのだ。それでも枯野のような空白が、ここにも広がっているだろう。

「ベル・クリケット／鈴虫」毬矢・森山トランスクリエーション

ロータス《蓮》の花も盛りの夏のころ、誓願を立てたニョサン《女三宮》のため、ブッダのご聖像の儀式が行われることとなりました。

ゲンジは特別に小チャペルを作り、ありとあらゆる飾りや調度を整えます。柱にかける飾り布も、特別に選んだ中国のシルクで仕立てたもの。すべてムラサキが手配したのです。聖像のまえに置く低い花テーブルの掛け布は、小さな水玉に染められ、色合いも模様も趣味が良く、稀に見る美しさでした。台座にめぐらせたカーテンはみな巻きあげられ、後方にはホッケキョウのマンダラを掛け、シルヴァーの花瓶には背の高い見事なロータス・フラワーを立花にして飾ってあります。

聖像のまえでは、中国のハンドレッド・ステップス《百歩》のお香が焚かれていました。アミダ・ブッダ《阿弥陀仏》も、両脇のボディサトヴァ《菩薩》もサンダルウッド《白檀》で精巧に彫りあげられています。ブッダに供える聖水の器は殊に小さなもので、ブルーや白やパープルのロータスの花を生けて、カヨウ《荷葉》という名高い香の蜜をほのかに焚き合わせているのが、百歩香の香りと混ざり合って得もいわれぬ目出度さです。

　六つの道にさ迷う人間のため、ブディスムの聖典を六部書かせますが、ニョサンのためのものはゲンジ自ら筆をとりました。この聖典のことばを、この世では叶わなかったけれど、パラダイスへと互いに導きあえますように、というブッダへの祈りとしたのです。またアミダの聖典も、朝に夕に読むには「中国の紙はもろすぎます」と、ゲンジが紙漉き職人を呼んで清らかな紙を漉かせ、そこに春ころから心を籠めて書いたもの。ですからちらりと目にしただけでも、輝かしさに目が眩むほどなのでした。金で引いた罫線はもとより、インクの色も目に鮮やか。軸も表の紙も箱も、飛び抜けて素晴らしいものでした。ゲンジの手になる聖典は、特別にアガーウッド《沈香》の猫脚テーブルに載せられ、聖像を据えた台座に飾られています。

　チャペルの飾りつけが終わって講師《ティーチャー》が来られ、プリンスや廷臣らも集まったので、ゲンジもそちらに行こうとニョサンのいる西のサイドルームを覗いてみます。すると小さな仮部屋に、暑苦しいほど着飾ったレディたち五、六十人が、ひしめいているではありませんか。少女たちは、北側の部屋の縁にまで溢れています。香炉をいくつも出し、煙たいほどあおぎ立てていました。

　ゲンジは近寄って言いました。

「お香は、どこから漂ってくるのだろう、とわからぬほどに焚くものですよ。マウント・フジよりもひどく煙らせているとは、いかがなものでしょうね。お集まりの皆さまはお説教を心静かにゆっくり聞きたいのですから、衣擦れの音や気配で気が散らないよう、静かにしていてくださいよ」

　などと分別のない若いレディたちを諭すのでした。ニョサンは、あまりにも人が多いのに気圧されて、華奢で美しい姿でうち伏しています。

「ここに赤ん坊のカオルがいたら騒がしいでしょう。だれか、あちらへ連れていきなさい」

　と、ゲンジは命じます。

　北のサイドルームとのあいだのスクリーンも取り払い、代わりにカーテンを下げ、そちらにレディたちを入れます。静かにさせると、ゲンジはニョサンにもこのブディズムの儀式について、さまざま説いて聞かせました。とても可憐に見えます。ニョサンが自分の台座を聖像に譲って飾りつけてあるのを見ると、昔のことがまざまざと甦り、胸に迫ります。

「このような儀式をあなたのためにする日が来ようとは、思ってもみませんでした。せめて、来たる世ではロータスの花のうえでともに、と祈ってくださいよ」

と言って、ゲンジは涙を零しつつ詩を詠みます。

「来世は同じロータスのうえにと誓っても、今日は露のように別れ別れとは、悲しいものです」

蓮葉《はちすば》をおなじ台《うてな》と契りおきて、露のわかるゝけふぞ　かなしき

ゲンジはインク壺にペンを浸し、クローヴ染めの扇にこう書いたのでした。ニョサンは答えて、

「ロータスの花のうえに隔てなくと誓い合っても、あなたのお心が澄みわたることはないのでしょうね」

隔てなく蓮《はちす》の宿を契りても、君が心や　すまじとすらむ

ゲンジは、「やはりわたしを信じていないのですね」と、ふっと笑って言いますが、やはり何かしみじみものを思う様子なのでした。

いつものようにプリンス方も大勢参列します。ニューパレス《六条院》のレディ方が競い合うようにして贈った奉納品が、ところ狭しと供えられています。

儀式を行う七人の司祭の祭服など、大方はムラサキが整えさせたもの。ゴブラン織り

で、見るひとが見れば縫い目に至るまで類い稀なる品、と賞賛するようなものばかりです。とはいえ、世の中いちいち細かなところまで、まあ煩いものでございますね。

その頃の最高の司祭さまが、ありがたくも尊く、今日の儀式のいきさつを話されます。また祈りの文に、

「プリンセス・ニョサンは、お美しい花の盛りであられるのに、この世を厭い、捨てられ、ゲンジさまとの永遠の契りをホッケキョウにて結ばれようとされている。なんと尊くお心深いことでありましょう」

と記し、熱を籠め立派なことばでそれを説かれましたので、なんと有り難い、とみな頭《こうべ》を垂れたのでした。

今日は内々の「チャペル献堂式」ということで、ゲンジもひっそり催す心づもりでした。けれど現エンペラーも、山に隠棲なさった先のエンペラー・スザクも聞き及んでメッセンジャーを送ってこられ、聖典の奉納品などもふんだんに献じられましたので、思い掛けなく大きな儀式となりました。

はじめは「簡略に」とお考えだったものが、並々ならぬものになったうえ、こうして豪華な献上品まで並んだのです。司祭たちは夕方、褒美をたっぷり賜って帰ったのですが、持ち帰っても置き場所に困ったことでございましょう。

いまごろになってゲンジは、ニョサンのことで心を痛め、むやみに大切にするのです。スザクが、

「ニョサンはわたしが譲った三区のパレスに、離れて住んだほうが良いのではないですか。そのほうが体裁も保てるでしょう」

と言うのですが、ゲンジは、

「離れ離れになるなど、意に染まぬこと。朝に夕に会って様子を聞いたりできないのでは心配でなりません。たしかにこの世でのわたしの命はもう長くはないでしょうけれど、それでも生きている限り、ニョサンに尽くす気持ちは失いたくないのです」

そう言いつつも、三区のパレスもまた限りなく美しく品良く作り直させます。ニョサンの領地からの収入や、献上品の主立ったものなどは、あちらの蔵に収めさせました。また蔵をさらに建て増して、宝物やスザクの形見分けに賜ったものなどの貴重な品はなにもかもそこへ運んで、きちんと保管させます。そしてニョサンに日々お仕えする侍女や召使いのことなど、ゲンジがすべてお引き受けになったのです。

秋になるとゲンジは、ニューパレスのニョサンのお住まいである西ウィング、その東庭の一画を秋の野のように仕立てさせました。奉納台などもしつらえ、たいそう優美です。ニョサンを慕って乳母《ナース》や年嵩の侍女らも誓願を立てたのはよいとして、若い盛りの侍女まで誓いを立てようというのです。志が定まって一生誓いを貫けそうなひとのみを選びます。

我も我もと張り合っていますので、それを見たゲンジは諫めます。

「それはよくありません。思いの浅いものが混ざっていれば、まわりのひとの心を惑わせますし、軽々しいと噂されますからね」

こうして、十人あまりの侍女だけが修女姿となり、仕えることとなったのです。

ゲンジは、この秋の野にベル・クリケット《鈴虫》を放ち、風の涼しい夕暮れになるとしきりにニョサンを訪ねます。虫の声に耳を澄ますふうを装って、いまも愛していますよ、とほのめかしてニョサンを悩ませるのです。

「そのような好き心は、この身にはあってはならないこと……」

とニョサンは困惑しています。ゲンジは、カシワギとの情事を知ってから、はた目には変わらず自分と接しながら、実は冷ややかな態度でした。わたしは顔も上げられない、もう二度とゲンジに会わなくてもすむように、そう思ったからこそ誓願を立てたのです。その甲斐あってゲンジと離れ、心穏やかになっていたというのに。それをいまさら、と胸が苦しいのです。ああ、どこか人里離れたところに行ってしまいたい、と思うのですが、そんなことを言い出す強さはありません。

十五夜の夕暮れ。ニョサンは聖像のまえの窓辺近くで、祈りを捧げていました。若い修道尼の二、三人が、花を供えています。花生けの聖具が触れ合い、水をそそぐ音も清らかに聞こえます。ああ、けれど彼女たちはいまでは尼姿、なんと変わってしまったのでしょう。

そこへゲンジが現れました。

「虫たちが、たいそう乱れ騒ぐ夕べですね」

そう言いながら、抑えた声でアミダの聖典を朗唱するのが、尊くほのぼの響きます。あれこれの虫がすだくなか、鈴をふるようなベル・クリケットの声は、たしかに華やかでしみじみ美しいのです。

「レディ・アキコノムは、やはり松虫《パイン・クリケット》の声が一番美しい、秋の虫はどれも比べようがありませんけれども、と言いましてね。遠くの野原までかき分けて探させ、庭に放したこともありましたよ。でも野で鳴くようにはなかなかいきませんね。松虫といってもその名と違って、はかない命なのでしょう。だれもいない山深くや、パインツリーの森の奥でこそ心ゆくまで鳴くのも、ひとに打ち解けない虫だからなのでしょう。一方のベル・クリケットは、親しげにモダンに鳴くのがいじらしいではないですか」

ニヨサンは詩にこと寄せて、答えました。

「秋はもの憂いと知りましたけれど、それでも鈴虫《ベル・クリケット》の声だけは、ふり捨てがたいもの……」

大方《おほかた》の秋をば　憂し、と知りにしを、ふり捨てがたき鈴虫の声

忍びやかに言うのが、みずみずしくおっとり見えます。

「そんなことをおっしゃるとは、いや、これは心外ですね」

と言って、ゲンジは詩を返します。

「あなたはご自分からこの世を捨てられましたが、鈴虫のようなお声は変わりませんね」


心もて、草の宿りをいとへども、なほ鈴虫の声ぞ　ふりせぬ

そして珍しいことに、中国のシターンを持ってこさせて爪弾きますので、ニョサンはロザリオを繰るのも忘れて、ゲンジのシターンに聞き入ります。

高く昇った月がさやかに光を放ちます。見上げるゲンジの胸には、世の移ろいがしみじみと沁み、いつもよりなおいっそう熱を籠めてシターンをかき鳴らすのでした。

「この月の宵に、管弦の遊び《コンサート》があるのでは」と思ったプリンス・ソチノミヤが、ニューパレスを訪ねてきました。ユウギリや、そのほか音楽を好む貴公子たちも一緒です。西ウィングから聞こえるシターンの音に惹かれて、こちらを探し当てて来たのです。

ゲンジは言いました。

「とり立ててコンサートを開くというのではありませんが、長いあいだ弾いていなかった珍しい楽器を、つれづれに鳴らしてみたくなりましてね。こうして一人で弾いていたのを、よく気づいて来てくださいました」

そしてプリンスの席も近くにしつらえ、招き入れます。

「今宵はムーンライトを愛でるパーティが、宮中であるはずでしたがね」

「取りやめになったのが心残りで、ここに来てみたのですよ」

ニューパレスにみなが集まっていると聞いて、ほかの貴公子たちもやってきます。虫の音はどれが優れているかと言い合ったり、シターンを互いに掻き鳴らしたりするのです。

「月の夜はいつでもしんみりするものですが、昇ったばかりの今宵の月の色は、この世を超えたことにまで思いを馳せさせますね。亡くなったカシワギが、なにかにつけて偲ばれます。宮中でも私邸でも、催し事があるたび光が失せたように感じますよ。カシワギは、花の色にも鳥の声にも繊細な感受性があって、話し相手としてもたいそう優れたひとでした」

ゲンジはこう言って、演奏しながら袖で涙を拭うのでした。

「カーテンのあちら側のニョサンも、カシワギを思い出して耳を澄ませているだろうよ」と思いながらも、こういった管弦の折にはカシワギが恋しいのです。エンペラーもまた、彼を懐かしんでいました。

「今晩は、夜通しベル・クリケットの宴をしましょう」

ゲンジが言ってワイン・グラスがふた巡りしたころ、前エンペラー・レイゼイからのメッセージが届きました。パレスでの宴が急に取りやめになったのを惜しがって、サダイベンやシキブタイフといった廷臣らがレイゼイのパレスにやって来たのですが、彼らから「ユウギリたちはみなニューパレスに集まっている」と聞いたのです。

「今宵の秋の月は、雲のうえを離れたわたしの住まいも、忘れずに照らしていますよ。

雲の上をかけ離れたる住みかにも　もの忘れせぬ秋の夜の月

あなたにもお見せしたいものです」

と書いてあります。

「わたしもいまでは不自由な身でもないはずですし、退位なさったレイゼイもゆったりとお過ごしです。ですのにあまりお訪ねしていませんね。堪らずあちらから言ってこられるとは、なんとも畏れ多いことです」

と急遽思い立って、レイゼイのパレスに出向くことにしました。

「ムーンライトは変わらず空に輝いています。けれどもわたしのところから見る秋は、すっかり変わってしまいました」

月影は　おなじ雲居に見えながら、わが宿からの秋ぞ　変はれる

とくに良い詩ではありませんが、ゲンジも昔といまを思い比べて思いに耽って詠んだのでございましょう。使者はワインを頂き、褒美も存分に賜りました。

馬車をそれぞれの身分に応じて並べなおします。しんみりとしていた宴も、おしまいに

は前駆のひとたちが押し合って、すっかり騒がしくなりました。みなでニューパレスを出発し、レイゼイのパレスへと向かいます。ゲンジの馬車にはソチノミヤが乗りこみ、ユウギリ、サエモンノカミ、トウサイショウなどが揃って行くのです。気軽な装いのうえから上着を重ねています。

月は先ほどより高く天上に掛かり、更けゆく空はいっそう美しく輝きます。若ものたちにさりげなくフルートを吹かせるなどして、お忍びで行きます。これが公的な場面であったなら、ものものしく堅苦しいご対面だったでしょう。けれども今晩は、昔の身軽な気持ちでゲンジが訪ねてきたのです。レイゼイも驚いて、たいそう喜び迎えます。

年を重ねて立派になったレイゼイの顔立ちは、いよいよゲンジに似てきています。栄華の絶頂で位を譲り、こうして心静かにしているさまは、しみじみとあわれ深いのでございました。

その夜に作られた多くの詩は、中国風のものもヤマトの詩も、どれもたいへんに心の籠もった興深いものばかり。けれど例によってわたくしがうろ覚えのものをここに書き記しても、見苦しいばかりでございましょう。明け方にそれらの詩が披露されると、人々はそれぞれ帰路についたのでございました。

第10章 源氏物語再創造——二次創作、補作、アダプテーション

もしあなたが、映画『源氏物語』のキャスティングをするとしたら。光源氏はだれに？葵の上は、六条御息所は、藤壺の宮は？　空想はあれこれ楽しい。二〇二四年NHK大河ドラマ『光る君へ』の配役も華やかであった。

『窯変 源氏物語』を著した橋本治は、エッセイ『源氏供養』でなんとも心躍る空想を繰り広げている。一九五〇年代から一九六〇年代のフランスで『源氏物語』を撮るとしたら、という夢物語である。クラシック映画好きのわたしたちも、盛り上がった。

橋本治キャスティング、弘徽殿女御役はだれだと思う？

うーん、弘徽殿ね……レディ・コキデンの迫力なら、シモーヌ・シニョレはどう？

すごい、あたり！　じゃあ、藤壺の宮は？

藤壺はだれかかな。光源氏の運命の女性《ファム・ファタル》だものね

……アヌーク・エーメなのよ
わあ、いいわねえ、『男と女』のせつない感じ。じゃあ、葵の上は?
なんとロミー・シュナイダー
それはぴったり!
夕顔役は、『太陽がいっぱい』のヒロイン、マリー・ラフォレ
もうすこし時代がくだれば、夕顔ならぬ『昼顔』のカトリーヌ・ドヌーヴもいいかもね?
じゃあ、橋本治キャスティングの六条御息所はだれだと思う?
わたしの大好きな六条御息所……、だれがいいかな……わかった、これまた大好きなジャンヌ・モローはどう?
あたりよ。ジャンヌ・モローの生き霊なんて、見たいわよね。それなら、いよいよ光源氏は?
これはわかる、彼しかない。あなたの王子さま、ジェラール・フィリップでしょ。『ファンファン・ラ・チューリップ/花咲ける騎士道』のジェラール
そうなの、ああ、ジェラール。やっぱりシャイニング・プリンスはジェラールしかいない!
橋本治は、なぜか紫の上はキャスティングしていないのね。だれがいいと思う?
ジェラール繋がりで、『赤と黒』のダニエル・ダリューは? デビュー当時の可憐さは、

まさに少女の若紫よ
ああ、それは最高、いいわねえ
それなら朧月夜は、頭中将は……と、話は尽きない。
前章でわたしたちも「鈴虫」を創作したが、こうして源氏物語の二次創作、三次創作、アダプテーション……と、あまた生まれるのであろう。いくつかの作品を探ってみたい。

二次創作、源氏亜流物語

はしる〳〵、わづかに見つゝ、心もえず、心もとなく思《おもふ》源氏を、一の巻よりして、人もまじらず、木帳《きちやう》の内にうちふして、ひきいでつゝ見る心地、后《きさき》のくらひ《ゐ》もなにゝかはせむ。ひるは日《ひ》ぐらし、よるは目《め》のさめたるかぎり、火をちかくともして、これを見るよりほかの事なければ、を《お》のづからなどは、そらにおぼえうかぶを、いみじきことに思《おもふ》に、夢に、いときよげなる僧《そう》の、黄《き》なる地の袈裟《けさ》きたるが来《き》て、
(……)

こう書いた菅原孝標女『更級日記』は、源氏物語二次創作の第一号に当たるかもしれない。熱中、耽溺、熟読の産物であろうか、構造的にも似通う箇所が見受けられるうえ、夢のなかのお告げなど、相通じるモチーフが見られる。『王朝日記の魅力』で島内景二は、

孝標女は『更級日記』において「『源氏物語』を改作している」「もう一つの『源氏物語』を創作している」と書いている。

同じ孝標女の作か、と言われる『夜の寝覚《ねざめ》』や『浜松中納言物語』も、しばしば「源氏亜流物語」に数えられる。

そうなれば、三島由紀夫の『春の雪』にはじまる四部作『豊饒の海』は『源氏物語』の三次創作と呼べるだろうか。三島自身が、『豊饒の海』は『浜松中納言物語』を典拠としている、と明かしているのだから。

三島には、以前も紹介した「源氏供養」などの『近代能楽集』も存在する。

能といえばまた、源氏物語に連なる謡曲がいくつも思い浮かぶだろう。「半蔀《はじとみ》」「夕顔」「野宮」「葵上」「玉鬘」「住吉詣」などには、源氏のヒロインたち――夕顔、六条御息所、玉鬘、明石の君ら――がシテとなって現れ出る。

謡曲「源氏供養」（世阿弥作との説もあるが作者未詳）では、紫式部そのひとが亡霊となって現れ、

ここに数ならぬ紫式部、頼みを懸けて石山寺、悲願を頼み籠り居て、この物語を筆に任す

と謡い、舞うのである。

(アーサー・ウェイリーは一九二一年、「葵上」を含む『日本の能 *The Noh Plays of Japan*』を翻訳、出版しており、絵画のみならず能を通しての源氏との出会いも彼にとって重要であった)。

江戸時代まで時代をくだると、松尾芭蕉もまた俳句・俳文に『源氏物語』を生かした一人である。芭蕉の師は、源氏物語注釈書『湖月抄』で名高い北村季吟であったのだ。

曙はまだむらさきにほととぎす

「(……)暁石山寺に詣。かの源氏の間を見て」と前書きのある紫式部へのオマージュ。ついで歌枕須磨を旅して詠んだ二句も記しておきたい。

かたつぶり角ふりわけよ須磨明石 (『猿蓑』)
寂しさや須磨にかちたる浜の秋 (『おくのほそ道』)

江戸時代後期の柳亭種彦の『偐紫田舎源氏』はどうだろう。これは一八二九年(文政十二年)から一八四二年(天保十三年)にかけて刊行された通俗小説で、歌川国貞による錦絵の挿絵も手伝って大衆的人気を博し、江戸時代最大のベストセラーとなっている。はじまりには「贋紫の今式部、石屋の二階にこもりて田舎源氏を編《つゞる》」の図が掲げられ、物語の舞台は室町時代。桐壺帝は将軍足利義正に、寵姫の桐壺更衣は花桐に、二人の間に誕生するシャイニング・プリンス・ゲンジは次郎光氏《みつうじ》の名で生まれ変わっている。

幕開けは、

花《はな》の都《みやこ》の室町《むろまち》に、花《はな》を飾《かざ》りし一構《ひとかま》へ、花《はな》の御所《ごし(よ)》とて時《とき》めきつ、朝日《あさひ》の昇《のぼ》る勢《いきほ》ひに、文字《もじ》も縁《えん》ある東山《ひがし(やま)》、義正公《よしまさこう》の北《きた》の方《かた》、富徽《とよし》の前《まへ》と聞《きこ》えしは、九国四国《(きう)ごく(し)こく》に隠《かく》れなき、大内為満《ためみつ》が娘《むすめ》にて、(……)

七五七五、七五七五、と語り物の調子できびきびテンポよく進み、『源氏物語』の筋を忠実に辿りながらも艶めいた情事あり、勇ましい政争ありと波乱に富んで、大評判を取ったのである。ついには『偐紫田舎源氏』を脚色した歌舞伎も上演されたというから、これぞ三次創作爆誕である。光氏は、「清《きよ》きこと玉《たま》のごとく、世《よ》に珍《めづら》かなるかたち」と描写されている。

しかしあまりの人気もあってか、老中水野忠邦の天保の改革に抵《ふ》れて発禁となり、(紫式部の『源氏物語』でいえば)「真木柱」のあたりで断絶。未完に終わっている。

源氏物語巻名歌

現代に近づけば、まず現代語訳そのものがある種の二次創作であろうし、それを成し遂げた小説家たちの創作にも、光源氏の光は射し込んでいる。

谷崎潤一郎の小説には、たとえば『細雪』などにも、源氏物語の香りをそこここに感じないだろうか。三度も現代語訳を仕遂げた作家なのであるから、なにかしら「あはれ」や「陰翳」を受け継ぐであろう。同じく現代語訳を成した円地文子は書いている。谷崎の『細雪』には、「(源氏物語の)玉鬘求婚譚あたりの雰囲気が一番濃く匂っていると私は思っている」と。

『新新訳源氏物語』の各巻頭に掲げられた五十四首の与謝野晶子のうたは、「源氏物語巻名歌」の伝統を継ぐもの。二次創作として輝く。なんといっても、晶子は現代語訳という新たなジャンルに果敢に乗りだし、源氏受容を一変させてしまったひとである。それまでは源氏物語を読むとなれば、多くの場合『湖月抄』などの注釈書、梗概書か、あるいは『絵入源氏物語』などを手にするしかなかった。樋口一葉も『湖月抄』で源氏を読み込んでいるし、晶子自身も幼い頃に——十一、二歳のとき、とくり返し語っている——『湖月抄』や『絵入源氏物語』で源氏と出会ったようである。

だれも思いつかなかった手法で、しかも新訳、新新訳と二度の現代語訳をやってのけ、関東大震災で焼失した『源氏物語講義』もすべて書き上げていた晶子なのである。

ここでいく首か晶子の巻頭歌を挙げたい。まず霧深い宇治での物語から、「橋姫」の一首。

しめやかにこころの濡れぬ川霧の立ちまふ家はあはれなるかな

一般に「宇治十帖」と呼び習わされてきたのは、「橋姫」から「夢浮橋」までの十帖。光源氏亡きあとの物語で、源氏誕生の「桐壺」から数えれば、六、七十年ほど後だろうか。

宇治の奥山に住まう大君《おおいぎみ》と中君《なかのきみ》の姉妹（ウェイリーは、アゲマキとコゼリという名を姉、妹に与えている）と、源氏の子や孫、薫や匂宮との交情を中心に物語は進む。ふたたび晶子のうたで三首。

心をば火の思ひもて焼かましと願ひき身をば煙にぞする（「総角」帖）

また宇治の姉妹の異母姉妹にあたる浮舟／ウキフネは、源氏物語最後のヒロインとして、物語の終局に宗教的ともいえる深みをもたらす。

何よりも危ふきものとかねて見し小舟の中にみづからを置く（「浮舟」帖）

明けくれに昔こひしきこころもて生くる世もはたゆめのうきはし（「夢浮橋」帖）

前衛歌人の塚本邦雄の次のうたも、巻名歌の系譜に置けるだろう。『源氏五十四帖題詠』で塚本は、物語のエッセンスを凝縮した文章とともに、各帖に自作の短歌を掲げている。「橋姫」そして「蜻蛉」「夢浮橋」の各帖から。

宇治十帖のはじめは春の水鳥のこゐ橋姫をいざなふごとし
かげろふの影ぞはかなき舟ひとつさまよひ出でて行方知らえず
夢よ夢ゆめのまたゆめなかぞらに絶えたる橋も虹のかけはし

こうして「源氏亜流物語」や「源氏物語巻名歌」と探っていくと、驚くほど広汎な作品にゆきあたる。そのいずれにも、創作者の源氏物語、紫式部への想い、それに根ざした文学的想像力が広がっていて、惹き込まれる。

さて、ここまで見てきたのは、源氏物語の再創造といった趣の二次創作が主であったが、異なるタイプもある。続篇、物語の余白を埋める補作や番外篇、スピンオフといったものである。

『源氏物語』の余白

『源氏物語』の五十四帖目、「夢浮橋」を読み終えて、ええっ、これでおしまい？　と驚愕した読者はわたしたちだけではないだろう。

　再読を重ね物語に親しんだいまは、これが最高の幕切れ、二十一世紀にも古びぬエンディング、とむしろ新鮮に思える。けれど大団円を期待した初読時には、戸惑った。大長篇の果てがこれ？　どうして、どうして、と疑問符が湧いた。

　紫式部の病や死による擱筆かもしれない。失われた続篇がどこかに存在するのかもしれない。実際、さまざまな憶測を呼んできた。平凡な一読者としては、浮舟と薫、あるいは匂宮との劇的再会などラブストーリーの先をつい期待してしまう。創作者であれば想像力を掻き立てられるだろう。

　その一例が、十三世紀頃に成立した小篇『山路の露』で、浮舟と薫の再会などが描かれている（作者は建礼門院右京大夫か、と諸説あるが確証はない）。

　浮舟を探し当てた薫は、月影のもと彼女をほのかに見る。


　昔ながらの面影ふとおぼし出でられて、いみじうあはれなるに、見給へば、月は残りなくさし入りたるに、鈍色《にびいろ》、香染《かうぞ》めなどにや、袖口なつかしう見えて、額髪《ひたひがみ》のゆら

〳〵と削《そ》ぎかけられたる、まみのわたりいみじうなまめかしうをかしげにて、かゝるしもこそらうたげさまさりて（……）

「なまめかしうをかしげ」「らうたげ」と見惚れていた薫は、思い抑えがたく浮舟へとにじり寄り、切々と恋情を訴えかき口説く。しかし続篇『山路の露』も捉えどころなく、ふっつりと途切れる。

一方、源氏物語にある「余白」を想像する作品も生まれている。本居宣長の『手枕』もそのひとつ。本篇に不在の、源氏と六条御息所の出逢いを書いたのである。あれほど緻密な注釈書『源氏物語玉の小櫛』を執筆した碩学本居も、補作に駆りたてられたのである。研究が昂じての源氏愛に、心打たれる。

また『別本　八重葎』（作者不詳、室町時代か江戸時代か、成立時期も不詳）は末摘花をめぐる挿話で、「蓬生」の別バージョンとでも言おうか。しかも妖怪篇である。須磨に流された光源氏。末摘花は、彼がいつか必ず自分のもとに帰ってきてくれる、と信じて待つ。そしてついに、源氏が八重葎茂れる御殿に現れる。しかしそれはなんと……、キツネの変化《へんげ》だったのである。

補作としての「雲隠」

吹く風の跡もたまらぬ天つ空にしばしは雲のたゝずまひして

（『雲隠六帖』「雲隠」より光源氏辞世のうた）

『雲隠六帖』（作者不詳、室町時代に成立か）に含まれるのは、「雲隠」「巣守《すもり》」「桜人《さくらびと》」「法《のり》の師《し》」「雲雀子《ひばりこ》」「八橋《やつはし》」の六篇。なかでも注目されるのはやはり「雲隠」篇だろう。『源氏物語』に於ける「雲隠」は、謎である。

光源氏の死を暗示する帖名のみが今日に伝わり、本体は行方知れず。紫式部が書いた「雲隠」は果たして存在したのか、否か。存在したとすれば、そこには何が書かれていたのか。あるいは伝説的に伝えられるように、扉に「雲隠」の題字が記されるのみで、開けばすべて空白。そんな帖であったのか。

ある書物には「源氏の死を語る雲隠巻を読んだ人がみな出家を願うようになったので、時の帝がそれを危険視して雲隠巻を焼失せしめた」とある。わかる、源氏ロスで世をはかなむ気持ち。空白ページでも充分ショックなのに、源氏の死の場面など読んだ日には……。それにしても禁書、焚書とは……。

わたしたちの『源氏物語』との出会いは谷崎潤一郎訳で、「くもかくれ」と書かれたうつくしい草色の薄紙と、それに続く白いページがあった。だからいまも題字のみであとは空白、の余情に惹かれる。

紫式部が白紙ページを挿入したとなれば、十八世紀のイギリス小説『トリストラム・

シャンディ』もかくや。それも先んずること七百五十年ほど。古代においてすでに紫式部が、斬新にも成し遂げていた、と思いたい。

大和和紀の漫画『あさきゆめみし』にも、「雲隠」にあたる一場が描き添えられている。源氏が出家して籠もる山の方角に、ある日見たこともない美しい雲が懸かる。それを目にした明石の君は、源氏の死を覚るのである。光源氏その人は姿を現さず、山に叢雲の湧く一枚で終わっている。これも「雲隠」補作と呼べるだろう。

最後にもう一作、現代の舞台を紹介したい。《刀剣乱舞》は、日本の由緒ある名刀の精霊たちが活躍する雄篇。いくつもシリーズがあるが、源氏に想を得た《禺伝 矛盾源氏物語》では、源氏物語や紫式部日記、能《源氏供養》もストーリーに取り込まれている。ここにも「雲隠」の謎を追うエピソードがあって、しかもシェイクスピア『ハムレット』の墓掘人、シュリーマンが発掘した『イリアス』のトロイの遺跡なども絡めた壮大な時空間。「雲隠」帖はどこかに埋もれているのか。それとも源氏の出家や死は、紫式部の脳内にのみ存在したのか。謎は「歴史」や「物語」をめぐるロマンをも孕み、《刀剣乱舞》の世界でもらせんを描き渦巻いていた。

ユルスナール「源氏の君の最後の恋」

「雲隠」、つまり光源氏の最期に想いを巡らせたのは、なにも日本の作家だけではない。

フランスの小説家マルグリット・ユルスナールもまた、源氏の晩年と死を描いている。「源氏の君の最後の恋／Le Dernier Amour du prince Genghi」である（短篇集『東方綺譚／*Nouvelles Orientales*』収録）。アーサー・ウェイリー訳で『源氏物語』を読んだユルスナールは、紫式部を中世日本のマルセル・プルーストと呼び、もっとも尊敬する女性作家として名を挙げている。

ユルスナールの小篇における光源氏は、齢五十過ぎ、盲目となって庵に隠棲している。数々のヒロインのなかから、フランス人作家が最後の恋人として選んだのは、花散里。文才もある知的な女性には、紫式部像も透けて見えるだろう。彼女は素姓を隠して山里の源氏を訪ね、情を交わすのである。源氏は死の床から語る。

——わたしは死んでゆく、と彼は辛《つら》そうに言った。花や、虫や、星とともに頒《わか》つ運命を嘆きはせぬ。すべてが夢のようにうつろうこの世で、いつまでも長生きするのは心憂いもの。事物も、人間も、心も、ほろびゆくのをわたしは嘆きはせぬ。それらの美しさの一部は、ほろびゆく不幸から成り立っているのだから、わたしを悩ませるのは、それらがひとつひとつかけがえのないものだということだ。（……）わたしは恥入りながら死んでゆく。

「雲隠」の補作はさまざまあっても、神話的存在でもあるシャイニング・プリンス・ゲンジの老衰や死は、ある種のタブーではなかろうか。日本人作家による目立った作品は思い当たらない。ユルスナールらしい端正な文体であるが、源氏の死相の描写にはやはり衝撃を受ける（『雲隠六帖』の「雲隠」でも、源氏の出家は描かれつつも、最後はただ姿をくらますのみ。先に引いた辞世のうたも、伝聞の形をとっている）。

余談になるが、ユルスナールはヴァージニア・ウルフ『波』のフランス語訳者でもあって、一九三七年にはロンドンのウルフ邸を訪ねている。千年前の紫式部、一九二五年に源氏物語評を書いたヴァージニア・ウルフ、『波』を訳したユルスナール。時を超えての女性作家のシスターフッドに、『波』や『源氏物語』を翻訳したわたしたちも、深い感慨を覚える。

紫式部の恋

さてもう一作、アメリカ人作家のライザ・ダルビーの小説に触れておきたい。二〇〇〇年に発表された『紫式部物語　その恋と生涯／*The Tale of Murasaki*』は、紫式部の一生を描く大河小説。構想十年の本作は世界十カ国語に翻訳され、ベストセラーとなっている。紫式部の娘賢子《かたこ》／大弐三位が、母の「回想記」を発見する、との設定で、ダルビーは「物語内物語」として「夢浮橋」の続篇「稲妻」を創作している。

薫や匂宮らは、失踪した浮舟を探し求める。しかし見出した彼女は雷に打たれ、盲目。

垣間見てそれを知った匂宮は失望し……。

　ダルビーの本書には、源氏物語や紫式部集からの和歌、紫式部日記の記述、『枕草子』なども織り込まれ、緻密な構成。例をあげれば引用される次のうたは、『源氏物語』「須磨」帖で光源氏が詠む一首である。

　　見るほどぞ　しばし慰む。めぐりあはむ月の都は　遥かなれども

　驚くような挿話も書かれている。紫式部自身の恋愛ストーリー、しかも唐から来た青年との恋物語である。

　紫式部は父為時の赴任に同行して、越前国、つまり現在の福井県あたりに一時期住んだとされる。第6章にも書いたように、日本海を臨むこの地は当時、中国／唐や渤海国との交流も深かった。

　ダルビーの描く紫式部は、そんな越前で唐人の若者と恋に落ちるのである（宣孝との結婚前の紫式部、二十代前半だろうか）。唐から来た青年は見目麗しく文学にも通じた博識な人物で、二人は毎夜のごとく逢瀬を重ねる。ある夜には恋人たちは手を取りあい、月光に照らし出される銀世界を歩いてゆく。唐風の長袴に革の長くつ、毛皮に縁どられた唐土《もろこし》の上衣。長い髪を束ねた紫式部は、青年に倣ってはしゃぎ雪のうえに仰向けに倒れこむのだ。

　御簾越しに密やかに和歌を囁き交す世界から、なんとまあ、かけ離れた自由な恋愛だろ

う。紫式部のイメージが狂う。あり得ないと思いつつ、まんざら荒唐無稽でもないか、と思い直しもする。越前で紫式部は、末摘花のモデルとなるような渤海人も目にしたかもしれない。それなら唐人の青年と知り合うことさえ、彼との恋にときめくことさえ、あったかもしれない。

紫式部の手による『源氏物語』は、やがて千年の時を超えて世界文学となってゆく。それが国境を越えた恋という形で予告され、準備されていた、と言ってみたい。

しかしひとはなぜこれほど源氏物語に惹かれ、再創造を試みるのだろう。物語というものに惹かれるのだろう。そもそもなぜひとは物語るのだろう。

アンドレ・ジッドから紫式部の「物語論」へ

フランスの作家アンドレ・ジッドは、自らの作品を三つに分類している。「レシ」「ソチ」「ロマン」である。「レシ」はいわゆる物語で、悲劇的要素が強い。「ソチ」はより喜劇的で「笑劇」とも訳される。「ロマン」は悲喜劇が混交した物語で、いま言われる小説と捉えて良さそうである。これに従って、ジッドは自作をふり分けてみせる。『背徳者』『狭き門』『田園交響楽』は悲劇的であるから「レシ」。『法王庁の抜け穴』などは「ソチ」。三つ目の「ロマン」に分け入れられたのは『贋金つかい』の一作。分類の成否はともかく、作家というものは作品形式に対して強い思いと矜持があるのだろう。

『源氏物語』にも広く知られた「物語論」があって、これにはジッドの分類を想起させられた。

「螢」帖は、梅雨の季節。長雨に倦んだ六条院の女君たちのあいだで、物語を読むことが大流行する。なかでも没頭したのは玉鬘／タマカヅラと呼ばれる姫君で、彼女の熱中ぶりに呆れた源氏は諭す。とはいえ、たしかにこの雨では退屈だね、と源氏も微妙に物語擁護へと舵をきってゆく。

「（……）だがたしかにね、こんな天気では古物語《オールドテイル》のひとつでもなければ、やりきれない。でなければ、どう一日をやり過ごしてよいのやら。白状しましょう。わたしも近ごろ、その手の書物を少々研究中でね（……）」

「かゝる世《よ》の古事《ふる》ならでは、げに何《なに》をか紛《まぎ》るゝことなきつれづれを慰《なぐさ》めまし。さてもこのいつはりどものなかに、げにさもあらむとあはれを見《み》せ、つきぐ\しくつゞけたるはた、はかなしごとと知《し》りながら、いたづらに心動《うご》き、らうたげなる姫君《ひめ》のもの思《おも》へる見《み》るに、かた心つくかし。（……）」

ところで、この箇所を読み解こうとくり返しウェイリー訳を読むうち、これは紫式部の原典とはズレが生じている、と気づいた。二十世紀初頭の文壇の潮流が訳文に反映され、ウェイリーの声が埋め込まれている。だからジッドを想起したのは、紫式部からというよりウェイリーの訳文からかもしれない。

藤井貞和『物語史の起動』によれば、古事／フルコトは、文字どおり『古事記』などの古伝承である。だから「かゝる世の古事ならでは」の「古事」は、「古物語＝オールドテイル」だろう（古事／フルコトについては藤井の『物語史の起動』『物語論』が、その発生や「物語史」の延展についての非常に重要な論考でありぜひ引用したいが、いまはウェイリー訳を追うことにする）。

ここで先ほどの、なぜひとは物語るのかの問いに戻れば、ゲンジがこう答えてくれる。

　まず小説とは単に作家《オーサー》が、誰かの冒険譚を語るだけではないのです。そうではなく良いことにせよ悪いことにせよ、その作家自身が経験した出来事や出逢った人物――自ら直接体験したことのみならず、目撃したとか、ひとから聞いた話とかでも――に烈しく感情を動かされ、自分ひとりの胸には閉まっておけなくなって、小説が生まれるのです。自分の人生だったり、まわりの出来事だったりが、とても重要なものとの思いが拭えず、忘却の彼方に葬り去られるのが耐え難くなる。そのことを誰も知らない時代が来てはならないと思う。こうして小説という芸術が誕生した、わたしはそう思っているのです。

さらに、はじめは「オールドテイル」「ロマンス」だった「古事／フルコト」「物語」に当たる英語は、ゲンジが熱弁をふるうにつれ変化してゆく。例をあげれば「わたしは、この小説《ノヴェル》という文芸《アート》とは何か、いかに誕生したかについては独自の理論を持っているのですよ」の「ノヴェル」。そのほか、アート・オブ・フィクション、ナラティヴ。語り手や作家についても、オーサー、ニューライターズ、ストーリーテラーなど、様々な語彙を繰り出し、むしろ現代《モダン》的な小説論の色合いを帯びる。

再創造のモダニズム文学

ウェイリーはモダニズムの時代、つまり「十九世紀末から二十世紀の二〇年代にかけてとくに活発に展開された芸術的モダニズム運動」の時を生きている。

モダニズムはむろん「現代《モダン》」からの派生語で、イギリスの文学史でいえば、ヴィクトリア朝の古典主義的文学に反旗を翻し、新しい風を興そう、との動きであった。そのなかで神話や古典に想を得た作品や、その再創造作品も登場する。詩歌では、脚韻や韻律などの規則に縛られない「自由韻律／free verse」、散文では「意識の流れ／stream of consciousness」と呼ばれるより自由な形式が生まれている。ヴァージニア・ウルフ、ジェイムズ・ジョイスの小説や、T・S・エリオット、エズラ・パウンドの詩など「ノヴェル＝新奇」な作品が創造されたのである。

このような動きのなか、ウェイリーは中国古典詩や日本の能、源氏物語などに新生の息吹を感じ、それをモダニズムの文体で再創造／トランスクリエーションしたのである。それは心理小説とも呼べる源氏物語に、相応しいものであったろう。『失われた時を求めて』の英訳を意識し、ヴァージニア・ウルフとも互いに影響しあった部分もあると言われる。またエリオット詩の対句的表現には、ウェイリー訳漢詩の影響もあると聞く。

つけ加えるなら、ウェイリー訳『源氏物語』のモダニズム的要素として——『ユリシーズ』の斬新さからはほど遠いものの——複数の文体の存在もあるかもしれない。和歌翻訳の挿入をふくめ、場面によって異なる話法を導入しているのである。

ひとつは「玉鬘」帖。さきほどの長雨の場面で、玉鬘は読書に没頭しつつ、「わたしのエピソードのほうがよほど波瀾万丈」と胸に思いを巡らせる。たしかに悪者、誘惑者の追っ手を逃れ、玉鬘が舟で筑紫から脱出するくだりは、「剣士＝スワッシュバックラー」の語も手伝って、剣劇、活劇、悪漢小説のよう。イギリス小説でいえば、さしずめ十八世紀半ばのピカレスクロマン、ヘンリー・フィールディング『トム・ジョーンズ』あたりの調子だろうか。

またもう一例は、「東屋」での婿捜しの顚末。これはジェイン・オースティンの『高慢と偏見』を彷彿とさせる。proud、sensible、persuading（この三つは、『高慢と偏見』『分別と多感』『説得』と、彼女の小説のタイトルも思い出させる）、eligible young man（有望なお婿さん候補）など、オースティン語彙がウェイリーの訳文にちりばめられている。

そのうえ、人物の内面に浸透していくような自由間接話法は影を潜め、引用符を用いた伝統的な直接話法がせり出すのだ。人物造形もまたオースティン風な味付け。婿捜しに悩む母親像はベネット夫人そのものであるし、出世のため結婚相手を乗り換える俗物左近の少将は、コリンズ牧師の再来ではないか。ウェイリーが『高慢と偏見』をイメージして訳したことが、明らかに読み取れる。

わたしたちもまたこの場面を翻訳していると、ウェイリーがオースティンの短篇を書いているようにも、オースティンが『源氏物語』の短篇を書いているようにも感じられたのである。つまりウェイリーの訳文には、二十世紀モダニズムだけでなく十六世紀イギリス小説創世期の文体やオースティン小説の文体やトーンが生かされていると言えるだろう。

現代の源氏文学

いま一度、こんどはわたしたちの同時代作から、現代語訳、派生小説や現代短歌を挙げたい。

瀬戸内寂聴『女人源氏物語』は、女君たちの視点で語られる源氏物語。桐壺更衣や藤壺妃、侍女や尼君らがモノローグ形式で内面を吐露することによって、物語は新たな相貌を呈す。

忘れがたいのは田辺聖子『私本・源氏物語』。その豊かで、おおらかで軽妙な大阪弁の語り口は、鋭くも愛ある人物描写とともに、圧倒的に源氏物語を一変させている。

丸谷才一の小説『輝く日の宮』は、同題の失われた帖が存在したとの設定で、小説末尾に掌篇「輝く日の宮」帖、つまり原本にはない光源氏と藤壺の宮の逢瀬が添えられている。章ごとに文体ががらりと変わる小説全体の構成は、ジョイス『ユリシーズ』を意識してであろう。

円城塔『文字渦』にも、源氏物語「梅枝」帖に纏わる一章が見える。しかもウェイリー訳源氏を日本語に〈戻し訳〉する境部さん、という女性が登場するのだ。よりにもよってウェイリー源氏を翻訳する女性とは。まさにこの「梅枝」帖を翻訳しているときに本作に出逢ったわたしたちは、ついに小説内に迷いこんだか、生きるメタフィクションか、と心底驚いた。また訳文を筆で自動筆記する人工知能ロボット「みのり」も登場して、生成AIに転生したようにも感じたのだ。

水村美苗『本格小説』は、エミリ・ブロンテ『嵐が丘』を戦後日本を舞台に書き換えた作品と謳われるが、それに加えて『源氏物語』の陰翳も感じないだろうか。軽井沢、追分を舞台にした上流階級の姉妹の物語は、女房語りならぬ女中によるナラティヴ。鄙びた宇治での姉妹物語を思わせ、現代に甦る宇治の十一帖目かもしれない。

ふたたび短歌に目を移せば、俵万智『愛する源氏物語』では、「万智訳」として物語歌が詠み替えられている。宇治十帖から「万智訳」と、原典の和歌を並べて二首引用すると、

宇治川の棹のしずくは我が涙　袖を濡らしてあなたを思う
橋姫の心を汲みて高瀬さす棹のしづくに袖ぞ濡れぬる

身を投げてこれを限りとしたこの世　再び棄てる日が来ようとは
限りぞと思ひなりにし世の中をかへすがへすもそむきぬるかな

口語短歌によって、現代人のわたしたちにもしっくり心情が伝わってくる。最後に水原紫苑『あかるたへ』「源氏十首」から二首。

たましひの濃きあやふさを恃《たの》みにて朧月夜を素足にあゆむ
雲隠かくれゆくらむ月の道　むらさき匂ふわれと成る道

このほか文学作品は言うまでもなく、絵画、音楽、舞台、工芸品とわたしたちの心にはいくつもの源氏が生きていて、あれもこれもと零れ落ちた作品たちに激しく後ろ髪を引かれる。けれどそれは別の機会に譲ることにして、急ぎ「物語論」へと戻りたい。

モダニズムのディークリエーションとリークリエーション

フランスの批評家ロラン・バルトは『物語の構造分析』で、こう記している。

物語は、まさに人類の歴史とともに始まるのだ。物語をもたない民族は、どこにも存在せず、また決して存在しなかった。あらゆる社会階級、あらゆる人間集団がそれぞれの物語をもち、しかもそれらの物語は、たいていの場合、異質の文化、いやさらに相反する文化の人々によってさえ、等しく賞味されている。物語は、良い文学も悪い文学も区別しない。物語は、人生と同じように、民族を越え、歴史を越え、文化を越えて存在するのである。

『源氏物語』は神話や昔話の時代を経て、一〇〇〇年頃に生まれている。ウェイリーが物語冒頭「桐壺」帖で注記したように、源氏物語の書き出しには、まだクロニクル（つまり古事記のようなフルコト）やフェアリー・テイル（昔話や神話）の雰囲気が残っているだろう。しかしこの物語は生成、増殖していく。日本のみならず、「異質の文化」「相反する文化の人々」によってさえ「賞味」されてきたのである。

丹治愛『モダニズムの詩学』によれば、モダニズム文学に内在する過程は、「ディークリエーション」と「リークリエーション」に収斂されるという。「ディークリエーション」とは「破壊」「脱創造」と訳される。「リークリエーション」は「再創造」だろう。つまりそれまでの文学を一旦否定、解体し、その地点から新たな地平を切り開こうというのである。

百年前にウェイリーがもたらした『源氏物語 ザ・テイル・オブ・ゲンジ』は、ヨーロッパの文壇で「ディークリエーション」と「リークリエーション」、つまり破壊と再創造を興した新風のひとつだったのではないか。やがてこの新風は旋風となり、時にテンペストとなり、時空を超えて吹き続けてきたのだろう。

また文学のみならず、異なる芸術分野、サブカルチャーにも軽やかに翼を広げ、あまたの二次創作、三次創作、補作、スピンオフ、アダプテーションを生成し、増殖し、いまも自在に創作空間の宇宙を飛び回る。歴史のなかで禁書、焚書の逆風に遭っても息絶えることなく、ふたたび風を生み、上昇し下降し、旋回し、らせんを描き続けてきた。

そもそも紫式部の『源氏物語』は、らせんを描く再創造の核を宿していたのではないか。なにより白居易の「長恨歌」の、玄宗皇帝と楊貴妃の悲恋を発端とした物語なのである。紫式部はそこへ日本の昔話や古物語、古今集などの和歌、俗謡である催馬楽、また漢詩などを織り込みながら、国境を越え、未来へと壮大な物語を放った。『源氏物語』をとり巻いて吹く旋風は、「民族を越え、歴史を越え、文化を越え」、再創造へのあまねき可能性を、わたしたちに指し示してくれるのである。

第11章 ウェイリー源氏、神秘の扉を開く

『源氏物語』は恋愛もの。

時に抱くその先入観を驚かせるのは、宗教や宗教儀式への言及の多さではないだろうか。

光源氏の若き日々には、もちろん恋愛譚が物語の軸となっている。しかし同時に、仏教をはじめとする宗教の記述は思いのほか多い。宗教は宮廷、貴族の日常と深く結びつき、その祭礼は洗練や贅を競う場でもあったのだろう。なにより政治との関わりも深かったのだ。それをもってしても祭事などの宮廷行事をはじめ、出家の儀式や法華八講などの仏事、病祓いの祈禱、そして個人的な祈りの場面まで、その豊富さにあらためて目を引かれる。

前章で引いた光源氏による「物語論」も、〈嘘と方便〉という仏教的テーマへと帰結す

る。なぜなら物語るとは虚構、つまり「嘘」を語ることであり、罪業となり得るからだ。ゲンジは最後に物語をこう擁護する。

しかし恵み深くもブッダさまが書き記すことを許された説法にさえ、学者が〈ウパヤ〉、つまり「脚色した真実」と呼ぶような箇所があるのですよ（……）けれども聖典の本来の目的、つまりわれわれ人間の〈救済〉の成就という目的は変わらない。

能の「源氏供養」では現に、紫式部の霊は物語作者として中陰をさ迷っている（まったく別の論点であるが、ゲンジのいう現実と虚構については、いまのフィクション論の論域とも繋がるであろう。けれどそれはまた別の機会に譲ることにしたい）。

今回はウェイリー源氏における、宗教の域に踏みこんでみたい。

源氏物語の宗教的背景

『源氏物語』が書かれたのは十一世紀初頭、平安時代中期である。

この頃、ひとびとの信仰はなにに依っていたか。宗教的背景は単純ではなく、実際登場人物たちの振る舞いを見ると、いくつかの神仏を信心しているようだ。

むろん、なかでも主要な宗教は仏教であり、神道であろう。とはいっても仏教のどの宗派だろうか。神道のなかでも篤く信仰されていたのはどの神だろうか。

たとえば葵の上の病の折に呼ばれたのは、比叡山延暦寺の高僧、つまり天台宗の座主である。ゲンジは時に「法《(ほふ)》界《かい》三《(さん)》昧《まい》普《ふ》賢《げん》大《(だい)》士《じ》」と普賢菩薩に祈り（「葵」帖）、時に「釈《(さ》迦《か》牟《む》尼《に》仏《ぶつの》弟《で》子《し)》」と名乗って祈る（「須磨」帖）。賀茂神社を遥拝することもある。また雲林院という寺に籠もった折には、天台宗の六十巻を読破している（「賢木」帖）。

ゲンジの病祓いをする隠者も登場すれば、伊勢の斎宮、賀茂の斎院も重要な存在だ。住吉の神は、明石の君とゲンジの運命を司るように見える。方違えは陰陽道にもとづくものであろう。地霊や妖怪が跋扈し、土着的信仰が垣間見えることさえある。

では混淆する日本特有の仏教、神道、陰陽道、占星術、民間信仰も含めた宗教を、ウェイリーがどのように訳し移しているだろうか。それを見たい。

旧約聖書の神

アーサー・ウェイリーの本来の名はアーサー・デイヴィッド・シュロス。シュロス家はユダヤ系の名門で、イギリス社会でも中上流階級に属していた。

しかしウェイリーは成人してから、シュロスというユダヤ系ではなく、母方のウェイリー姓を名乗るようになる（母方のウェイリー姓も、英語化する前はレヴィというユダヤ系の名であった)。加えてユダヤ人に多いデイヴィッドも、通り名から消している。英語のデイヴィッドとはもちろん、旧約聖書のダビデ王にちなむ名。ダビデは、「サムエル記」にあるように美しい少年として登場し、すぐれた竪琴の演奏で悪霊を祓う。長じて後は文学芸術に秀でた美貌の名君として名を馳せ、旧約聖書「詩篇」作者の一人ともされる。ダビデ＝デイヴィッドは、いまもユダヤ系に多く見られるファーストネームである。

信仰の問題は別として(ウェイリー自身は特定の宗教に帰依したわけではないが)、『源氏物語』の翻訳に於いても、ウェイリーはユダヤ教の聖典『旧約聖書』や、また同時にキリスト教文化圏の教養としての『新約聖書』も含め、聖書の語彙やイメージを援用したと思われる。

ノアの洪水

まずひとつ例を挙げるなら、「創世記」のノアの洪水である。

政敵に追われるように須磨の地へ退いたゲンジは、そこで大嵐に見舞われる。

嵐は止みません。来る日も来る日も雨と風、絶え間ない雷雨。迫り来る危機。

(……)

空に雲の切れ間ひとつ見えぬ日が続きます。

そこへ紫の上の使者が命からがら到着し、都もまた惨憺たるあり様、と伝える。

都でもここ同様、幾日も幾日も一時も休むことなく豪雨が続き、変化といえば時折ハリケーンの力が増すだけ。（……）使者は、くぐり抜けてきた荒天を思い返すたびに恐怖の表情を浮かべ、なんとも情けない姿です。それほどの嵐ではないだろうと高《たか》を括《くく》っていた者たちも、それを見て不安に恐れおののくのでした。事実このまま**洪水**が続けば、天地もたちまち押し流されてしまうでしょう。（傍点、太字筆者）

使者が伝えることばは、原典では以下のようになっている。

「たゞ、例《れい》の雨の小止《をや》みなく降《ふ》りて、風は時〳〵吹き出《い》でて、日ごろになり侍るを、例《れい》ならぬことにおどろき侍るなり。いとかく地の底《そこ》とほるばかりの氷降《ひふ》り、雷《いかづち》の静《しづ》まらぬことは侍らざりき。」

（……）

かくしつゝ世は尽《つ》きぬべきにや、とおぼさるゝに、（……）

ウェイリーの英語訳文では、先ほどの傍点の箇所は、

It seemed indeed as though a continuance of the present **deluge** must speedily wash the world away,（太字筆者）

太字とした deluge は大洪水の意で、the Deluge と頭文字を大文字表記すれば、「ノアの洪水」である。

旧約聖書の記述を辿ってみると、この雨風は四十日、四十夜のあいだ止むことがない。ついに水は地上を覆い、嵐の前に方舟に乗りこんだノアの一族と動物たちを除き、地上の生きとし生けるものが水にのまれてしまう。

これは「須磨／スマ」の嵐がこの世のすべてを押し流す、とウェイリーが訳しているのに通じるだろう。いってみればウェイリーは、須磨の氾濫／deluge に、ノアの大洪水を重ねているのだ。

そうであるなら――「創世記」のノアの洪水は、人間が神意に背いたゆえの罰であったのだから――ゲンジを流謫の身に陥れたこともまた神意に背いたはかりごと、との暗示が受け取れる。実際ゲンジは罪なく都を追われたのであり（朧月夜との逢瀬はあったものの、これは政治的策謀、罪科とは別次元の罪である）、「何《なに》ごとも御後見《うしろみ》とおぼせ」、つまりゲンジを大切にするように、と幾度も言い遺した桐壺院の遺言が破られている。天からの懲罰としての須磨の洪水、と読める英訳になっているのだ。

むろん洪水神話は、「創世記」に限らず各地の古い文明に存在するものであるし、古代メソポタミアの『ギルガメシュ叙事詩』にも記述が見られる。そのほかインド神話、ギリシャ神話、古代オリエント等々世界の伝説を見渡せば、同様の大洪水物語が伝わっている。『源氏物語』の神話的側面といえるだろう。

また以前にも書いたとおり、この箇所のウェイリー訳からはシェイクスピアの『テンペスト』や、バイロンの『ドン・ジュアン』の大嵐のイメージも読み取れる。ウェイリーの翻訳文に宿る文学的多層性は、くり返し強調したい。

出エジプト記

『旧約聖書』において「創世記」の次に来る第二の書は、「出エジプト記」。ここからもウェイリー源氏への響きを聞きとれる。

神は、預言者モーセに、このように告げる。

「(……)いまイスラエルの人々の叫びがわたしに届いた。わたしはまたエジプトびとが彼らをしえたげる、そのしえたげを見た。さあ、わたしは、あなたをパロにつかわして、わたしの民、イスラエルの人々をエジプトから導き出させよう」

(三:9〜10)

このころイスラエルの人々／ユダヤの民は、エジプトの地でファラオの圧政に喘いでいた。それゆえ神は、民を率いてエジプトを出るよう、モーセに命じたのである。そのことばに従って、人々はエジプトを出る。モーセが手をかざすと海が真っ二つに割れ、乾いた道が出現して脱出を果たす。ハリウッド映画『十戒』の当該名シーンを思い出す方もあるかもしれない。

さて、第5章にも書いた源氏物語のお告げの場面をふたたび思い出したい。ゲンジが夢に聞いたことばに従い、須磨／スマから明石／アカシへ、つまり都からより遠い地へと引き移るくだりである。夢枕に立つのはゲンジの亡き父エンペラー・キリツボで、次のように語る。

「このようなところで寝ているとは、一体どうしたことだ」（……）「スミヨシ神により頼まれよ、そしてこの地を離れよ。ゲンジよ、舟に乗りなさい。神がお導きくださるであろう」

ゲンジが耳にしたのは、神の媒介者ともいうべき父エンペラーの声。以前にも引いたように、これはシェイクスピアの『ハムレット』をまずは想起させるが、さらに踏みこめば、旧約聖書の神のお告げや契約とも繋がるのである。エンペラーの声は「出エジプト記」の神同様、「この地を離れよ」と命ずる。

夢の声は気象をも操るかのよう。幾日も続いた嵐は止み、海も凪ぐ。するとその海を渡って使者が現れる。明石の地に住む入道が遣わした者で、しかも入道もまた謎めいた夢を見た、と伝えてくる。

「わたしは非常に不思議な、興味深い夢を見たのであります。そのときは夢のお告げなどとてもありえんと思いました。夢の一部を話しますればつまり、ある約束が成就されるのを見たいのなら、舟を用意し、十三日目に、嵐がわずかでも鎮まるのを見計らってこの岸へと向かえ、というものだったのであります。この託宣《たくせん》が幾度も繰り返されたもので、舟に人を乗り組ませ、わたしは夢の示した日時に海へ出る機を窺《うかが》っておったのです（……）」

ウェイリーのこのあたりの翻訳を見ると、「お告げ」「託宣」のほか、「神のしるし」「約束が成就される」「神のご計画」「前兆」「神託」と、聖書的な語彙がいくつも見える。

「（……）それゆえわたしが賜った神のしるしが、そちらにも告げられていると信じ、舟を出したのです。すると驚いたことに、海路はまったくの穏やかな順風だったのでありますー　その後もずっと追い風、この一件が何もかも神のご計画通りであった証拠でありましょう。そちらにもわたしが受けたお告げと合致する前兆か神託が、あったやもしれませぬ」

ゲンジもアカシニュウドウも、いってみれば出エジプト記のモーセのように天の声を聞き、声に従って「(その)地を離れ」「舟を出した」のである。

バビロン捕囚

「須磨」の帖名を、ウェイリーは「エグザイル・アット・スマ／Exile at Suma」と訳している。このexileは、the Exileとすればバビロン捕囚を指し、これもまた旧約聖書の語彙のひとつといってよいだろう。

時は紀元前五〇〇年代。ユダ王国は、新バビロニア王国との戦いに敗れて首都エルサレムを奪われる。多くのユダヤの民がエルサレムを追われ、バビロンで囚われの身となる。これが「バビロン捕囚」と呼ばれるものである（「エゼキエル書」）。

およそ五十年の後、新バビロニア王国は滅ぼされ、ユダヤの民は帰還を許される。そして破壊されたエルサレムの神殿を再建するのである。

エグザイルという言葉には、このユダヤの民の苦難、そして栄光の帰還という背景が透けて見える。つまり、エグザイル・アット・スマの帖名によって、須磨への流謫と、シャイニング・プリンス・ゲンジの輝かしい帰還を予告している。そのように思われるのだ（はじめにExileのことばを使ったのは、一八八二年源氏部分訳の末松謙澄ではあるが、旧約聖書のイメージを響かせたのはウェイリーであろう。後の英訳者エドワード・サイデンスティッカーもロイヤル・タイラーも、ただSumaとしている）。

ブルーム・ツリー、帚木

物語を遡って「帚木」の帖名を見ると、英語訳は文字どおりに「箒《ほうき》の木／ブルーム・ツリー／The Broom-Tree」と翻訳されている。文字どおりと書いてはみたが、いったいブルーム・ツリーとはなにか。

そもそもの帖名の由来は、

はゝき木の心を知《し》らで、園原《そのはら》の道にあやなくまどひぬるかな

というゲンジのうたで、空蟬／ウツセミへの贈歌である。はゝき木／帚木とは、信濃の園原（いまの長野県と岐阜県の境あたり）にあって、遠くからみれば箒に見え、近づくと見えなくなるという伝説の木。会いたくても会ってくれない空蟬への、うらめしい恋心である。帚木を詠んだうたは、ほかに古今和歌六帖などにも収められている。

一方、英語のブルーム・ツリーは旧約聖書の各所に見つかる（ブルーム・ブッシュ／broom bush、デザート・シュラブ／desert shrub など英訳にはバリエーションがあり、日本語訳でも、ただ「木」とされていたり、れだまの木、エニシダなどいくつかの訳語が当てられる）。

そこでアブラハムは明くる朝はやく起きて、パンと水の皮袋とを取り、ハガルに与えて、肩に負わせ、その子を連れて去らせた。ハガルは去ってベエルシバの荒野にさまよった。

やがて皮袋の水が尽きたので、彼女はその子を木の下におき、（……）

（「創世記」二十一：14〜15）

赤ん坊を根方に置いた「木」が、ブルーム・ツリーである。

先に引いた「出エジプト記」でも人々はモーセに導かれてイスラエルを目指すが、宿営地のひとつが「リテマ／Rithmah」（「民数記」三十三：18〜19）で、この地名は「ブルーム・ツリーの場所」の意である。このようにブルーム・ツリーは曠野に木陰を作り、その下にひとびとを憩わせ、守る木なのである。ウェイリーの「はゝき木」の和歌翻訳にもこの隠喩が生かされ、「その木陰に慰めを求めても、ただ行き惑うばかり」となっている。

穢れなき乙女、神の道具

「横笛」帖でのこと。

ゲンジが女三宮／ニョサンのもとを訪れると、赤ん坊が眠っている。ゲンジの息子の薫／カオル。この子には出生の秘密がある。しかし、はいはいし始めた無邪気なカオルは、目を覚ますとゲンジを目指して一心に寄ってきて、袖をぎゅっと摑んで纏わる。そうかと思うとこんどは、ニョサンの父エンペラー・スザクからの贈りものの山の芋と筍を見つけ、まっしぐらに這っていき手を伸ばす。

これはなんだろう、と引っ張って床にまき散らし、粉々にちぎってもぐもぐと口に入れ、つまり自分も部屋も滅茶滅茶にしてしまったのでした。

幼いカオルは歯が生え始めていて、スザクのタケノコは歯茎で嚙むのにぴったり。それを摑《つか》むと、涎《よだれ》をたらたら垂らしながら、えいっ、と口に突っこんだのです。

純真無垢で生き生きとした赤ん坊カオルの描写は、源氏物語のなかでも異色の忘れがたい箇所だろう。

幼子カオルは、実はニョサンと柏木／カシワギの不義密通の子。その密通がゲンジに知れたことで罪の意識に責めさいなまれ、カシワギは病み衰えて、ついに命を落としてしまう（「柏木」帖）。怒りに駆られていたゲンジであったものの、いまこの無垢な子を前に、心が和らいでゆく。裏切りをはたらいたニョサンについても思い直すのである。ところがいつもは頼りない彼女が、出家したいと言い出して意思を曲げない。

御殿にいるレディの誰よりも高貴な血筋で、若く美しく、あらゆる点で**穢れなきレディ**が、わたしとのかくも短かい結婚生活ののち、修道院に入りたいと言い出そうとは！（太字筆者）

ここでニョサンが「穢れなき／インマキュレト／immaculate」とされていることに、わたしたちは衝撃を受けた。インマキュレトは、一般語としては完璧な、汚れがない、の意であるが、カトリック教会において「無原罪のマリア／Maria Immaculata」は、聖母を示す言葉である。乙女マリアには原罪がなく、聖霊によって幼子イエスを宿した、との教えである。

ウェイリーは密通の罪を犯したニョサンに対し、「穢れなき聖母マリア」という驚くべき含意《コノテーション》を与えたのである。レディの語もこの一節に置くとOur Lady＝わたしたちの聖母マリア、の響きを帯びてくるだろう（もっともウェイリーの訳は、いずれも小文字での

lady であり、immaculate である)。

無垢な子を前に、ゲンジは愛を覚えずにはいられない。

日が経つにつれ、カオルはますます愛らしく、この子の存在がいつもゲンジに与えずにおかなかった「苦々しさの欠片《かけら》」さえ、きれいに拭い去ります。いまではこの子はゲンジの尽きせぬ喜びの源。このような形で生まれてくる定めだったのだ、これしかなかったのだ、と感じるのです。カシワギは〈運命〉の**道具**に過ぎなかったのだ。
(太字筆者)

これはインマキュレト/immaculate の出てくる同パラグラフ内、その直前の文章で、「〈運命〉の道具/インストゥルメント/instrument of Fate」のことばが目を引く。
源氏物語原典を開けば、

此人《この》の出《い》でものし給ふべき契りにて、さる思《おも》ひの外《ほか》のこともあるにこそはありけめ、のがれがたかなるわざぞかし、とすこしはおぼしなほさる。

となっていて、「契り=前世からの約束」「のがれがたかなるわざぞかし=逃れることの難しい運命」であり、「運命」の意はあっても「道具」に当たる語は見当たらない。

彼らは遠くの地から来る
地平線のかなたから。
主とその怒りの道具として
この国を滅ぼし尽くすために。

（十三：5）

これは「イザヤ書」からの一節で、前出のバビロン捕囚のときの預言、つまり神からイザヤが預かったことばである（共同訳聖書の他の版では「器」の語も用いられている）。神／主はユダヤの民に救いの手を差し伸べるであろう、と語っている。実際の歴史をみても、ユダヤの民は囚われの身からエルサレムへの帰還を果たすのだから、この聖句の預言は神の「道具」によって成就した、と言えるだろう。

このように「道具」には、人間の意思ではなく、それを超えた神意が人の身体などを通して働く、との意味合いが込められているのだ。

また、あなたがたの五体を不義のための道具として罪に任せてはなりません。かえって、自分自身を死者の中から生き返った者として神に献《ささ》げ、また、五体を義のための道具として神に献げなさい。

（「ローマの信徒への手紙」六：13）

『新約聖書』のパウロによる書簡のこの一節は、聖書のなかでもよく知られた箇所だろう。自分の身を神のために捧げなさい、不義の道具としてはならない、とパウロは手紙に書いて、人々を教え諭すのである。

もう一つ「道具」といえば、いまも広く唱えられる祈禱を挙げたい。十三世紀のイタリア、アッシジの聖フランシスコの祈りである。清貧で知られる托鉢の修道士で、小鳥に説教したとの逸話も残る。その「平和の祈り」は、「神よ、わたしを平和の道具としてください／Lord, make me an instrument of your peace」と始まり（いくつか翻訳があると思うが）、わたしたちが覚えている祈りは、こう続く。

神よ、わたしを平和の道具としてください／憎しみのあるところに愛を／諍いのあるところにゆるしを／分裂のあるところに一致を／疑いのあるところに信仰を／誤りのあるところに真理を／絶望あるところに希望を／闇に光を／悲しみあるところに喜びを、もたらすものとしてください。（……）

源氏物語に戻ればつまり、「道具」の語を敢えて使ったウェイリーは、カシワギを「〈運命〉の道具」とみなしたのではないか。しかもここはゲンジの心内語。密通したカシワギであるが、彼は道具として運命に従っただけ、彼の罪ではないのだ、とゲンジが受け入れる。赦しの場面であり、ゲンジの内面の劇的転換点なのである。その証しとしてカオルが誕生したのだ。そう思ってこの一節を読み返すと、同パラグラフ内に道具／instrument、穢れなき／immaculate と続く意味が、重く響く。

穢れなきニョサン、運命の道具としてのカシワギ、無垢なる幼子カオル。この三人は聖母マリア、聖ヨゼフ（ヨゼフもある意味、神の「道具」であろう）、幼子イエスという「聖家族」の写し絵となって見えないだろうか。あるいは本来の父であるカシワギの代わりに、ゲンジが聖家族を成すこともあるかもしれない……。いずれにしても、カオルの担う「運命」のゆゆしさが強烈に印象づけられる。

「匂兵部卿」帖に書かれているように、カオルは生まれながらにして身から妙なる香りを放つという。

香《か》のかうばしさぞ、此世《このよ》のにほひならず、あやしきまで、うちふるまひ給へるあたり、遠く隔《へだ》たるほどのおひ風に、まことに百歩《ぶ》のほかもかをりぬべき心《ここ》ちしける。

シャイニング・プリンス・ゲンジは生まれながらにして光を放ち、片やカオルは薫香を纏う。この世ならぬ存在であることの徴、証しは、ゲンジからカオルに受け継がれているのだ。

これらの語から導かれる聖家族の図像を思い描けば、カオルが担うのは自らの出生の秘密や運命のみならず、より大きくはこの世の罪、人間の罪ということになるのではないか。一見、愚かしく優柔不断とも思えるカオルの逡巡や苦悩には、罪を負って地上を彷徨うひとの定めが隠されているのであろう。

神の計画、プロヴィデンス

ところでゲンジの運命については、ご存知のように物語内で三つの予言／預言がなされている。一つ目が「桐壺」帖の高麗人によるあの予言である。

「この子の顔には、君主になる徴《しるし》があります。もし徴の告げる運命どおりになれば、どの大王、大皇帝にも劣らぬ君主となるでしょう。しかし……、もう一度よく見ますと——その治世には、騒乱と悲劇が見えます（……）」

二つ目は「若紫」帖で、このときゲンジは恐ろしい悪夢にうなされる。これは霊夢ともいうべき一種の予知夢で、ゲンジはすぐに夢占いをさせる。ところがだれにも読み解くことができない。ただ、

はっきりしていたのはこの一点だけ。つまり、夢を見た者《ドリーマー》はなにか過ちを犯した、それゆえ用心せねばならない、ということです。

と告げられる。この夢はつまり、父帝の后である藤壺の宮とゲンジの密通によってひとりの子が誕生する、と暗に予言していたわけである。

三つ目の予言は「澪標」帖で、一つ目の高麗人／占い師のことばを想起する場面。


占星術師はかつてこう預言しました。ゲンジは三人の子を持つであろう。そのうち一番目と三番目はエンペラーや皇后《エンプレス》の座に就き、二番目の子はチーフ・ミニスターの地位に昇るだろう。


この三つの予言が、ついに三十三番目の帖「藤裏葉」に至って――旧約聖書風にいえば――「成就」したことが読者に示され、プロヴィデンス／Providenceという語が登場する。

ゲンジの三人の子のうち一人は冷泉帝／エンペラー・レイゼイとして即位し、明石の姫君／プリンセス・アカシは皇太子《クラウン・プリンス》に入内、夕霧／ユウギリもめでたく結婚が叶い、位も中納言に上がる。

また翌年四十歳を迎えるゲンジは、皇族でない身としては異例の准太上天皇の位にまで昇り詰めている。栄華を極めるゲンジ邸では紅葉の賀宴が催され、在位中のエンペラー・レイゼイと、先のエンペラー・スザクまでが揃って訪れるという前代未聞の栄えある事態。宴は贅を極める。

この日はまことに忘れ難く、神の特別な〈ご計画《プロヴィデンス》〉かとも思われたのでございます。

プロヴィデンスはラテン語源で、カトリック語彙としては「摂理」と翻訳される。神の意志、配剤といった意であるが、端的には「神による計画」と解けるだろう。原典では、

なほさるべきにこそと見《み》えたる御仲《なか》らひなめり。

で、前世からの定めという文意となる。

すべてが実りを見せた「藤裏葉」帖の締めの言葉として、ウェイリーはここぞとばかり、プロヴィデンスの一語を刻んだのではないか。

エクソシスト、悪魔祓い

先へ進む前に、ここでひと言念のため申し上げておきたいのは、ウェイリーは決して源氏物語をキリスト教的物語に塗り替えたわけではない、ということ。仏教用語は仏教用語

として、神道のことばは神道のことばとして、注をつけるなど丁寧に翻訳している。たとえば仏教信仰に於いて四十九日がどのような意味を持つのか（『阿毘達磨倶舎論』を参照している）、観音とはなにか、また密教の祈禱、まじないなども詳細に解説している。訳語を慎重に選び、音韻をそのままローマ字表記するなど、日本の文化背景を伝えるべく意を尽くしている。

源氏物語で「宿世」は鍵となる概念であるが、これも多くはサンスクリット語源の「カルマ／Karma／宿縁・宿世」としている（ウェイリーはサンスクリット語にも通じていた）。immaculate も Providence も、長大な物語全体で使われたのは、各々四箇所と二箇所。源氏物語の世界に添いながらキリスト教語彙も援用し、英語読者に伝わるよう、そして文学的深みを与えるよう、様々なイメージを繊細かつ重層的に駆使しているのだ。

さて、次いでエクソシスト／exorcist である。映画作品を通じてこの語を知った方も多いかも知れない。有名なところでは、ホラー映画の古典ともいうべきウィリアム・フリードキン監督の『エクソシスト』シリーズ。近ごろ日本でも公開された映画『ヴァチカンのエクソシスト』（ジュリアス・エイヴァリー監督、ラッセル・クロウ主演）。この映画は一九八〇年代の逸話をもとにした作品であるが、ヴァチカンには現在も公認の「エクソシスト／悪魔祓い」の司祭が存在している。ラテン語のエクソルキスムス／exorcismus は、資格ある者の言葉による悪魔祓い、の語意という。

そのエクソシスト、エクソシズムの語が『源氏物語』に登場する、と聞いて、どのように思われるだろうか。以下、三つの場面に使われている。

まずはご想像どおり、六条御息所／レディ・ロクジョウの生き霊が、葵の上にとり憑く場面である（「葵」帖）。

尋常でない苦しみ方をする懐妊中の葵の上。いてもたってもいられず、ゲンジが呼び集めた祈禱師らによって「御《み》すほふや何《なに》やなど」が行われる。「修法《すほう》」とは、いわゆる加持祈禱で、特定の作法を執り行って、密教の本尊の力を現実世界に及ぼそうという祓いだ。この場面で、ウェイリーは「悪魔祓い《エクソシスト》や占術師の術《わざ》が休まず続けられ」と、エクソシズム／exorcism の語を用いている（この祈禱によって、一度は退けられたかに見えたものの怪であるが、葵の上は赤子を産み落とした後、直ぐに息を引き取っている）。

次なるエクソシストの登場は、「真木柱」帖で、髭黒大将／ヒゲクロの正妻、北の方が狂乱に陥る場面である。ヒゲクロはゲンジ邸に引き取られた若い姫君玉鬘／タマカヅラに激しい思いを寄せ、北の方は嫉妬の炎にとり憑かれてしまう。ここでもエクソシストたちが呼ばれる。

> すでに真夜中でしたが、司祭とエクソシスト《悪魔祓い》が呼ばれ、〈とりなしの祈祷〉が本格的に始まりました。

原典では、

夜中《よなか》になりぬれど、僧《そう》など召《め》して加持《かぢ》まゐりさわぐ

である（ちなみにわたしたちが〈とりなしの祈祷〉としたのはservice of Intercessionで、大文字のIntercessionは、ミサ式次第では「共同祈願／General Intercessions」に用いられる。神に直接祈るだけでなく、聖母マリアや聖人、天使などに祈りの取り次ぎを願う、つまり「とりなし」を願い祈るのである）。

エクソシストとは悪魔祓いであるから、ロクジョウの狂乱も、ヒゲクロの北の方の狂乱も、どちらもひとりの身の嫉妬心から出たものではなく、より大きな悪魔の働き、そのための病いや苦悶、と読める翻訳になっている。原典も注意深く読めば、たしかに「例《れい》のしふねき御もののけひとつ」（「葵」帖）となっていて、生き霊も死霊も、その本人とは別の存在なのである。

またこの場面には、「穢れなき／immaculate」の語も見つけられる。玉鬘を訪ねようといそいそ身支度するヒゲクロ。そこへ背後から忍び寄った狂乱の北の方が、いきなり香炉の灰を頭から浴びせかける。全身灰まみれになったヒゲクロは、

こんな状態でタマカヅラの穢《けが》れなき部屋に参上するわけにはいきません。

と、外出を諦めることになる。ウェイリーは「インマキュレト」の語によってタマカヅラに「穢れなき乙女マリア《インマキュレト》」のイメージを重ね、北の方の苦悶を悪魔に憑かれたものとして、鮮やかに対照させて翻訳しているのである。

中世カトリック

三つ目のエクソシストの場面の前にもうひとつ記しておきたいのは、シェイクスピア学者でカトリック司祭のピーター・ミルワード上智大学名誉教授のことばである。

殊に、私はイエズス会の神父ですから、源氏物語における宗教的な意味が非常に魅力的でした。平安時代の宮廷のことがただ描かれているだけではなくて、その時代の仏教や神道などが出てきます。葬儀や悪魔祓いなど、いろいろな種類の祈りが出てきますが、それは中世のカトリックに非常に似ているような気がします。

と、やはり源氏物語の「悪魔祓い」に注目している。またそれを「中世のカトリック」としているところも重要だろう。

ひと口に中世カトリックといっても、千年ほどの幅がある。最盛期は十一世紀から十三世紀、後期は十四、五世紀であるが、ここではおそらく十六世紀宗教改革前までのカトリック、との意であろう。つまりプロテスタントも、英国国教会もまだ分離していない時代である。

　ご存知のようにイギリス国教会は、十六世紀半ばのヘンリー八世の離婚問題に端を発してローマ・カトリックから分離している。ミルワードもウェイリーもイギリス人であり、イギリス国教会の文化圏を背景としているわけであるが、それとは異なる中世カトリックの教義、祭儀、ロザリオなどの聖具の雰囲気を源氏物語に感じ取ったのであろう。

　さてもう一つのエクソシストの場面である。

　物語の後半、ロクジョウの霊がまたも顕れる。この霊は死後もこの世へとさ迷い出て、死霊となって女君らにとり憑く。栄華を極める広大なゲンジの六条院は、六条御息所／ロクジョウの屋敷跡でもあり、「若菜下」で紫の上が斃れるのも、六条院の家霊、地霊／ゲニウス・ロキの為す悪しき術でもあるのだ。

　紫の上危篤の報にゲンジは半狂乱となって、エクソシストたちを呼び集める。すると「よりまし／霊媒」に乗り移った霊が語り出す。わたしを遠ざけたいのなら、悪霊を祓うことばかりを祈ってはならない、と。


　「（……）そうではなく、あなたの回りに壁のようにめぐらせた力ある祈祷師や司祭たちに、わたしの魂が救われるよう、罪が贖《あがな》われるよう、祈らせてください。その延々と続く低い声――炎の舌のごとく攻めたてる祈祷や聖典を読む声――に一時《いっとき》ぐら

ついたからといって、打ちのめしたと思ってはなりません」（傍点筆者）

ところでこの「炎の舌」の表現にも意表を突かれる。炎の舌は、新約聖書の「使徒言行録」では聖霊降臨を表している。父である神、子であるキリスト、聖霊による三位一体のうちの、聖霊である。

五旬節の日がきて、みんなの者が一緒に集まっていると、突然、激しい風が吹いてきたような音が天から起ってきて、一同がすわっていた家いっぱいに響きわたった。また、舌のようなものが、炎のように分れて現れ、ひとりびとりの上にとどまった。すると、一同は聖霊に満たされ、御霊が語らせるままに、いろいろの他国の言葉で語り出した。（二：1〜4）

イエス・キリストの復活から五十日後、炎の舌が天から降りてきて、キリストの弟子たちの頭上に留まる。西洋絵画にもよく見られるモチーフで、これが聖霊降臨である。

源氏物語原典にも「わびしき炎《ほのほ》とのみまつはれて」と「炎」の表現があるが、ウェイリー訳では聖霊の炎へと旋回している。

死霊の訴えは痛切である。わたしの魂を救ってほしい、わたしのために「ミサをあげてください、夜も昼も」と言って姿を消す。身に覚えのないまま犯してしまった数々の罪の贖いを乞うのである。ロクジョウの言葉には、不思議にもキリスト教の祈りの息づかいも感じられるのである。

ウェスタの巫女

こうして思いを残して世を去ったロクジョウであるが、霊はさらに自分のために祈ってくださいとゲンジに託し、こうつけ加える。

「(……)娘は何年もイセで過ごし〈聖なる方《ブレスト・ワン》〉の名も口にできず、それだけでもう充分罪深いのですから」

娘である秋好中宮は斎宮として、数年にわたって伊勢の地で神に仕える。それは仏への罪でもあった、というのである。

ところで、ウェイリーはこの斎宮、斎院を「ウェスタの女神の巫女」と訳している。ウェスタは古代ローマ女神で、かまどの女神として崇拝されていた。かまどの女神、つまり火の女神である。ウェスタ神殿はローマのフォロ・ロマーノにいまも遺跡が残っているが、この女神ウェスタに仕えたのがウェスタの巫女である。伊勢の斎宮や賀茂の斎院が内親王から選ばれていたように、ウェスタの巫女もまた、高貴な家柄の娘がその地位に就いたという。

このように神道に関わる訳語として、ウェイリーは古代ローマ神話の語彙を当てている。これまで見てきた仏教とは異質な世界であることが、語彙の変化から見て取れるのではないか。

神仏混淆については、須磨でのゲンジもまた法華経を唱える日々のなか、同時に陰陽師を召して祓えをさせ、

八百《やほ》よろづ神も　あはれと思ふらむ。犯せる罪のそれとなければ

と、八百万の神に呼びかけるうたを詠んでいる。ウェイリーは数多の神々よ／the myriad Gods と複数形にして、古代ローマの神々らしきものを召喚している。

最後のヒロイン、沈黙するウキフネ

光源氏亡きあとも、『源氏物語』は終わらない。「匂宮三帖」と、「宇治十帖」と呼ばれる帖が続く。

宇治十帖については、文体も本篇とかなり趣が異なることから、作者は紫式部ではない、娘の大弐三位では、など諸説が聞かれる。けれどわたしたちはやはり、紫式部の作品

と考えたい。藤井貞和『物語史の起動』にある紫式部年表のように、式部が十代半ばで物語の試作をはじめたと考えれば（「雨夜の品定め」の原形となるもの）、その後何十年にわたって書き継ぎ、改稿し、四、五十代ごろに宇治十帖へ至ったと考えても良いのではないか。そして「夢浮橋」の結末は、壮麗な物語の果てに紫式部が辿り着いた境地としてふさわしく思われないだろうか。

以前も書いたように、ウェイリーも宇治十帖を「あらゆる面で『物語』全体でもいちばん成功している」と、高く評価していた。心内文が増え、全体に心理小説のような読み心地でもあり、ウェイリー訳は当時のモダニズム文学とも比されることとなる。

物語の中心となるのは宇治の姉妹、大君と中君。そしてゲンジ（あるいはカシワギ）の息子カオルと、孫にあたる匂宮／プリンス・ニオウ。この四人が恋愛模様を織りなしていくが、姉の大君はカオルとの結婚を拒んだまま亡くなってしまう。代わって登場するのが大君と生き写しの異母姉妹、浮舟／ウキフネである。

愛のもつれが読者の興味を牽引してゆくが、物語はいつしかより深い精神世界へと降りていく。ウキフネが物語を通して変容し、やがては物語全体を変容させてゆくのだ。

ウキフネは、ニオウとカオルという当代随一の貴公子二人に、同時に愛される。

雪降りしきるなか、橘の小島へ渡っての逢い引き。匂宮との官能的で心を摑んで離さないシーンが訪れる。しかし板挟みになった彼女は苦悩し、最終的に死を選ぶ。

そうして宇治川に身投げしようとするウキフネだが、これは未遂に終わり救い出されることになる。森に倒れていたところを横川《よかわ》の僧都と、その母と妹、僧都に付き従う若い僧たちに守護されるのである（未遂に終わったものの、まわりの人々が入水と信じるなど、ウキフネにはこの後も水のイメージがつきまとう。ようやく口を開いたときも「河に流してよ」と言うばかりである）。

救われた彼女は、もう宮廷の恋のから騒ぎには戻らない。愛に溺れていたかに見える彼女であるが、都から離れた土地で、僧都らと生活することを誓うのだ。はじめは口をきかず、ものを食べることも拒む。素姓も明かさない。世俗を離れた地で食を断ち、沈黙を守る。

「観想」ということばが、わたしたちの頭に浮かぶ。

カトリック教会でいうところの「観想生活／vita contemplativa」で、「祈りを中心とした孤独と沈黙、労働からなる生活」である。独身を守り、共同体を成し、世俗社会とは生涯関わらない。修道院に入っていればそこから離れない。観想修道会は、数ある修道会のなかでも戒律の厳しさで知られ、修道士／修道女たちは祈りのうちに、沈黙の修道生活を守る。トラピスト会やカルメル会、ベネディクト会が知られるだろうか。フランスのモン・サン・ミッシェルにあるベネディクト会修道院を訪れた方も多いかもしれない。

もちろん、このような修道の生活は仏教にもあるだろう。実際、ウキフネは出家を遂げる。訪れた僧らに懇願し、反対を押し切って髪を削いでもらう。僧は「いみじう泣《な》き給へば、聖《ひじり》心にいといとほしく思ひて」、彼女の願いを果たしてやるのである。

けれどいざベッド・カーテンの隙間から、身を屈めたウキフネの艶《つや》やかな髪が自分たちの足元に流れ落ちてくると、鋏を手にしたまましばし呆然となって、切ろうにもなかなか切れません。

当のウキフネ自身は、俗世を捨てて誓願を立て、こんな幸せは感じたことはない、ついに生きる望みを得たと感じ、

　亡きものに身をも　人をも　思ひつゝ、捨ててし世をぞ　さらに捨てつる

と詠む。

作家の瀬戸内寂聴はこの落飾の場面に触れて、紫式部は宇治十帖を書き出すまえに出家していたはず、と言い切っている。自らの経験に照らしても、ウキフネ剃髪の場面は藤壺の宮などの出家場面とは比較にならないリアリティがある、というのである。『源氏』にあれだけ女の出家を書いている紫式部が、出家しなかったはずはない、と。

『ハムレット』のヒロイン、オフィーリアは、ウキフネと同じく死を選んで水に身を投じている。しかし命を落としたオフィーリアに対し、ウキフネは水のイメージを潜って再生

する。「尼寺へ行け。／Get thee to a nunnery!」とハムレットに突き放されたオフィーリアとは異なり、女性作家である紫式部は、ウキフネに自らの意思で出家の道を選ばせるのである。

彼女が別の次元の生き方を求めているあいだ、俗世の男たちがほかの女君にこころを移し右往左往していることとの、なんと鮮烈な対照だろうか。ウェイリーは第一巻の巻頭に「あなたでしたの、王子さま（……）ずいぶんお待ちしましたわ」のことばを掲げたが、ウキフネは「二人はその後ずっと幸せに暮らしました／They lived happily ever after」という、おとぎ話のお姫さまの道は選ばないのである。

手習の歌姫

異母姉妹たちよりも低い身分の出であり、東国に育ったウキフネは、物語に登場するはじめはまともに歌を詠むことも、楽器ひとつ弾くこともできない。無学な女性として現れる。

ところがその彼女は、「歌姫」として生まれ変わってゆく。

源氏物語に登場する女君たちのうち、物語中で紫の上が詠んだうたは二十三首、明石の君が二十二首、玉鬘が二十首。名歌の多い六条御息所であるが、うたはわずか九首（ものの怪や死霊のうたを含めれば十一首）。そのなかでウキフネは二十六首で、女性登場人物のなかで最も多い。

手習をウェイリーはライティング・プラクティス／Writing-Practiceと訳しているが、手習とは元来「文字を書くことを習う」の意。筆で歌を書き写したり、思うままに文字を書きつけたりするのである。鎌倉初期の物語評論書『無名草子』でも、彼女は「手習の君」と呼ばれ、ものを書く姿はウキフネの表徴である。

「手習」帖で沈黙のうちにうたを綴るウキフネは、聖典を書き写す尼僧にも似る。観想修道会でも、修道士らは聖書や祈禱書の写本という労働に奉仕するが、それをも連想させる態度である。

やがてウキフネのうたは最初の拙さを脱し、深い想いが表現されるようになる。しかもいまや恋愛の贈答歌ではなく、ひとり自らのこころの内に向き合い、これを詠む。内省、観想、そして彼女の祈りとは言えないだろうか。

心こそ　うき世の岸を離るれど、行くへも　知らぬ海人《あま》の浮き木を

尼衣、変はれる身にや　ありし世の形見に袖をかけてしのばん

彼女がいま求めるのは、男女の愛というエロスの愛を超えた、より大きな存在への愛、無償の愛アガペーであるだろう。

しかしいくらウキフネの手習が写本や祈りに似ようとも、彼女はうたを「創作」している。これは創作を続けた紫式部自身の思いにも重なるように感じられる。「源氏供養」のいうように、物語ることは罪かもしれない、神の領域とも言える創作を続けることは罪かもしれないのである。ゲンジの語った「物語論」にも還ってゆくだろう。

それでも出家したウキフネも、また同様に出家したかもしれぬ紫式部も、内面世界を深めながら、創造することを最後まで手放さなかったのではないか。文学的創造を通して、救いの道を求めたのではないか。

いずれにしてもウキフネは都から遠く離れた場所、宇治よりもさらに山深い比叡山の麓というサンクチュアリで、僧都やその母、妹ら尼君たちとのあたらしい共同生活を選ぶ。死の水を潜って再生し、新たな生を歩みはじめる。

『源氏物語』という物語そのものもまた、ウェイリーによって異語、異文化の波を潜り、新たな命を得た、そうは言えないだろうか。水の隠喩を潜り抜けたウキフネが、身を賭して死と再生を果たし、夢の浮橋を渡ったように。

第12章　歓待するレディ・ムラサキの〈らせん訳〉

我らの人生を半ばまで歩んだ時
目が覚めると暗い森の中をさまよっている自分に気づいた。
まっすぐに続く道はどこにも見えなくなっていた。

ああ、その有様を伝えるのはあまりに難しい。
深く鬱蒼《うっそう》として引き返すこともできぬ、
思い起こすだけで恐怖が再び戻ってくるこの森は。

死にまるで変わらぬほど苦しいのだ、
しかしその中で見つけた善を伝えるために、

目《ま》の当たりにしたすべてを語ろう。

（ダンテ『神曲　地獄篇』）

『源氏物語 A・ウェイリー版』全四巻の下訳を終えたときの気持ちは忘れられない。夢中で翻訳していたら、ふいに最終行が現れた。地面が突然消えて崖を踏み外し、宙に投げ出されたようで、しばし呆然となった。このあとも推敲を重ねたのだから、ほんとうの終わりは当分まだ先だったが、とにかく最後の一行に辿り着いたのだ。

四百字詰め原稿用紙に換算すれば、およそ七千枚。「一冊でも普通の本の四冊分ですね」という厚みの全四巻となった。草稿はすべて手書き。この長さ、PCを睨んで訳していたら目がダメになってしまう、と手書きに変えたのだ。コピー用紙などの「ウラ紙コレクション」はたくさんあった。すべての余白を文字で埋めたい願望があって捨てられず、長年貯めてあった紙。そこにジエルペン（まりえは0・7ミリ、恵は0・5ミリ）で訳しはじめた。一帖目の「桐壺／キリツボ」からではなく、すこし物語が乗ってきたあたりを選んで「花宴／フラワー・フィースト」帖からスタートした。華やかな場面に心躍り、二人してウェイリー源氏を訳す楽しさに没入した。ウラ紙が順調に減っていくのも喜んでいたが、ある日、

十二ページ目がない、途中が一枚抜けてるんじゃない？

え、ない？　ないはずない

ないわよ、ない。あなたがもってるはず
わたしのところにもないわよ。さっき渡してなかった？

となり、あちこちの部屋をひっくり返す羽目に陥った。その反省からウラ紙は諦め、ノートに格上げとなった（ちなみに見失ったその訳文は、ウラ紙のウラというか表、半ページの余白に書き込んであったのでした）。

姉妹での共訳。

そう、たしかに二人で翻訳したけれど、わたしたちはいわゆる分業はしなかった。どちらがどの箇所を先に翻訳するかはあっても、それぞれが全文を翻訳したのである。まず「ここを訳したい」という箇所を決めて——たいてい妹が好きなところを先にとってしまう——それぞれが翻訳する。それから相手の翻訳を見ずに、互いに一から翻訳する。さらにその訳文と見比べつつ、原文を見つつ、もう一度翻訳する。その後また訳文を互いに推敲し、交換し……幾度くり返しただろう。

ウェイリー源氏をどう訳すか。イメージははっきりしていたものの、わたしたちの未熟さも手伝って、毎回のようにもとの訳文を完全に書き換えることになり、行間すべてが赤いフリクションペンの修正で埋め尽くされた。とにかく推敲に推敲を重ね、ゲラは細かな文字でいつも真っ赤。

それを担当編集者Tに戻す。赤字が反映された新たなゲラを、ふたたびそれぞれが見直し、ウェイリーの原文を読み直し、『源氏物語』の古典原典、ウェイリーが参照した『湖月抄』や金子元臣『定本源氏物語新解』など注釈書を見てはまた推敲し、ぎっしり赤を入れ、二人のあいだで交換する。

　文章を直されることは、ときに人格そのものを否定されるように感じるもの。フリクションペンで消された自分のことばの痕跡を見つけては、「あのことばダメだった？」など言い合いながらも、そこは姉妹の信頼で、互いの文章をリスペクトしつつ容赦なく、徹底的に直した（なんといっても姉が寛大だったのです、はい）。

　六校、七校、八校……時間の許す限り、ゲラを出してもらっては納得がいくところまで直し続けた。「後悔したくないですから」と、赤字だらけのゲラに嫌な顔ひとつせず根気強くつきあってくれた編集者には、いまも感謝でいっぱいである。

　第一巻の見本ができあがったときは信じられないような思いで、クリムトの接吻の表紙を見つめ、抱き締めて眠った。真っ赤になるまで直していたゲラはもう手元に残っていないが、積み上げたゲラは五十センチ、いや一メートルにもなっただろうか。それでもまだ一巻目。二巻、三巻、四巻と続くのだ。高く聳えるゴシック大聖堂のような物語。尖塔を目指して登っても登っても、渦巻く狭いらせん階段の先は見えず、目眩がする。

　こんな壮大な物語を、一千年前に書いた紫式部はいったいどんな人だったのか。そして百年前、一人で英語全訳したアーサー・ウェイリーとは？　翻訳は、その二人の声に耳を澄ませ、対話することでもあった。

　しかしそもそも、せっかく英語訳された源氏物語を、なぜまたも日本語に訳し戻そうなど思ったのか。そんな酔狂なことを思いついたのか。

＊

「むかしむかし、あるところに三人姉妹がいました」ネムリネズミは大いそぎではじめた。「なまえは、エルシー、レイシー、ティリーです。三人は井戸の底で暮していました」

「暮すって、なに食べて？」とアリス。いつもたべもの飲みもののことが気にかかるんでね。ネムリネズミはちょっと考えこんでから、

「糖蜜《とうみつ》です」

「そんなのむりよ。病気になっちゃうじゃないの」アリスはやさしくたしなめる。

「そうだったんです、三人はひどい病気だったんです」とネムリネズミ。（……）

「どうして三人は井戸の底なんかに住んでたの？」

ネムリネズミはまたちょっと考えてから、「糖蜜の井戸だったんでね」

（ルイス・キャロル『不思議の国のアリス』）


「文学少女」という呼称がいまも有効なら、わたしたちはまさに文学少女だった。母の本棚に並ぶ近代文学、古典作品の蔵書や、父の書斎の専門の病理医学書。家には本が溢れて

いたうえ、読み聞かせや百人一首なども手伝って、文字を覚える前から、ことばや本は、自由な冒険の翼となっていた。興味はどんどん本に傾き、読み耽った。図書館で本を借り、近所にあった坪田譲治の「びわのみ文庫」にも通った（ときおり二階の書斎から、着流しの坪田譲治さんがゆるりと降りていらした）。

たしかに、わたしたちは「糖蜜の井戸」に住んでいたのかもしれない。ことばという甘い糖蜜を舐めながら。

そして実際、ネムリネズミの語る姉妹と同じように、病気がちだったのだ。熱を出しては学校を休み、回復期には枕元に積み上げた本を読む。午後の光のなかにほこりが舞い踊るのを眺め、物語の世界を夢想する。本を読みすぎてまた熱が上がり、母から「読書禁止令」が出る。が、そんなことでは負けない。ふとんに潜り込み、頭から毛布を被って懐中電灯で文字を照らして読む。

『源氏物語』に熱中して、「よるは目《め》のさめたるかぎり、火をちかくともして」と書いた『更級日記』の孝標女と同じ心意気である。実際、『源氏物語』にもそのようにして出会ったのだ。まずは谷崎潤一郎訳の現代語訳を通して。ドキドキしながら、谷崎源氏を捲ったことは、以前も書いたとおりである。

＊

もうひとつ記しておくべきバックグラウンドとしては、わたしたちがカトリックの家庭に育ったことだろうか。生まれてすぐ、もの心がつくまえに二人とも洗礼を授けられた。日曜日ごと、伽藍に響き渡る神々しいパイプオルガンの音色、ラテン語の聖歌、祈禱。クリスマスミサでは、大聖堂の暗闇にひとつ、ふたつ、と蠟燭の火が灯されると、少女の聖歌隊のひとりとなってキャロルを歌う。輝く聖具の数々。イースターには、カラフルな色付きゆで卵。気づけば、それは日常としてそこにあった。幸せな思い出は多々ある。けれど成長するにつれ（反抗心も手伝って）、日本人としての心の有り様との違和を感じはじめたのもたしかだ。

大江健三郎は、ノーベル文学賞受賞記念講演「あいまいな日本の私」で、「開国以後、百二十年の近代化に続く現在の日本は、根本的に、あいまいさ《アムビギュイティー》の二極に引き裂かれている、と私は観察しています」と語っている。

新聞に掲載された大江の講演録。翌朝、記事に飛びついて読んだのを覚えている。そして「二極に引き裂かれている」のことばが胸に刺さった。もちろん大江の捉えた歴史的、文化的文脈は、わたしたちとは異なっていただろうし、自分に引き寄せての勝手な感懐に過ぎなかったかもしれない。また、より「多様」となった現在、事態は西欧と日本という二極ではとうてい済まされないだろう。それでも「引き裂かれている」とのことばに、自分たちの内面の葛藤が照らし出された。

日本人とキリスト教というテーマでいえば、当然ながら遠藤周作がだれより重要な作家であった。ユーモアたっぷりの軽いエッセイも楽しく読んだし、『白い人・黄色い人』にはじまり、『海と毒薬』『わたしが・棄てた・女』『沈黙』『侍』『イエスの生涯』……と、次々作品を追った。ヨーロッパ人のもたらしたキリスト教との格闘や、魂の救いへの問いは、どれも切実な問題としていまも胸に迫る。

評論「神々と神と」は、キリスト教などの一神教と、多神教的日本の精神的風土の相克に迫り、今なお普遍的な問いを発してはいないだろうか。芥川龍之介をはじめ、明治以降日本の近代作家にキリスト教のテーマは散見されれど、ここまで日本人にとってのキリスト教に正面から切り込んだ作家はいなかったと思う。

『私のイエス』で遠藤は、カトリック教徒となったことについて、

私は母親から出来合いの洋服を無理やりに着させられたようなものです。(……)母親がくれたキリスト教という洋服は、あるところは丈《たけ》が長く、あるところはズボンが短く、自分の体には、なかなかぴったりと合いませんでした。西洋の洋服と日本人の私との間には、いつも隙間があったり、ダブダブだったりして、たえずその違和感に苦しみました。

と述べている。けれどなにより心を打つのは(別の著作から引くと)、

私はこの洋服をぬごうと幾度も思った。（……）だがその時でさえ、私はその洋服を結局はぬぎ棄てられなかった。私には愛する者が私のためにくれた服を自分に確信と自信がもてる前にぬぎすてることはとてもできなかった。

（遠藤周作「合わない洋服」）

と書いていること。「愛する者」、つまり洗礼に導いてくれた母のために、彼は苦しい魂の相克を、一生涯、最後まで、けっして棄てなかったのだ。

わたしたちと同じ精神の葛藤に悩みながら、信仰に迷いつつ、一歩一歩、創作を通して前に進むひとがいる、そのことに強く共感し、励まされた。しかし深く共鳴したとはいえ——着物の喩えを続けるなら——わたしたちにとって「西洋の洋服」は、もうまったく違和感を覚えるものではなくなっていた。多少、袖丈は詰めるかも知れない。けれど仕立て直すまでもなく、はじめからわたしたちは洋服を身につけており、むしろ和服のほうが着心地が悪かったのだ。

「神々と神と」が投げかける問いへの答えは、易しくない。

＊

遠藤周作の著作を介して、わたしたちはさらに二人の書き手を知った。

あなたはフランソワ・モーリヤックよね
そう、カトリック作家のモーリヤック
遠藤周作も翻訳している『テレーズ・デスケルー』ね
それでフランス文学を専攻までしたという。ま、フランス語を選んだ理由には、『ベルばら』もあったんだけど……（小声）
知ってる知ってる。そういえば、覚えてる？　それで『ベルばら版　源氏物語』を書こう、とか言ってたこともあった！
オスカルさまが光源氏で、マリー・アントワネットが藤壺妃で、デュ・バリー夫人が六条御息所、ロザリーが夕顔……
……、という辺りでこんがらがって頓挫
あったわねえ、でもそれがウェイリー訳に繫がったかも
出会いのもうひとつは、臨床心理学者・河合隼雄である。ユング心理学を媒介に日本の昔話や神話を分析する様は鮮やかで、新たな視野を切り拓いて目覚ましかった。無意識、集合的無意識という深層に降り立って、自己の統一を見出し、「個」を探索する。さらに集合的無意識をとおして、深い領域で他者と出会い、共感し、共時的にも繫がるのである。
カトリック教徒であり、日本人であることの心性を解くカギを見つけたようで、救われる思いがした。わたしたちが探していたものがここにある、とユングの著作にも手を伸ば

す。ユング自身もまた東洋思想のなかに思索の展開を見出していたのだから、双方向的可能性も発見して感動したものだ。

語りたい河合の著作はいくつもあるが、いまどうしても書いておきたいのは、『源氏物語と日本人　紫マンダラ』である。この一書によってわたしたちは『源氏物語』に出会い直し、ああ、やはり源氏は古典の授業で文法を学ぶためのテクストでもなく、単なる華やかな王朝恋愛物語でもない。わたしたちを生きることの深みへ導いてくれる物語なのだ、と確信した。

神話批評、構造主義批評は古いとされるアプローチかもしれないが、思考を促す糸口としてやはり示唆に富む。河合隼雄は書いている。

『源氏物語』は光源氏の物語ではない。これは紫式部という女性の物語である。（……）

物語を読みすすんでいるうちに、（……）これは「紫式部の物語なのだ」と思いはじめた。そして、全巻を読み終わったときには、光源氏の姿が消え、そこには一人の確固とした人間として存在している紫式部の姿があった。（……）物語に登場する女性群像が光源氏という主人公の姿を際立《きわだ》たせるためではなく、紫式部という女性の分身として見えてきたのである。紫式部という一人の女性が、彼女の「世界」をこのようにして描ききったのだ、と思った。

ユングは、東洋のマンダラを知り、「現代人にとってのマンダラ図形の重要性」を説いている。河合によれば、「ユングは自らの体験を基《もと》にして、精神の病に陥った者が回復してくるときに、自分という存在の統合性や安心感を確かめる手段として、円や正方形などを基調とする図像《ずぞう》が心に浮かんできて、それを描くことが非常に有効であることを見いだした」という。河合は『源氏物語』にも、「紫マンダラ」の円を見たのである。

源氏物語の空間は、たしかにユングが示すような「個」の内面を示す図像として読めそうである。光源氏という光源を中心に、それを取り巻くように存在する女君たち。互いの関わりのなかで、時間をとおして象徴的マンダラ模様を描いてゆくのである。

たとえば同書では女性を「母、妻、娘、娼」と四つに分け、紫式部が創造した女君たちもまた、この分類に添って内界をあらわすものとして示している。

「母」　桐壺更衣、弘徽殿女御、大宮
「妻」　葵の上、紫の上、明石の君
「娘」　秋好中宮、明石の姫君、玉鬘、女三宮、朝顔
「娼」　六条御息所、夕顔、朧月夜

といった具合である（名前の表記は本書前出に従う）。

とはいってもむろん、それぞれの女君が単純に分類されるわけではない。夕顔にも「娘」の要素があり、朝顔にも「娼」の要素が見られる。なにより最重要の存在、紫の上が在る。少女の若紫という「娘」として源氏の前に出現し、やがて「妻」となり、明石の姫君を養女とすることで「母」となる。最後には女三宮の降嫁により「娼」の立場に追いやられたと河合は解し、「娼の世界はしばしば聖なる世界に通じる」としている。

「(……)この世はかばかりと見果《みは》てつる心《(ここ)》ちする齢《よはひ》にもなりにけり。さりぬべきさまにおぼしゆるしてよ。」

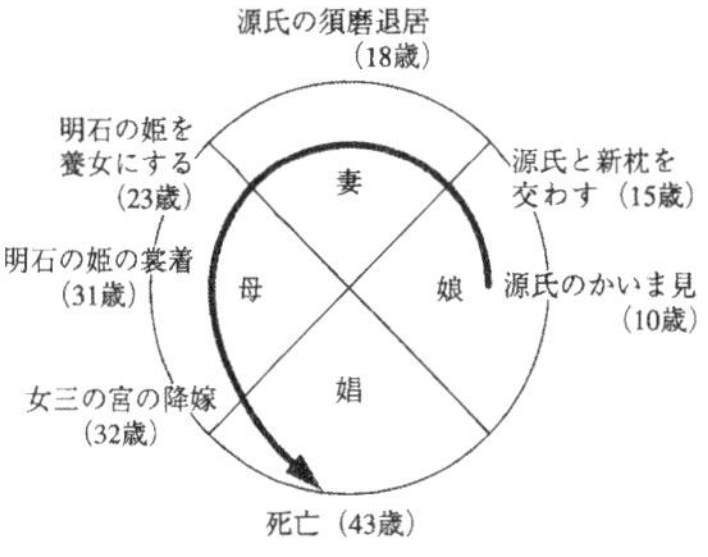

紫の上の軌跡

河合隼雄『源氏物語と日本人　紫マンダラ』より

自らの死を悟った紫の上は、源氏に出家させてほしいと訴える。マンダラ四つの域を経めぐったのちの紫の上には、この世の意味はもう残っていなかったということであろうか。

『源氏物語と日本人』の終わり近くには、作家紫式部自身の「個性化」をあらわすものとして、次ページのような図も掲げられている。「紫マンダラ」をわたしたちも幾度も心に描き、さらには自分たちの物語を重ねようとした。ところが、ど

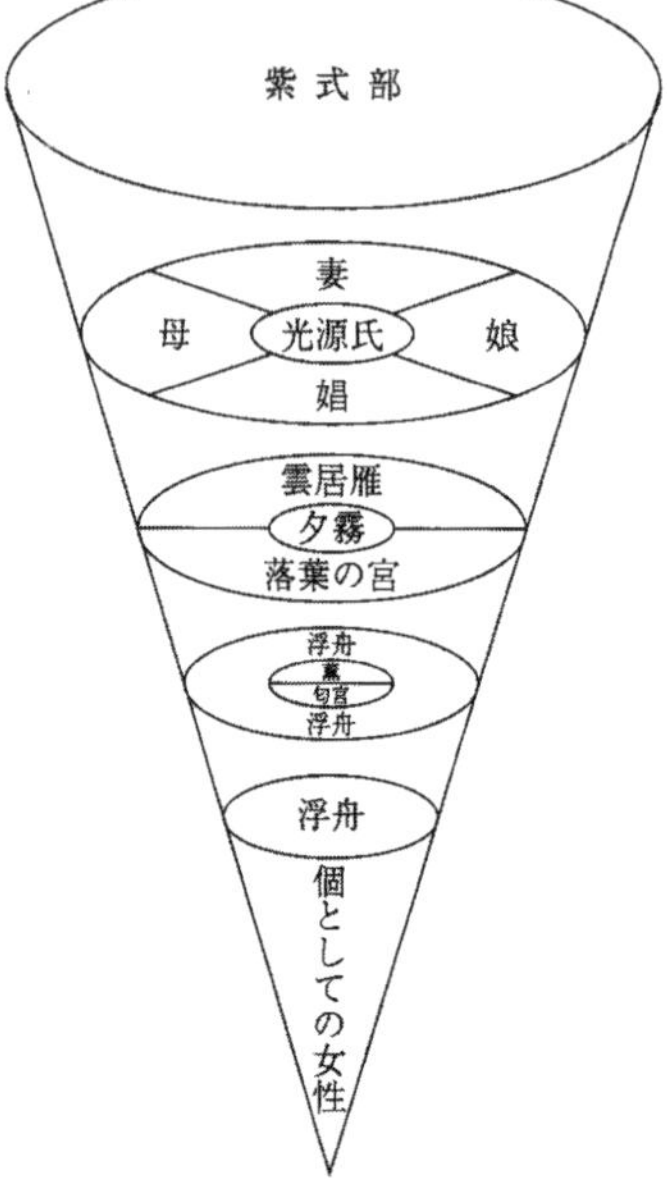

紫式部の個性化

河合隼雄『源氏物語と日本人　紫マンダラ』より

こか上手くいかない。そもそも女性を「母、妻、娘、娼」の四つにカテゴライズして構造化する仕方が腑に落ちないのだろうか？　これは家父長制そのものではないのか？　内なるアニマ＝女性性と、アニムス＝男性性を統合するプロセスとはいえ、無意識層まで降りていってもこの構図から自由になれないのだろうか。

そうであるなら、ほかに『源氏物語』を自己の内面深くに体験し、ともに生きる、より相応しい形はないだろうか。その願いがこころの奥底に、ずっと住んでいたと思う。

そしてある日、ほんとうにある日、どこからか、どちらからか、どうしてか、はじまった。「ね、ウェイリー訳の源氏物語を翻訳しない？」と。そうしてわたしたちの「物語」もはじまった。

＊

思いついてからは二人で盛り上がりに盛り上がり、すぐさま翻訳に取りかかった。面白い。これはぜったいに面白い。いい作品になる。こういう文体にしたい、はっきりしたヴィジョンもあった。出版に関してはいくつもの版元に断られ、なんのあてもなかった。けれどとにかく熱中して翻訳していた。ユングが描いたような「マンダラ」をことばで描くのだと。

途中で止めようと思ったことも、完遂できないと思ったこともなかったし、もし与謝野晶子のように原稿のすべてが焼失しても、わたしたちもなんどでもやる、やり遂げよう、と思っていた。

けれどやはりただ事ではなかった。まずは長い。とにかく長い。とはいえそれはわかり切ったことで、それ自体はあまり苦ではなかった。

知らざりし大海の原に流れきて、ひとかたにやは　ものは　かなしき
（「須磨」帖より光源氏のうた）

自分のまわりを眺めたときのあの、畏懼《いく》と、恐怖と、嘆美との感じを、私は決して

忘れることはありますまい。船は円周の広々とした、深さも巨大な、漏斗《じょうご》の内側の表面に、まるで魔法にでもかかったように、なかほどにかかっているように見え、その漏斗のまったくなめらかな面は、眼が眩《くら》むほどぐるぐるまわっていなかったなら、そしてまた、満月の光を反射して閃くもの凄《すご》い輝きを発していなかったら、黒檀《こくたん》とも見まがうほどでした。そして月の光は、さっきお話ししました雲のあいだの円い切れ目から、黒い水の壁に沿うて漲《みなぎ》りあふれる金色《こんじき》の輝きとなって流れ出し、ずっと下の深淵のいちばん深い奥底までも射《さ》しているのです。

（エドガー・ポー「メールストロムの旋渦」）

「畏懼と、恐怖と、嘆美との感じ」。

源氏を翻訳していた時のわたしたちの感覚を敢えてことばにすれば、「メールストロム」の渦中、まさに「魔法にでもかかったよう」だった、と言えようか。巨大な、得体の知れない渦のイメージが日々出現しては、わたしたちを源氏物語の異界へと運び、のみ込んでいった。

千年前の古典語、百年前の英語、現代日本語の三つの世界。加えて、白居易「長恨歌」や『史記』など中国の古典も現れれば、旧約聖書の世界も、シェイクスピアやイギリスロマン派の詩も、プルーストも現れる。一語、一文を読む度、それぞれの言語やイメージが、瞬時に脳内で旋回しはじめ、どんどん高速になってゆく。その回転に、脳だけでなく

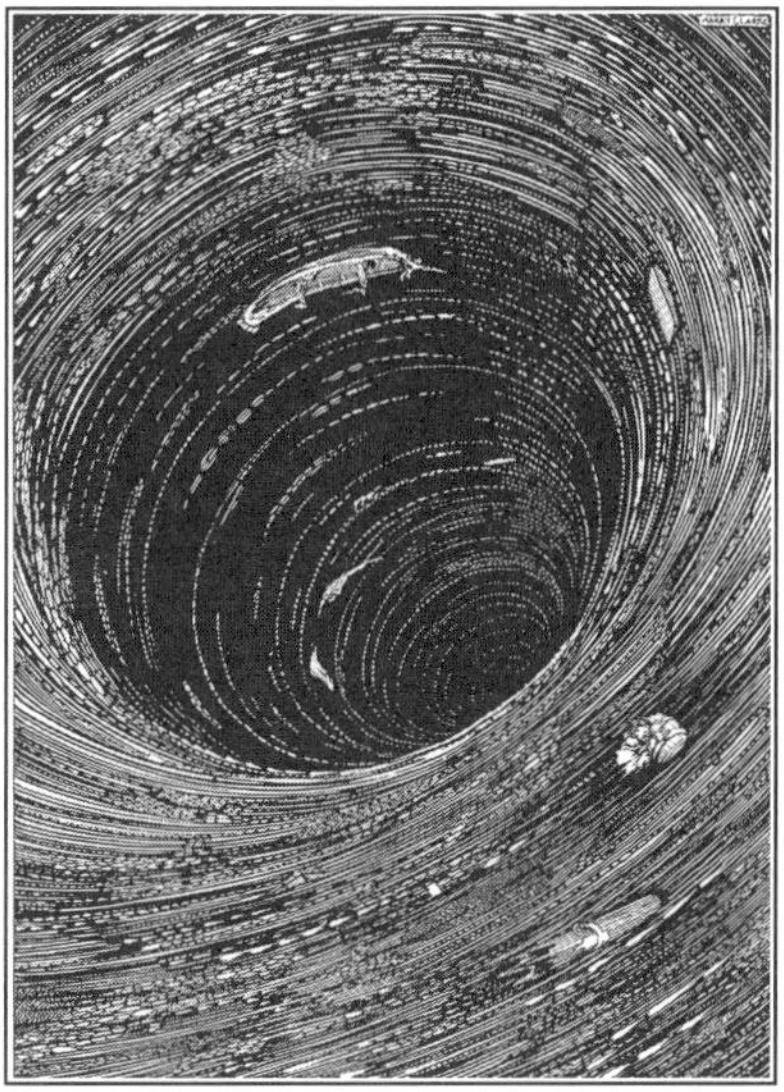

「メールストロムの旋渦」ハリー・クラークによる挿絵（1919年）

身体ごと吸いこまれてゆく。毎日、十時間でも机に向かって、時間と空間が飛び去る渦のさなかに身を投じた。

夜になって眠ろうとしても、回転は加速するばかりで脳が鎮まらない。なんとかそれを宥めて眠りに落ちるのに、何時間もかかった。ものを食べる気にもならず、井戸の底の姉妹のように「糖蜜」を舐めて暮らしていた。

たち花の小島の色は　変はらじを、このうき舟ぞ　行くへ知られぬ

（「浮舟」帖より浮舟のうた）

時空を超え、渦に巻き込まれ、「行くへ知られぬ」わたしたちの舟であった。

＊

「いままで書かれた世界の作品のなかで二指か三指に数えられる最大傑作のひとつ」。ウェイリーは静かにこう言い切ったという。『源氏物語 ザ・テイル・オブ・ゲンジ』の出版を持ち込んだときのこと。ジョージ・アレン・アンド・アンウィン社社主のアンウィンは、源氏に文学的価値はあるのか、と尋ねたのである。ウェイリーの断言を聞いて、その場で出版の決意をしている。

一九二五年五月、『源氏物語 ザ・テイル・オブ・ゲンジ』第一巻が世に出ると、わずか三ヵ月後には二刷、十月には三刷となり、その年のうちにイギリス、アメリカ両国合わせて、六千七百部が発行されている。加えてウェイリー訳からの重訳が相次ぐ。二八年にはスウェーデン語訳とキク・ヤマタによるフランス語訳、その後もオランダ語訳、スペイン語訳、イタリア語訳と続く。

刊行当時の『タイムズ文芸付録』などの新聞書評を見ると、「文学において時として起こる奇跡」「人類の天才が生み出した世界の十二の名作のひとつ」と、驚きと賞讃が寄せられている。

『ザ・ネイション』誌は「十二の名作」に、ラファイエット夫人『クレーヴの奥方』、サミュエル・リチャードソン『クラリッサ』、ラクロ『危険な関係』、ジェイン・オースティン『説得』、コンスタン『アドルフ』、バルザック『幻滅』、スタンダール『パルムの僧院』、フローベール『感情教育』、トルストイ『戦争と平和』、ドストエフスキー『カラマーゾフの兄弟』、プルースト『失われた時を求めて』を挙げ、十二番目にレディ・ムラサキの『源氏物語』を並べている。

メキシコの詩人オクタビオ・パスも、「万葉・枕・源氏」において「『源氏物語』は、世界で最も古い小説のひとつであるばかりでなく、セルバンテス、バルザック、ジェイン・オースティン、ボッカッチオという西洋の偉大な古典作家と比較されてきた」「プルーストに似て、紫式部の特徴となっているのは時間の意識である」などと記している。ヴァージニア・ウルフが一九二五年のイギリス版『ヴォーグ』誌でレディ・ムラサキの完璧さを評したのも、以前紹介したとおりである。

一九七七年に、ルネ・シフェールによる初のフランス語個人訳が出たときにも、「ル・モンド」『ヌーヴェル・オプセルヴァトゥール』では、プルーストやコルネイユ作品の登場人物、トーマス・マンやヘンリー・ジェイムズの名を挙げて『源氏物語』や紫式部を評している。

こうしてウェイリーによって、源氏物語は「世界」へ、「世界文学」へと押し上げられていったのである。

＊

しかしいったい「世界」とは、「世界文学」とはなんであろうか。

秋草俊一郎は『「世界文学」はつくられる　1827-2020』で、「世界文学」がプロパガンダの道具となり、イデオロギーとしてつくられてきたことを明かしている。

たとえばソビエトには、一九六七年から七七年に掛けて刊行された『世界文学叢書』がある。全二百巻、各巻発行部数三十万部、総部数にして六千万部以上。巨大な国家プロジェクトである。目録を見ると、予想に反してアジア、中東、アフリカの古典も含め広汎に選ばれてはいるが、やはり社会主義リアリズムに文学的価値が置かれたのだろう。プルーストも、ジェイムズ・ジョイスも、カフカもいない「世界文学」である。

ゲーテが「世界文学／ヴェルトリテラトゥーア」の語をはじめて用いたとき、これを「国民文学」と対置したのだから、国民国家、国のイデオロギーと切り離せないものとなる運命は避けられなかったかもしれない。ではイデオロギー的側面は無視できないこととして、世界文学のキャノンに加えられ、文学史に残るのは、どのような作品だろうか。

ウェイリーの友人でもあったT・S・エリオットの『伝統と個人の才能』やJ・M・クッツェー『世界文学論集』も引用したいが、ここではやはり『世界文学とは何か？』を引きたい。著者のデイヴィッド・ダムロッシュは三つの定義を示し、二つ目として「翻訳を通して豊かになる作品」を挙げている。この定義に照らせば、『源氏物語』は、各国語への翻訳、重訳、日本語での現代語訳、戻し訳と、いくつもの、いくとおりもの翻訳を重ねながら、読者を拡大し、豊かさを獲得してきたのであるから、世界最初の長編小説と呼ばれる事実を鑑みれば、「世界文学」の名にふさわしいだろう。ダムロッシュも、同書で源氏物語の一連の翻訳に触れている。

もうひとつ、世界文学論の現在地を示すレベッカ・L・ウォルコウィッツ『生まれつき翻訳』を繙けば、「多くの小説は（……）、当初から翻訳を見越して書かれている」と、「生まれつき翻訳／ボーン・トランスレーテッド」の語を提案している。これはもちろん副題にあるとおり現代小説を指してのことで、翻訳も含んだ世界文学「システム」を語っているのである。

けれどここでわたしたちは『源氏物語』を想定し、「優れたテクストは本来的に翻訳を、つまりは複数の言語の可能性を含んで誕生する。過去にも未来にも、「世界」にも開け放たれている」と言ってみたい。ベンヤミンを引けば、「原作には翻訳の法則がその翻訳可能性として内含されている」のであるから。

十一世紀に生きた紫式部にとって、「世界」の概念はどの範囲まで及んでいただろうか。朝鮮半島、中国や渤海国への知識は当然として、『源氏物語』にも登場する『竹取物語』の天竺／インド、シルクロードを通じて文物が往来していたペルシャ、さらにその向こうのヨーロッパ大陸や、後にイングランドと呼ばれる島国は？

紫式部はよもや、これほどの言語に翻訳されるなど想像もしなかっただろう（現時点で三十以上と言われる）。けれど『源氏物語』のテクストには、それを可能とする普遍性が埋め込まれていた、それこそ「生まれつき翻訳」ではないか、と思うのである。

＊

世界中は同じ言葉を使って、同じように話していた。（……）彼らは、「さあ、天まで届く塔のある町を建て、有名になろう。そして、全地に散らされることのないようにしよう」と言った。

主は降《くだ》って来て、人の子らが建てた、塔のあるこの町を見て、言われた。

「彼らは一つの民で、皆一つの言葉を話しているから、このようなことをし始めたのだ。これでは、彼らが何を企てても、妨げることはできない。我々は降って行って、直ちに彼らの言葉を混乱させ、互いの言葉が聞き分けられぬようにしてしまおう。」

（「創世記」十一：1〜7）


十六世紀フランドルの画家ピーテル・ブリューゲルは、〈バベルの塔〉をらせん構造で描いた。天へと向かって上へ上へと築かれていく塔は、神の怒りに触れて完成をみない。しかも人間の言語は混乱し、意思疎通が不可能になってゆく。人々はらせんの渦のなかで互いを見失い、散らばってゆくのである（ここでジャック・デリダの講演「バベルの塔」を思い出しても良いだろう）。

ローレンス・ヴェヌティは『翻訳のスキャンダル』などの主著で、翻訳を「同化／受容化domestication」と「異化／foreignization」の二方向に分類した。「同化」は、翻訳先の文化に「同化」させて受容する方法であり、「異化」は異質な文化を異質なまま翻訳する方法だろう。

ブリューゲルのバベルの塔（1568年頃）

この分類に従えば、ウェイリーによる源氏は「同化翻訳」に当たる。先に引いた『世界文学とは何か？』のダムロッシュも、ウェイリー訳を「同化翻訳」と捉えて名訳とする一方で、「エドワード朝風の散文の暖かな輝きに浸りきっている」と、やや批判的な調子で書く（一方ロイヤル・タイラー訳は、厖大な脚注によって「異質さを強調」しながら、忠実ですぐれた訳になっている、と評価している）。

しかし、翻訳はいまやオリジナル言語から他言語へという「同化」「異化」の二極に収まらないのではないか。同じ作品の翻訳自体もくり返されるうえ、なによりアダプテーション作品が誕生するなどジャンル横断的であり、一作品をめぐる交通は複言語的、複線的、かつ双方向的、時に絡まりあって、創造的混沌をも生む。
果たして拙訳『源氏物語 A・ウェイリー版』は「同化翻訳」だろうか、「異化翻訳」だろうか。
どっちかしらね？　どっちにも当てはまらない感じ？
ウェイリーの翻訳だって「同化翻訳」と言っていいのかどうか
ちゃんと「異化」もしているものね
かなり。そしてさらにそれを〈戻し訳〉したわたしたちの訳はどうなのかしらね？
プリンス、プリンセス、ワインやフルート、シターン……ウェイリー訳にあった「異質性」を残したということでは「異化」？
それに古典語に完全には戻さなかったとはいえ、古典原典への「同化」も起きているはずよね
そう、すくなくとも翻訳した日本語話者であるわたしたちが、平安時代の狩衣や烏帽子や十二単、寝殿造りの御殿や牛車などを、いっさい頭に描かず、完全に排除して『源氏物語』という古典作品に向かうことは不可能であった。ここには二重、三重に捩れた異質性が残っている。だから〈らせん訳〉のことばで考えてみよう、と思ったのである。
第2章のくり返しになるが、これはヘーゲルが「事物はらせん的発展」を遂げる、と論じたことに依っている。

わたしたちの翻訳も、日本の古典、ウェイリーの英語訳、拙訳と展開している。当然、これは単純に過ぎる図で、この三点だけをめぐる「らせん」ではありえず、さまざまな文化背景や言語がここに含まれる。その後も続いたウェイリー訳から他言語への重訳——セルビア語、ヒンディー語、パンジャビー語、ハンガリー語、ウルドゥー語——それぞれの言語、文化も含まれてはいないだろうか。

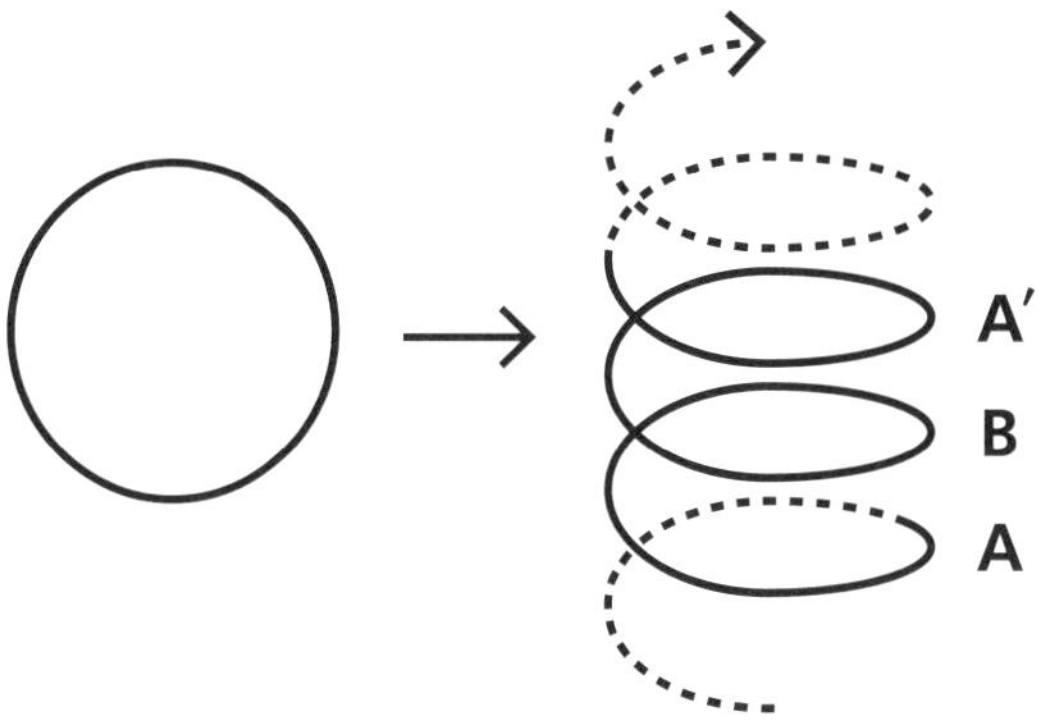

　わたしたちはさらに思考をめぐらせる。ではらせんの先は、上の図のスプリングコイルのように同円周を回っているだろうか。それとも上昇して閉じていくのだろうか。

　二十世紀のカトリック思想家、古生物学者のピエール・テイヤール・ド・シャルダンは、宇宙は上昇して進化し、「オメガ点／Ω点」へと向かっている、と説いた（シャルダンのこの思想を反映して小説を書いたフラナリー・オコナーにも、「高く昇って一点へ／Everything That Rises Must Converge」という短篇がある。つまり「一点へ収斂する」のである。オコナーは大江健三郎も深く信頼した作家で、この短篇についてもよく触れている）。源氏物語のらせんの先は、ど

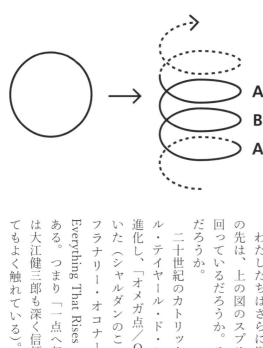

こへ向かうのだろう。

*

「らせん」は、DNAの細胞核の染色体にもみられる。人間だけでなく、地球上の多くの生物が、らせん状のDNAを持ち、そこには遺伝子情報が埋め込まれている。生物の設計図である。しかもそれは二重に重なって鎖のごとく連なり、絡み合う。

つまりわたしたちは、自分自身の身体にこの形状を内包し、遺伝子情報などを受け取り、伝達しているのである。

また言語そのものにも「らせん」が内在していると言えないだろうか。源氏物語研究者で詩人の藤井貞和は、『源氏物語』をはじめとする物語や文学空間を支えるエレメントとして、古典語の言語態を分析し、これを生物体のような動態として捉えている。

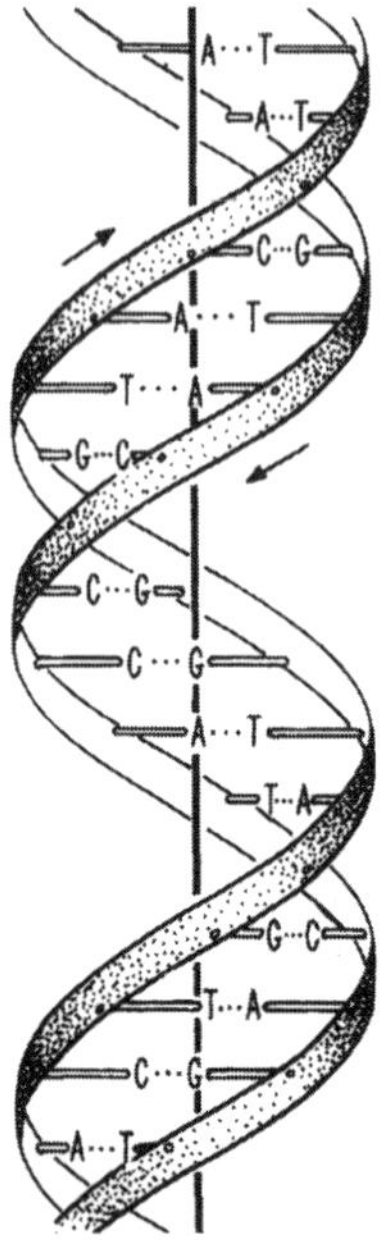

1953年にワトソンとクリックが発表したDNAの二重らせん。ジェームズ・D・ワトソン『二重螺旋 完全版』より

『文法的詩学』などの著書で日本語の始原である古語へと遡り、機能語をkrsm立体として示す。

左図は古典語の過

去や完了形の助辞、助動辞の働きを図示したもの。古典文法の解説を要するので詳細は割愛するが、ここでは転回する三角錐のイメージを受け取ってほしい。さまざまな機能語が動的に連関し合う様は、間違いなく「らせん」のヴァリアントではないか。

藤井は、この立体は「人類全体が共有するもの」であり、「脳内に、ウクライナの子も、古日本人も、カンボジア人も、個体である限り、人類全体から押しいただく」としている。「時代時代ごとの発展途上のkrsm立体が、だれもの細胞内に分与される」と。

そもそも、源氏物語という物語空間そのものが、らせんを描いていないだろうか。白居易の「長恨歌」を出発点に、いくつもの相似的モチーフがくり返される。例をあげれば、藤壺妃をはじめとする「むらさきのゆかり」の女君たち。大君の似姿、人形《ひとがた》として現れる最後のヒロイン浮舟。母のない子の物語、運命を担って生まれる「不義」の子、姉妹、生き霊、垣間見

古語の助動辞「き、り、し、む」の関係性を示すkrsm立体

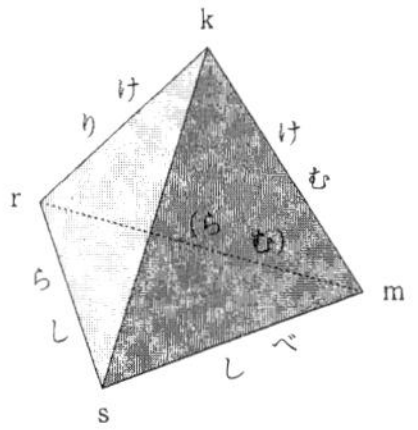

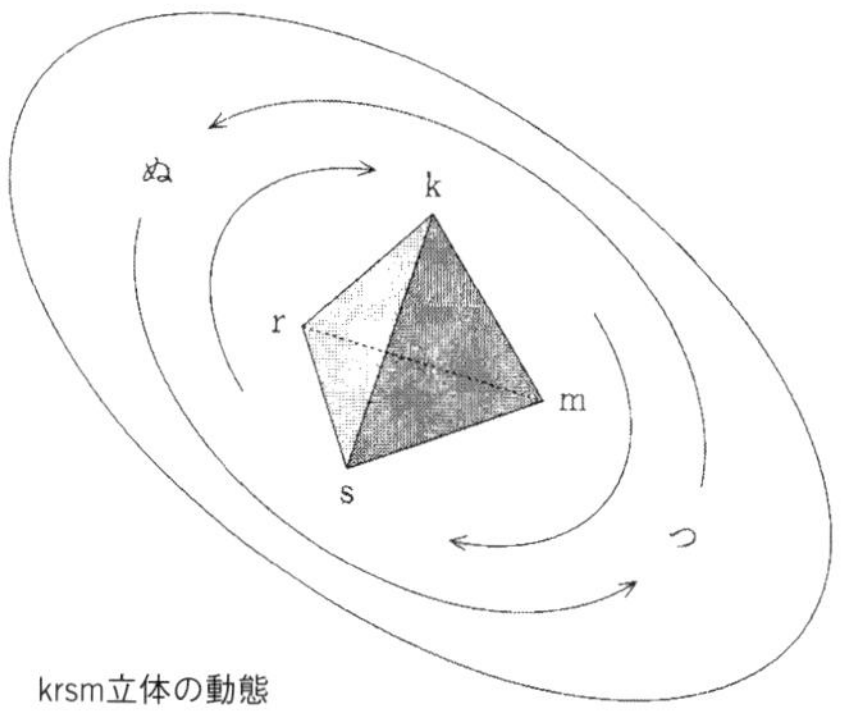

krsm立体の動態

藤井貞和『日本語と時間　〈時の文法〉をたどる』より

……。ゲンジを中心に、エンペラー四代、七十五年にわたる物語は、四百三十余りの登場人物によって、らせん状に、壮大な「人間マンダラ」を描くのである。

DNAも、言語態も、また言語が支える架空の物語空間全体も、終わりなく、澱まず未来に向かって「らせん」状に転回しているのではないか。

＊

翻訳を止めようと思ったことは一度もなかったとはいえ、幾度も不安に襲われた。ほんとうに出版してもらえるだろうか、倒れることなく、全巻成し遂げられるだろうか。

精神医学者のアンリ・エランベルジェは、「クリエイティヴ・イルネス」つまり「創造の病」という考えを提唱した。重い心の病を患った者は、それを克服する過程で、あるいはその後に、創造的な大きな仕事をする、ということである。このことばに出会ったのは、河合隼雄の著作を通してであった。彼は「創造の病」を、身体的病も含めて捉えている。たとえば夏目漱石は「修善寺の大患」と呼ばれる病から恢復したのち、後期の傑作群を生み出している、と。

さて、もともと身体の弱かったわたしたちであるが、十代の後半に大きな病に倒れることとなった。ブロンテ姉妹ではないが、わたしたちも先が長くはないのでは、と覚悟した。それからの闘病、療養生活は長く辛いもので、多くの扉が目の前で閉じられた。それでも希望が捨てられず、無理をしては倒れ、起きあがってはまた倒れして、けっきょく長い横臥生活を耐えることとなった。

そんなくり返しの果てに、俳句や詩を書きはじめ、ついに『源氏物語 A・ウェイリー版』のプロジェクトがはじまったのだ。二人で話し合い、語り合い（ときには泣きながら）、決意したのである。病気になって、すでに三十年の月日が経っていた。

『源氏』の翻訳を始めた瞬間から、私は作者がすぐそばにいるような気がしていた。そして、絶えず頭の中で彼女と対話した。「要点の半分が失われました」と、彼女は言うのだった。

ウェイリーの死後に、自宅の引き出しから見つかった未発表原稿。くり返し読むうち、レディ・ムラサキが、そしてウェイリーが、より一層親しく、ときに厳しく、わたしたちに直接語り掛けてくるようになった。

「もしそれ以上うまくできないのなら、すべて諦めるべきでしょう」ウェイリーと紫式部が声を合わせて言う。

「そうです」と、わたしたちはうなだれる。「たしかにこれでは源氏物語の真価を表せていません。わたしたちがどう苦心しても到底及ばないのです。もし、もっと上手に訳せる人をご存知なら……」
「そこがまさに困ったところなのです」とレディ・ムラサキとウェイリーが笑ってい う。「いまのところ、ほかに心当たりがないのです。あなた方が続けるしかありませんね」

百年前のイギリス。ひとり孤独に、紫式部と対話しながら、千年前の未知の国の物語と向かい合ったウェイリー。「あなたが続けるしかありませんね」のことばにわたしたちも励まされ、涙し、ふたたび翻訳に向かったのである。紫式部の声に耳を澄ませながら、ウェイリーの声に耳を澄ませながら。

そうしていま思っている。わたしたちの『源氏物語』もクリエイティヴ・イルネスから生まれ、ここまでの長い道のりこそがわたしたちの治癒への物語だったのだ。だからこそ自らの非才、非力を遥かに凌ぐヴィジョンとエネルギーが与えられ、完結が叶ったのだ、と。

わたしたちの「らせん」は集合的無意識の深層へ、さらなる深みへと渦巻き下降していくだろうか。あるいは高く昇って一点へと向かうだろうか。それは多言語、多文化、すべての混沌、葛藤、相克を巻き込みつつ、その先端を中空に光る新芽のようにゆらめかせ、さらに遠くへと伸びあがろうとしている。

翻訳していたあいだ、らせんに巻き込まれつつ、わたしたちは不思議な多幸感に包まれていた。
ああいう幸福感は、二度と味わえない気がする
そうなの、ほかの翻訳をしていても、あんな気持ちにはならないのよ、不思議と
そう、紫式部がずっと、わたしたちの側にいてくれた気がしたのよね
そしてウェイリーも
もちろんよ、ウェルギリウスがダンテを導いたみたいに
ウェイリーの英語を読んでいるとき、幸せだったわよね。リズムがあって音楽的で、美しくて、登場人物が生き生きしてして
『源氏物語』を愛して、のめり込んで訳しているのが伝わってくるのよね
天にいるレディ・ムラサキが、彼に託しただけのことはある
わたしたち話が合ったと思う。源氏物語の話をいくらでもできたわよ、きっと
それにしても『源氏物語』はすごい物語、あらゆることを受け入れてくれる
悲しいことも、苦しいことも、うれしいことも喜びも
どの登場人物も好きになったわよね。姉妹がたくさん出てきて親近感が湧いたし、みんな姉妹という気持ちよね？
レディ・ムラサキのティーパーティに招かれていた気がする
そうよ、だれもが招かれているのよ、紫式部に
たとえば「花宴」みたいにね……

レディ・ムラサキはその日、南宮殿《サザンコート》の桜の大樹のもと、ティーパーティを催しました。その日は美しく晴れわたり、春の光が眩しいほど豊かに降り注いでいます。樹々には小鳥が囀っていました。

レディ・ムラサキを囲んで、ゲンジ、紫の上をはじめとする物語のひとびとが、にこやかにテーブルについています。アーサー・ウェイリーもいます。すべての源氏物語の翻訳者、研究者も顔をそろえ、笑顔。物語を読んできたあらゆるひとたちが、満開の花のもとに集ったのです。いいえ、レディ・ムラサキの世界には、だれもが招かれ「歓待」されるのです。まだ本の扉を開いていないひとさえも。

来賓のかたがたはお題をいただいて、それぞれ詩作を始めました。ゲンジは「春」を賜り、よく鳴り響く澄んだ声でその兼題を読み上げます。

音楽にも趣向が凝らされました。〈春のナイチンゲールの囀り／春鶯囀〉の麗しい舞いが披露されます。

夕暮れになると、ゲンジが〈ダンス・オブ・ブルー・ウェイブス／青海波〉の、袖を翻す幾差しかをしずしずと舞いました。

沈みゆく金色の夕日が、ゲンジに降り注ぎ、ふと楽の音が高まるその妙なる瞬間。これほど眩いものを見たことがあるでしょうか。そして舞いの最初の一差しに続くその歌声は、迦陵頻伽《カラヴィンカ》の歌声もかくやとばかり、甘く澄み渡っていたのです……

あとがき

レディ・ムラサキとは、一体だれでしょう。

そう、紫式部のこと。

世界ではじめてレディ・ムラサキの『源氏物語』を英語全訳したのは、イギリス人のオリエンタリストで詩人のアーサー・ウェイリー。今からおよそ百年前、ウェイリー訳『ザ・テイル・オブ・ゲンジ』は、イギリスの文壇に彗星のごとく登場しました。

はじめてウェイリー訳を読んだ時の感動と衝撃は忘れられません。わたしたちが知っていたはずの光源氏が、シャイニング・プリンスとなって新たな光を放っていました。モダニズム期の英語で語り直された平安の物語は、イギリス・ヨーロッパやオリエンタルな味わいを纏いつつも、その真髄を伝えていたのです。

世界が知るこの英訳『ザ・テイル・オブ・ゲンジ』を姉妹で現代日本語に翻訳しよう、ある日わたしたちは思い立ちました。

翻訳に熱中したものの、版元探しは難航。いくつもの出版社に断られました。それでも熱意は衰えず、源氏物語のぶ厚い本を抱え、炎天下も出版社を巡り歩きました。ついに「全訳ならやりましょう!」との言葉に、二人で快哉を叫んだものです。

嬉々として始めた訳業はしかし、茨の道でもありました。本著でも引用しましたが「目が覚めると暗い森の中をさまよっている自分に気づいた。／まっすぐに続く道はどこにも見えなくなっていた」という、まさにダンテ『神曲』の気持ち。一行一行、一語一語に立ち止まり、訳語を考えました。何度も話し合いました。

不思議にも互いのヴィジョンは一致していて揺るがなかったのですが、大伽藍のごとき「源氏物語」を築いていくには、梁ひとつ、釘一本とて疎かにはできません。暗い森に迷い込み、素手で茨を掻き分け、わたしたちは歩を進めてゆきました。

「翻訳の苦労話を聞かせてください」

「どのように分担したのですか」

「お二人は、喧嘩はしませんでしたか」

『源氏物語 A・ウェイリー版』の全四巻が完結したのち、取材や講演会などでご質問を頂きます。

「分担分業はしなかった」「一度も喧嘩はしませんでした」と答えると驚かれますが、そこはやはり姉妹力でしょうか。世界の片隅で二人だけで完遂するためには、不和の入り込む隙間などなかったのかもしれません。それほど源氏物語にのめり込んでいました。三年半のあいだ（病気で臥せった時以外は）休みなく、一日十時間ほど机に向かいました。とはいえ時にはなかなか集中できず、スマホの電源を切って引き出しの奥深くしまい込んだこともあります。終わりまであと何行、あと何ページと、幾度数えたでしょう。

一日一食しか取らなかったこと。編集者との打ち合わせが深夜に及び、頼みのファミレスまで追い出されたこと。路駐の車内の暗がりでゲラの確認をしたこと。最後はまったく眠れなくなり、夢うつつに龍が昇る夢を見たこと。さまざま思い出されます。

ウェイリー源氏には、多くの発見と啓示がありました。千年前の日本の物語が英語読者に伝わるよう、ウェイリーは肺肝を砕いていたのです。翻訳する過程で、わたしたちはその文学的重層性に気づくようになりました。紫式部自身が引用した白居易の漢詩をはじめとするアジア文学、ヨーロッパ言語に翻訳された「千夜一夜物語」などの「オリエント」文学、ギリシャ・ローマ神話、聖書、ヨーロッパ文学のキャノンとされる詩や小説、プルースト、ウェイリーの友人ヴァージニア・ウルフ、T・S・エリオット等のモダニズム作品……

自分たちが読んできた膨大な書物、その言葉たちの記憶が、ガラスモザイクの破片のようにわたしたちの内部で色鮮やかに照らし合い、輝き出したのです。

これは単なる「翻訳」ではない。単に英文を日本語に置き換えているのではない。わたしたちはまったく異なる「翻訳」を生きている、と感じました。千年という気の遠くなるような年月を生き延びた物語は、ウェイリーという鬼才によって見出され、言葉を磨かれ、世に送り出されていた、だからこそ源氏物語は「世界文学」としての普遍的姿を顕し、そのカノンの峰々に連なることになったのだ、と。

ではその再翻訳とは何か、そう考えたわたしたちは、一つの言葉にたどり着きました。〈らせん訳〉

世界の文学作品、言葉たちは、翻訳を通しても照らし合っています。その多面的で色彩溢れる光は、数百年、数千年、数万年、いえ言語の発源の場まで遡及できるかもしれません。わたしたちはそのさまを〈らせん訳〉と呼んでみよう、と思ったのです。まさに目が眩む「らせん」です。

ウェイリー源氏の森には、人知れず埋もれた宝が密やかに光を放っていました。けれどわたしたちは翻訳に没頭して先を急ぐあまり、多くの宝を振り捨て旅路の終わりを目指しました。今回わたしたちは、圧倒的で畏れを覚える森に舞い戻り、半ば埋もれていたガラス片をひとつ、またひとつと掘り出し、掌に載せ、見つめ直しました。小さな鈍い光を探しだし、磨きあげたのです。どれもわたしたちにとって掛け替えのない宝もの、新たな発見の喜びに満ちていました。

その宝をいま、読者の皆さまに差しだそうとしています。

『源氏物語　A・ウェイリー版』の翻訳では、けっして原典から逸脱したことはありませんが、ウェイリーと同じくトランスクリエーションと名づけたい創作的営為でした。本書もまたわたくしたちにとって、批評と創作のあわいのごとき創造的共作となりました。

連載の機会がなければ、「暗い森」にふたたび踏み入る勇気は生まれなかったかもしれません。貴重な発表の場を与えてくださった「群像」編集部、特に戸井武史編集長、須田美音さん、あたたかな励ましとともに連載を伴走してくださった担当編集者の大西咲希さんに、心からのお礼を申し上げます。不思議なご縁で結ばれた書籍化担当の見田葉子さんにも、感謝を伝えたいと思います。また今回もクリムトの輝かしい装画で本を花開かせてくださった松田行正さんにも、感謝申し上げます。

この訳業、そして『レディ・ムラサキのティーパーティ』執筆が、どれほどの幸福に満ちていたかも申し添えたいと思います。レディ・ムラサキの描いたこの物語世界は途方もなく魅力的なもので、わたしたちの人生を新たな光で満たしてくれました。

ウェイリー源氏と出会って日本文学研究者となったドナルド・キーンさんに、「姉妹の素晴らしい仕事です」との言葉を頂いたのも、忘れ難い幸せな出来事です。

源氏物語は、書かれた当初こそ平安貴族の小さなサロンのものだったかもしれません。けれどこの物語宇宙は時空を超え、だれをも等しく招いています。源氏物語はすべての人に開かれているのです。千年の時を超え、戦禍も疫病ものり越えた物語には、生老病死が描かれ、愛に満ちています。

『ザ・テイル・オブ・ゲンジ』の秘密と魅力を伝えたいという、わたしたちの希望の一書として『レディ・ムラサキのティーパーティ』は誕生しました。わたしたちが心躍らせた知的冒険をひとりでも多くの方に共に味わって頂けたら、と願っています。不穏と不安に覆われた時代にあって、時空を超えた物語が皆さまの心を照らしますように。

レディ・ムラサキのティーパーティへ、紫式部の花の宴へ、ようこそ。

二〇二四年一月

毬矢まりえ
森山恵

主な参考・引用文献

第1章

『源氏物語 A・ウェイリー版』全四巻、毬矢まりえ、森山恵訳、左右社、二〇一七～二〇一九年。＊以下、ウェイリー源氏の引用は同書より。なお、文脈に合わせて語尾や表記を変更している箇所があります。また引用の『源氏物語』和歌は、同書監修の藤井貞和の表記に従うものとします。

『源氏物語』全九巻、柳井滋ほか校注、岩波文庫、二〇一七～二〇二一年。＊以下、古典原典の引用は同書より。

宮本昭三郎『源氏物語に魅せられた男　アーサー・ウェイリー伝』新潮選書、一九九三年。

井原眞理子「ハイゲイト探訪記」『世界の源氏物語』ランダムハウス講談社、二〇〇八年。

平川祐弘『アーサー・ウェイリー　『源氏物語』の翻訳者』白水社、二〇〇八年。

吉川幸次郎、桑原武夫『新唐詩選続篇』岩波新書、一九五四年。

上野英二『源氏物語と長恨歌　世界文学の生成』岩波書店、二〇二二年。

中西進『源氏物語と白楽天』岩波書店、一九九七年。

ヴァージニア・ウルフ『自分ひとりの部屋』片山亜紀訳、平凡社ライブラリー、二〇一五年。

――「この美しい世界　レディ・ムラサキの完璧さ」(『ヴォーグ』一九二五年七月下旬号、源氏物語書評)『源氏物語 A・ウェイリー版』第四巻、毬矢まりえ、森山恵訳、左右社、二〇一九年。

Woolf, Virginia. *The Essays of Virginia Woolf* Volume IV: 1925-1928. Ed. by Andrew McNeillie. The Hogarth Press. London.

T・S・エリオット『荒地』岩崎宗治訳、岩波文庫、二〇一〇年。

マキアヴェッリ『君主論』河島英昭訳、岩波文庫、一九九八年。

Waley, Arthur trans. *The Tale of Genji*. London, George Allen & Unwin, 1925.

――. *The Tale of Genji*. Vermont, Tuttle, 2010.

——. *A Hundred and Seventy Chinese Poems*. London, Constable and Co., 1918.
——. *Japanese Poetry: The 'Uta'*. Oxford, Clarendon Press, 1919.
——. *The Noh Plays of Japan*. Vermont, Tuttle, 1976.
De Gruchy, John Walter. *Orienting Arthur Waley: Japonism, Orientalism, and the Creation of Japanese Literature in English*. University of Hawai'i Press, 2003.
Morris, Ivan ed. *Madly Singing in the Mountains: An Appreciation and Anthology of Arthur Waley*. New York, Walker and Co., 1970.
Eliot, T.S.Collected Poems 1909-1962. London, Faber and Faber, 2002.

第2章

プルースト『失われた時を求めて』1〜6、高遠弘美訳、光文社古典新訳文庫、二〇一〇〜二〇一八年。

カズオ・イシグロ『日の名残り』土屋政雄訳、中央公論社、一九九〇年。

堀辰雄『風立ちぬ・美しい村』新潮文庫、改版一九六七年。

中村真一郎『王朝物語』新潮文庫、一九九八年。

ヘーゲル『歴史哲学講義』上・下、長谷川宏訳、岩波文庫、一九九四年。

長谷川宏『ヘーゲルの歴史意識』講談社学術文庫、一九九八年。

ローレンス・ヴェヌティ『翻訳のスキャンダル　差異の倫理にむけて』秋草俊一郎、柳田麻里訳、フィルムアート社、二〇二二年。

『東京学派と日本古典　源氏物語をめぐって』中島隆博、木村朗子、毬矢まりえ、森山恵、ポール・シャロウ、寺田澄江、藤井貞和、高木信、東京大学東洋文化研究所、二〇二一年。

吉川一義「プルーストのさんざし」東京都立大学人文科学研究科人文学報、Vol.246, March, 1993, pp.85-109.

Proust, Marcel. *In Search of Lost Time*. Trans. C. K. Scott Moncrieff, Terence Kilmartin, and Andreas

Mayor, New York, Modern Library, 2003.
Pinnington, A. J. "Arthur Waley, Bloomsbury Aesthetics and *The Tale of Genji*." フェリス女学院大学紀要 Vol.23, March 1988, pp.41-73.
Murray, Paul R. "The Concept of Time in The Tale of Genji and Remembrance of Things Past." 大分県立芸術文化短期大学紀要 Vol.30, December 1992, pp.123-129.

【追記】 佐復秀樹訳『ウェイリー版 源氏物語』全四巻（平凡社ライブラリー、二〇〇八～二〇〇九年）という貴重な仕事があることを附記し、ここに氏への敬意と感謝を記しておきたい。

第3章

ハルオ・シラネ『夢の浮橋　『源氏物語』の詩学』鈴木登美、北村結花訳、中央公論社、一九九二年。

河添房江『源氏物語と東アジア世界』日本放送出版協会、二〇〇七年。

多和田葉子『地球にちりばめられて』講談社文庫、二〇二一年。

――『エクソフォニー　母語の外へ出る旅』岩波現代文庫、二〇一二年。

河合隼雄『源氏物語と日本人　紫マンダラ』講談社＋α文庫、二〇〇三年。

高津春繁『ギリシア・ローマ神話辞典』岩波書店、一九六〇年。

マイケル・グラント、ジョン・ヘイゼル『ギリシア・ローマ神話事典』西田実主幹、大修館書店、一九八八年。

ブルフィンチ『ギリシア・ローマ神話　付インド・北欧神話』野上弥生子訳、岩波書店、一九七八年。

トマス・ブルフィンチ『完訳ギリシア・ローマ神話』上・下、大久保博訳、角川文庫、二〇〇四年。

バーナード・エブスリン『ギリシャ神話　神々と英雄たち』三浦朱門訳、社会思想社、一九八九年。

『元型と象徴の事典』アーキタイプ・シンボル研究文庫／ベヴァリー・ムーン編著、橋本槙矩ほか訳、青土社、一九九五年。

モリエール『ドン・ジュアン　もしくは石像の宴』鈴木力衛訳、岩波文庫、改版一九七五年。

バイロン『ドン・ジュアン』上・下、小川和夫訳、冨山房、一九九三年。

『折口信夫全集』第八巻、中央公論社、一九六六年。

第4章

「源氏供養」『三島由紀夫全集23 戯曲Ⅳ』新潮社、一九七四年。

三島由紀夫『古典文学読本』中公文庫、二〇一六年。

――『春の雪』新潮文庫、一九七七年。

ヴェレーナ・フォン・デア・ハイデン＝リンシュ『ヨーロッパのサロン　消滅した女性文化の頂点』石丸昭二訳、法政大学出版局、一九九八年。

川田靖子『十七世紀フランスのサロン　サロン文化を彩どる七人の女主人公たち』大修館書店、一九九〇年。

『フランス文学史』饗庭孝男、朝比奈誼、加藤民男編著、白水社、一九七九年。

『フランス文学史』鈴木力衛編著、明治書院、一九八五年。

橋口稔『ブルームズベリー・グループ　ヴァネッサ、ヴァージニア姉妹とエリートたち』中公新書、一九八九年。

清水好子『紫式部』岩波新書、一九七三年。

上原作和『紫式部伝　平安王朝百年を見つめた生涯』勉誠社、二〇二三年。

近藤富枝『紫式部の恋』講談社、一九九二年。

『ウェイリー版　源氏物語２』佐復秀樹訳、平凡社ライブラリー、二〇〇八年。

ライザ・ダルビー『紫式部物語　その恋と生涯』上・下、岡田好恵訳、光文社文庫、二〇〇五年。

『紫式部日記　現代語訳付き』山本淳子訳注、角川ソフィア文庫、二〇一〇年。

山本淳子『紫式部ひとり語り』角川ソフィア文庫、二〇二〇年。

『紫式部集　付大弐三位集・藤原惟規集』南波浩校注、岩波文庫、一九七三年。

島内景二『新訳 紫式部日記』花鳥社、二〇二二年。

杉本苑子「紫式部」『人物日本の女性史1　華麗なる宮廷才女』円地文子監修、集英社、一九七七年。

田村景子『三島由紀夫と能楽　『近代能楽集』、または堕地獄者のパラダイス』勉誠出版、二〇一二年。

藤井貞和『物語史の起動』青土社、二〇二二年。

『更級日記　建礼門院右京大夫集』日本の文学古典編18、三角洋一校注・訳、ほるぷ出版、一九八六年。

『土佐日記　蜻蛉日記　紫式部日記　更級日記』新日本古典文学大系24、長谷川政春ほか校注、岩波書店、一九八九年。

エステル・レジェリー＝ボエール「フランスにおける『源氏物語』の受容」『比較日本学教育研究センター研究年報』第五号、二〇〇九年、一〇九〜一一七ページ。

Murasaki-shikibu. *Le Dit du Genji*. Traduit par René Sieffert, Paris, Publications Orientalistes de France, 1988.

第5章

シェイクスピア『対訳　シェイクスピア詩集 イギリス詩人選（1）』柴田稔彦編、岩波文庫、二〇〇四年。

――『新訳　ロミオとジュリエット』河合祥一郎訳、角川文庫、二〇〇五年。

――『新訳　ハムレット』河合祥一郎訳、角川文庫、二〇〇三年。

――『新訳　オセロー』河合祥一郎訳、角川文庫、二〇一八年。

――『シェイクスピア全集　夏の夜の夢』小田島雄志訳、白水Uブックス、一九八三年。

――『シェイクスピア全集　テンペスト』小田島雄志訳、白水Uブックス、一九八三年。

岡野弘彦、ピーター・ミルワード、渡部昇一『国境を越えた源氏物語　紫式部とシェイクスピアの響きあい』エンゼル叢書⑩、ＰＨＰ研究所、二〇〇七年。

『源氏物語国際フォーラム集成　源氏物語千年紀記念』芳賀徹企画・総監修、伊井春樹監修、源氏物語千年紀委員会、二〇〇九年。

塩野七生『海の都の物語 ヴェネツィア共和国の一千年（3）』新潮文庫、二〇〇九年。

蜂飼耳『朝毎読　蜂飼耳書評集』青土社、二〇一八年。
『古今和歌集』佐伯梅友校注、岩波文庫、一九八一年。
『和漢朗詠集　梁塵秘抄』日本古典文学大系73、川口久雄、志田延義校注、岩波書店、一九六五年。
岡村繁『白氏文集　四』新釈漢文大系100、明治書院、一九九〇年。
アーサー・ウェーリー『白楽天』花房英樹訳、みすず書房、一九五九年。
下田梨紗「『オセロー』における苺模様の刺繍のハンカチ（1）」『北星学園大学大学院論集』第3号(通巻第15号)、二〇一二年。
荒木浩「日本古典文学の夢と幻視　『源氏物語』読解のために」荒木浩編『夢見る日本文化のパラダイム』法藏館、二〇一五年、一三一～三九ページ。
Shakespeare, William. *The Arden Shakespeare: Othello*. London, Bloomsbury, 1997.
——. *The Arden Shakespeare: Hamlet*. London, Bloomsbury, 2006.
Murasaki Shikibu. *The Tale of Genji*. Trans. Edward G. Seidensticker, Tokyo, Tuttle, 1978.
——. *The Tale of Genji*. Trans. Royall Tyler, London, Penguin Classics, 2001.
——. *The Tale of Genji*. Trans. Dennis Washburn, NY, W.W.Norton, 2015.

第6章

上田雄『渤海国の謎　知られざる東アジアの古代王国』講談社現代新書、一九九二年。
——『渤海国　東アジア古代王国の使者たち』講談社学術文庫、二〇〇四年。
古畑徹『渤海国とは何か』吉川弘文館、二〇一七年。
鈴木靖民『古代日本の東アジア交流史』勉誠出版、二〇一六年。
河添房江『光源氏が愛した王朝ブランド品』角川選書、二〇〇八年。
——『源氏物語と東アジア世界』日本放送出版協会、二〇〇七年。
塚本邦雄『源氏五十四帖題詠』ちくま学芸文庫、二〇〇二年。

ハロルド・ノーマン・モルデンケ『聖書の植物事典』奥本裕昭編訳、八坂書房、二〇一四年。

アト・ド・フリース『イメージ・シンボル事典』山下主一郎主幹、大修館書店、一九八四年
澁澤龍彥『フローラ逍遙』平凡社、一九八七年。

吉岡実『詩集　サフラン摘み』青土社、一九七六年。

――『続・吉岡実詩集』現代詩文庫129、思潮社、一九九五年。

『紫式部日記　現代語訳付き』山本淳子訳注、角川ソフィア文庫、二〇一〇年。

西村三郎『毛皮と人間の歴史』紀伊國屋書店、二〇〇三年。

三友晶子「フェルメールの斑点入り毛皮をめぐる「アーミン」言説の再考　絵画における服飾表現の現実性」『日本家政学会誌』五六巻九号、二〇〇五年、六一七～六二六ページ。

『聖書　新改訳 3版』日本聖書刊行会、二〇〇三年。

『折口信夫全集』第四巻、中央公論社、一九九五年。

Lady Murasaki Shikibu. *The Tale of Genji*. Trans.Kenchō Suematsu, Tokyo,Tuttle, 2018.

第7章

タチアーナ・L・ソコロワ゠デリューシナ『タチアーナの源氏日記　紫式部と過ごした歳月』法木綾子訳、TBSブリタニカ、一九九六年。

太宰治「斜陽」『太宰治全集9』ちくま文庫、一九八九年。

――「待つ」『太宰治全集5』ちくま文庫、一九八九年。

芥川龍之介「尾生の信」『芥川龍之介全集3』ちくま文庫、一九八六年。

夏目漱石『文鳥・夢十夜』新潮文庫、一九七六年。

ヴァージニア・ウルフ『灯台へ』御輿哲也訳、岩波文庫、二〇〇四年。

――『波［新訳版］』森山恵訳、早川書房、二〇二一年。

――『幕間』片山亜紀訳、平凡社ライブラリー、二〇二〇年。

――『自分ひとりの部屋』片山亜紀訳、平凡社ライブラリー、二〇一五年。

――「女性と小説」『評論』ヴァージニア・ウルフ著作集7、朱牟田房子訳、みすず書房、一九七六年。
――『ある作家の日記』ヴァージニア・ウルフ著作集8、神谷美恵子訳、みすず書房、一九七六年。
チャールズ・ディケンズ『大いなる遺産』上・下、山西英一訳、新潮文庫、一九五一年。
『完訳ペロー童話集』新倉朗子訳、岩波文庫、一九八二年。
『ペロー童話集』天沢退二郎訳、岩波少年文庫、二〇〇三年。
『源氏物語補作 山路の露・雲隠六帖 他二篇』今西祐一郎編注、岩波文庫、二〇二二年。
高木和子『源氏物語を読む』岩波新書、二〇二一年。
Woolf, Virginia. *To the Lighthouse*. London, Penguin, 1992.
――. *A Writer's Diary*. London, Harcourt Brace Javanovich, 1982.
――. *A Room of One's Own and Three Guineas*. London, Penguin, 1993.
――. *The Waves*. Cambridge, Cambridge University Press, 2011.
――. "Women and Fiction." *Granite and Rainbow*. London, Hogarth Press, 1958.

第8章

小林秀雄『本居宣長』上・下、新潮文庫、一九九二年。

本居宣長『紫文要領』子安宣邦校注、岩波文庫、二〇一〇年。

――「源氏物語玉の小櫛〔抄〕」『近世文學論集』日本古典文學大系94、中村幸彦校注、岩波書店、一九六六年。

――『源氏物語玉の小櫛　物のあわれ論』〈現代語訳〉本居宣長選集四、山口志義夫訳、多摩通信社、二〇一三年。

竹西寛子「「あはれ」の行方」『日本の文学論』講談社、一九九五年。

ヒポクラテス『古い医術について　他八篇』小川政恭訳、岩波文庫、一九六三年。

――『ヒポクラテス医学論集』國方栄二編訳、岩波文庫、二〇二二年。

『1914-15年　症例「狼男」　メタサイコロジー諸篇』フロイト全集14、新宮一成、本間直樹責任編集、岩波書店、二〇一〇年。

ルチャーノ・ステルペローネ『医学の歴史』小川煕訳、原書房、二〇〇九年。

大野晋『古典基礎語の世界　源氏物語のもののあはれ』角川ソフィア文庫、二〇一二年。

『古典基礎語辞典』大野晋編、角川学芸出版、二〇一一年。

『日本古典対照分類語彙表』宮島達夫、鈴木泰、石井久雄、安部清哉編、笠間書院、二〇一四年。

『キーツ詩集』中村健二訳、岩波文庫、二〇一六年。

ジャック・デリダ『雄羊』林好雄訳、ちくま学芸文庫、二〇〇六年。

正木恵美「『源氏物語』における「あはれ」の英訳」Kanazawa English Studies 22, June, 1996, pp.201-211.

飯塚ひろみ「ルネ・シフェール訳『源氏物語』の作中和歌における「あはれ」の考察」『同志社女子大学大学院文学研究科紀要』二二巻、二〇二二年、一〇九～一二五ページ。

土田久美子「ロシア語訳『源氏物語』研究　「もののあはれ」の観点から」『ロシア・東欧研究』三三号、二〇〇四年、八〇～九〇ページ。

劉金挙「中国における『源氏物語』研究概観」『札幌大学総合論叢』三八号、二〇一四年、六七～八四ページ。

森村修「喪とメランコリー（1）デリダの〈精神分析の哲学〉（1）」『異文化　論文編』法政大学国際文化学部、一六号、二〇一五年、一一九～一五二ページ。

斎賀久子「ジョン・キーツ、「メランコリーのオード」　両義的メランコリーの受容」『学習院大学人文科学論集』三号、一九九四年、四九～六三ページ。

大崎周平「シャトーブリアンにおけるメランコリーと崇高」Cahiers d'études françaises Université Keio 16, 2011, pp.17-32.

Murasaki-shikibu. *Le Dit du Genji.* Traduit par René Sieffert, Paris, Publications Orientalistes de France, 1988.

『ラジオ深夜便　大江健三郎さんをしのんで「ノーベル賞作家、人生と日本を語る　後編」』ＮＨＫラジオ第1放送、二〇二三年四月二十六日（初回放送二〇一二年）。

第9章

『拾遺和歌集』新日本古典文学大系7、小町谷照彦校注、岩波書店、一九九〇年。

清少納言『枕草子』新日本古典文学大系25、渡辺実校注、岩波書店、一九九一年。

『謡曲集』上・下、日本古典文学大系40、41、横道萬里雄、表章校注、岩波書店、一九六三年。

松浦静山『甲子夜話6』東洋文庫342、中村幸彦、中野三敏校訂、平凡社、一九七八年。

『玉葉和歌集』次田香澄校訂、岩波文庫、一九四四年。

緑川真知子『『源氏物語』英訳についての研究　翻訳された『源氏物語』の捉え方についての細密なる検証』武蔵野書院、二〇一〇年。

アリスン・ウェーリー『ブルームズベリーの恋　アーサー・ウェーリーとの愛の日々』井原眞理子訳、河出書房新社、一九九二年。

『全訳小泉八雲作品集　第八巻　仏の畑の落穂・異国風物と回想』平井呈一訳、恒文社、一九六四年。

『ウェイリー版 源氏物語』佐復秀樹訳、全四巻、平凡社ライブラリー、二〇〇八～二〇〇九年。

越野優子『国冬本源氏物語論』武蔵野書院、二〇一六年。

――「『源氏物語』と異本　校訂と真贋をめぐって」『ユリイカ　偽書の世界』二〇二〇年十二月号、青土社、二二〇～二二七ページ。

伊藤鉄也『源氏物語本文の研究』おうふう、二〇〇二年。

『世界文学としての源氏物語　サイデンステッカー氏に訊く』伊井春樹編、笠間書院、二〇〇五年。

『源氏物語　巻4』、円地文子訳、新潮文庫、一九八〇年。

ラフカディオ・ハーン『怪談』円城塔訳、ＫＡＤＯＫＡＷＡ、二〇二二年。

奥本大三郎『虫の文学誌』小学館、二〇一九年。

ジョン・Ｆ・Ｍ・クラーク『ヴィクトリア朝の昆虫学　古典博物学から近代科学への転回』奥本大三郎

監訳、藤原多伽夫訳、東洋書林、二〇一一年。
井原眞理子「『源氏物語』とアーサー・ウェイリー」『文学研究論集』九号、筑波大学比較・理論文学会、一九九二年、二九〜四六ページ。
Murasaki Shikibu. *The Tale of Genji*. Trans. Edward G. Seidensticker, Tokyo, Tuttle, 1978.
Hearn, Lafcadio. *Exotics and Retrospectives*. Tokyo, Yushodo, 1982.
Anand, Mulk Raj. *Conversations in Bloomsbury*. London, Wildwood House, 1981.

第10章

橋本治『窯変源氏物語』全十四巻、中公文庫、一九九五〜一九九六年。

——『源氏供養』上・下、中央公論社、一九九四年。

菅原孝標女『更級日記』（『土佐日記　蜻蛉日記　紫式部日記　更級日記』）新日本古典文学大系24、吉岡曠校注、岩波書店、一九八九年。

『浜松中納言物語』（『篁物語　平中物語　浜松中納言物語』）日本古典文学大系77、松尾聰校注、岩波書店、一九六四年。

三島由紀夫『豊饒の海』全四巻、新潮文庫、一九七七年。

——『近代能楽集』新潮文庫、一九六八年。

——『文章読本』中公文庫、一九七三年。

島内景二『王朝日記の魅力』花鳥社、二〇二一年。

『源氏物語補作 山路の露・雲隠六帖 他二篇』今西祐一郎編注、岩波文庫、二〇二二年。

円地文子『源氏物語私見』新潮社、一九七四年。

『山本健吉全集』第六巻、講談社、一九八三年。

柳亭種彦『偐紫田舎源氏』上・下、新日本文学大系88、89、鈴木重三校注、岩波書店、一九九五年。

『細雪』上・中・下、『谷崎潤一郎全集』第十九・二十巻、中央公論新社、二〇一五年。

谷崎潤一郎『新々訳源氏物語』巻七、中央公論社、一九六五年。

与謝野晶子『源氏物語　全五十四帖』河出書房新社、一九八八年。

伊井春樹『与謝野晶子の「源氏物語礼讃歌」』思文閣出版、二〇一一年。

神野藤昭夫『よみがえる与謝野晶子の源氏物語』花鳥社、二〇二二年。

塚本邦雄『源氏五十四帖題詠』ちくま学芸文庫、二〇〇二年。

瀬戸内寂聴『女人源氏物語』全五巻、小学館、一九八八年〜一九八九年。

田辺聖子『新源氏物語』上・中・下、新潮文庫、一九八四年。

——『私本・源氏物語』文春文庫、二〇一一年。

丸谷才一『輝く日の宮』講談社文庫、二〇〇六年。

円城塔『文字渦』新潮社、二〇一八年。

水村美苗『本格小説』上・下、新潮文庫、二〇〇五年。

俵万智『愛する源氏物語』文藝春秋、二〇〇三年。

水原紫苑「源氏十首」『ユリイカ　光源氏幻想　源氏物語をよむ』二〇〇二年二月号、青土社、七六〜七七ページ。（歌集『あかるたへ』河出書房新社、二〇〇四年。）

倉橋由美子『夢の浮橋』中公文庫、一九七三年。

藤井貞和『物語史の起動』青土社、二〇二二年。

——『物語論』講談社学術文庫、二〇二二年。

丹治愛『モダニズムの詩学　解体と創造』みすず書房、一九九四年。

マルグリット・ユルスナール『東方綺譚』多田智満子訳、白水Uブックス、一九八四年。

——『目を見開いて』岩崎力訳、白水社、二〇〇二年。

ライザ・ダルビー『紫式部物語 その恋と生涯』上・下、岡田好恵訳、光文社文庫、二〇〇五年。

ロレンス・スターン『トリストラム・シャンディ』上・中・下、朱牟田夏雄訳、岩波文庫、一九六九年。

ジェイン・オースティン『高慢と偏見』上・下、小尾芙佐訳、光文社古典新訳文庫、二〇一一年。

『アンドレ・ジッド代表作選』全五巻、若林真訳、慶應義塾大学出版会、一九九九年。

ロラン・バルト『物語の構造分析』花輪光訳、みすず書房、一九七九年。

シモーヌ・ヴェイユ『重力と恩寵』田辺保訳、ちくま学芸文庫、一九九五年。

大和和紀『あさきゆめみし』全七巻、講談社漫画文庫、二〇〇一年。

Yourcenar, Marguerite. *En pèlerin et en étranger*. Paris, Gallimard, 1989.

森山恵、毬矢まりえ「モダニズム小説としての寂聴『女人源氏物語』」『ユリイカ　瀬戸内寂聴　1922-2021』二〇二二年三月臨時増刊号、青土社、一七八～一八七ページ。

――「時空を超える『源氏物語』」『きごさい』第十五号、ＮＰＯ法人季語と歳時記の会、二〇二三年三月、六八～七二ページ。

「源氏供養」『国立能楽堂』第４７２号、独立行政法人日本芸術文化振興会、二〇二三年五月、二五～二六ページ。

舞台《『刀剣乱舞』禺伝 矛盾源氏物語》出演：七海ひろき、彩凪翔、瀬戸かずや、綾凰華ほか、二〇二三年二月十九日配信、オリックス劇場、大阪。

能《源氏供養 舞入・語入》出演：大槻文藏、福王和幸ほか、二〇二三年五月三十日、国立能楽堂、東京。

第11章

『聖書　１９９５年改訳』日本聖書協会、一九五五年。

『聖書　新共同訳』日本聖書協会、一九八七年。

『新共同訳聖書　コンコルダンス』木田献一、和田幹男監修、キリスト新聞社、一九九七年。

『新カトリック大事典』全四巻、上智学院新カトリック大事典編纂委員会編、研究社、一九九六年～二〇〇九年。

『図説　大聖書』アンドレ・フロッサール、ノエル・ボンポワ、アンドレ＝マリー・ジェラール編、日本語版監修新見宏、ペトロ・ネメシェギ、講談社インターナショナル、一九八四年。

『ギルガメシュ叙事詩』矢島文夫訳、ちくま学芸文庫、一九九八年。

藤井貞和『日本文学源流史』青土社、二〇一六年。

――『〈うた〉起源考』青土社、二〇二〇年。

――『物語史の起動』青土社、二〇二二年。

――『物語論』講談社学術文庫、二〇二二年。

――『源氏物語の始原と現在　付 バリケードの中の源氏物語』岩波現代文庫、二〇一〇年。

瀬戸内寂聴『源氏物語の女君たち』NHK出版、二〇〇八年。

――『寂聴対談集　わかれば『源氏』はおもしろい』講談社文庫、二〇〇一年。

『無名草子』新潮日本古典集成、桑原博史校注、新潮社、一九七六年。

宮本昭三郎『源氏物語に魅せられた男　アーサー・ウェイリー伝』新潮選書、一九九三年。

高津春繁『ギリシア・ローマ神話辞典』岩波書店、一九六〇年。

三田村雅子『記憶の中の源氏物語』新潮社、二〇〇八年。

マイケル・グラント、ジョン・ヘイゼル『ギリシア・ローマ神話事典』西田実主幹、大修館書店、一九八八年。

ハロルド・ノーマン・モルデンケ『聖書の植物事典』奥本裕昭編訳、八坂書房、二〇一四年。

シェイクスピア『新訳　ハムレット』河合祥一郎訳、角川文庫、二〇〇三年。

――『シェイクスピア全集　テンペスト』小田島雄志訳、白水Uブックス、一九八三年。

岡野弘彦、ピーター・ミルワード、渡部昇一『国境を越えた源氏物語　紫式部とシェイクスピアの響きあい』エンゼル叢書⑩、PHP研究所、二〇〇七年。

ケンダル・ウォルトン『フィクションとは何か　ごっこ遊びと芸術』田村均訳、名古屋大学出版会、二〇一六年。

ジャン＝マリー・シェフェール『なぜフィクションか？　ごっこ遊びからバーチャルリアリティまで』久保昭博訳、慶應義塾大学出版会、二〇一九年。

The Jerusalem Bible. Ed. Alexander Jones. London, Darton Longman and Todd, 1974.

第12章

ダンテ・アリギエリ『神曲　地獄篇』原基晶訳、講談社学術文庫、二〇一四年。

ルイス・キャロル『不思議の国のアリス』矢川澄子訳、新潮文庫、一九九四年。

菅原孝標女『更級日記』(『土佐日記　蜻蛉日記　紫式部日記　更級日記』)新日本古典文学大系24、吉岡曠校注、岩波書店、一九八九年。

エドガー・ポー「メールストロムの旋渦」『黒猫・黄金虫』佐々木直次郎訳、新潮文庫、一九七七年。

大江健三郎『あいまいな日本の私』岩波新書、一九九五年。

河合隼雄『源氏物語と日本人　紫マンダラ』講談社+α文庫、二〇〇三年。

――『無意識の構造』中公新書、一九七七年。

『聖書　新共同訳』日本聖書協会、一九八七年。

ローレンス・ヴェヌティ『翻訳のスキャンダル　差異の倫理にむけて』秋草俊一郎、柳田麻里訳、フィルムアート社、二〇二二年。

秋草俊一郎『「世界文学」はつくられる　1827-2020』東京大学出版会、二〇二〇年。

沼野充義『世界文学論　徹夜の塊3』作品社、二〇二〇年。

エッカーマン『ゲーテとの対話』上・中・下、山下肇訳、岩波文庫、二〇一二年。

デイヴィッド・ダムロッシュ『世界文学とは何か?』秋草俊一郎、奥彩子ほか訳、国書刊行会、二〇一一年。

レベッカ・L・ウォルコウィッツ『生まれつき翻訳　世界文学時代の現代小説』佐藤元状、吉田恭子監訳、田尻芳樹、秦邦生訳、松籟社、二〇二一年。

T・S・エリオット『文芸批評論』矢本貞幹訳、岩波文庫、一九九八年。

J・M・クッツェー『世界文学論集』田尻芳樹訳、みすず書房、二〇一五年。

ヴァルター・ベンヤミン「翻訳者の課題」『思想としての翻訳　ゲーテからベンヤミン、ブロッホまで』

三ッ木道夫編訳、白水社、二〇〇八年。

小川公代「アダプテーション研究とは?」『文学とアダプテーション ヨーロッパの文化的変容』小川公代、村田真一、吉村和明編、春風社、二〇一七年。

「神々と神と」「カトリック作家の問題」「合わない洋服 何のために小説を書くか」『遠藤周作文学全集』12、新潮社、二〇〇〇年。

遠藤周作『私のイエス』祥伝社、一九八八年。

井原眞理子「ハイゲイト探訪記」『世界の源氏物語』ランダムハウス講談社、二〇〇八年。

『テイヤール・ド・シャルダン著作集』全十一巻、みすず書房、一九六八年〜一九七五年。

テイヤール・ド・シャルダン『宇宙のなかの神の場』三雲夏生訳、春秋社、一九六八年。

フランソワ・モーリヤック『テレーズ・デスケルー』遠藤周作訳、『モーリヤック著作集』2、春秋社、一九八三年。

ジャック・デリダ『歓待について パリ講義の記録』廣瀬浩司訳、ちくま学芸文庫、二〇一八年。

——「バベルの塔」『他者の言語 デリダの日本講演』高橋允昭編訳、法政大学出版局、一九八九年。

小野正嗣『歓待する文学』NHK出版、二〇二一年。

『フラナリー・オコナー全短篇』上・下、横山貞子訳、ちくま文庫、二〇〇九年。

オクタビオ・パス「万葉・枕・源氏」野谷文昭訳、『ユリイカ 源氏物語 小説のオリジンへ』一九八〇年十二月号、青土社、一六四〜一六七ページ。

ディアーヌ・ド・マルジュリ「西暦一千年の日本の偉大なる女流作家」安藤俊次訳、同右、一七一〜一七三ページ。

ジェームズ・D・ワトソン『二重螺旋 完全版』青木薫訳、新潮社、二〇一五年。

藤井貞和『文法的詩学』笠間書院、二〇一二年。

——『文法的詩学その動態』笠間書院、二〇一五年。

——『日本語と時間 〈時の文法〉をたどる』岩波新書、二〇一〇年。

Lewis Carroll. *Alice's Adventures in Wonderland AND Through the Looking-Glass, and What Alice Found There*. London, Penguin Classics, 1998.

Flannery O'Connor. *The Complete Stories*. London, Faber and Faber, 1990.

Raymond Mortimer. 'A New Planet'. *The Nation and The Athenaeum*, June 20, 1925.

The Times Literary Supplement. June 25, 1925.

『源氏物語』翻訳史：源氏物語情報：海外における平安文学及び多言語翻訳に関する研究：海外平安文学情報（Heian literature overseas） https://genjiito.org/genji_infomation/genji_history/

Claude Roy. 'La Japonaise au bois dormant'. *Nouvel Observateur*, 9 janvier, 1978.

Diane de Margerie. 'Une grande romancière japonaise de l'an mille'. *Le Monde*, 13 janvier, 1978.

初出「群像」2022年12月号〜2023年11月号

毬矢まりえ（まりや・まりえ）
俳人、評論家。アメリカのサン・ドメニコ・スクール卒業。慶應義塾大学文学部フランス文学科卒業、同博士課程前期中退。妹の森山恵とともにアーサー・ウェイリー訳 *The Tale of Genji* を現代日本語に訳し戻した『源氏物語　A・ウェイリー版』全4巻（左右社）で「ドナルド・キーン特別賞」受賞。著書に『ドナルド・キーンと俳句』（白水社）、『ひとつぶの宇宙　俳句と西洋美術』（本阿弥書店）がある。

森山恵（もりやま・めぐみ）
詩人、翻訳家。聖心女子大学英語英文学科卒業、同大学院文学研究科英文学専攻修了。詩集に『夢のてざわり』『エフェメール』（ともにふらんす堂）、『みどりの領分』『岬ミサ曲』（ともに思潮社）、訳書にヴァージニア・ウルフ『波〔新訳版〕』（早川書房）がある。

レディ・ムラサキのティーパーティ
らせん訳《やく》「源氏物語《げんじものがたり》」

二〇二四年　二　月二〇日　第一刷発行
二〇二四年一〇月二五日　第四刷発行

著者——毬矢《まりや》まりえ、森山恵《もりやまめぐみ》

発行者——篠木和久
発行所——株式会社講談社
郵便番号　一一二-八〇〇一
東京都文京区音羽二-一二-二一
電話　出版　〇三-五三九五-三五〇四
販売　〇三-五三九五-五八一七
業務　〇三-五三九五-三六一五
印刷所——TOPPAN株式会社
製本所——株式会社若林製本工場

ISBN978-4-06-534595-5